A^{t}V

ALYS CLARE ist das Pseudonym einer erfolgreichen englischen Autorin, die bereits mehrere Romane mit historischen Elementen vorgelegt hat. Sie lebt in der Nähe von Tonbridge, Südengland, wo die Kriminalromane um Äbtissin Helewise und Ritter Josse d'Acquin spielen.

Bisher erschienen im Aufbau Taschenbuch Verlag »Sei geweiht der Hölle«(1999), »Der Fluch komme über euch« (2000), »Der Himmel strafe euch« (2001), »Und richte mit Gerechtigkeit« (2002), »Verstummen sollen alle Lügner« (2003), »Wehe dem sündigen Volk« (2004) und »Fürchte das Gift der Schlange« (2005).

Ein Mann jagt voller Angst durch den großen Wealdenwald. Noch wenige Minuten zuvor hat er unter einer gefällten Eiche nach etwas gegraben. Als er sich am Rande des Waldes in Sicherheit wähnt, trifft ihn ein tödlicher Speer. Haben sich die geheimnisvollen Waldleute an ihm gerächt, und wird auch einer seiner Kumpane bald darauf ihr Opfer? Äbtissin Helewise, die den Toten findet, ist ratlos und ruft Ritter Josse d'Acquin, ihren neuen Nachbarn, zu Hilfe. Beide sind fest davon überzeugt, daß hier keineswegs übernatürliche Kräfte die Hand im Spiel haben.

Alys Clare

Der Fluch komme
über euch

Historischer
Kriminalroman

*Aus dem Englischen
von Ana Maria Brock*

Aufbau Taschenbuch Verlag

Die Originalausgabe »Ashes of the Elements« erschien
2000 bei Hodder and Stoughton Limited, London.

ISBN-10: 3-7466-2247-6
ISBN-13: 978-3-7466-2247-7

5. Auflage 2006
© Aufbau Taschenbuch Verlag GmbH, Berlin 2000
Ashes of the Elements © 2000 Alys Clare
Umschlaggestaltung Torsten Lemme
unter Verwendung eines Fots von Corbis Images
Druck und Binden Clausen & Bosse, Leck
Printed in Germany

www.aufbau-taschenbuch.de

In das tiefe Schweigen des Waldes um Mitternacht drang ein Geräusch, das dort nicht hingehörte.

Der Mann hob den Kopf. Noch keuchend von der soeben geleisteten Anstrengung, bemühte er sich, den rasselnden Atem zu beruhigen, um besser hören zu können.

Er wartete.

Nichts.

Während er in die Hände spuckte, bevor er seine Arbeit wieder aufnahm, versuchte er ein schiefes Lächeln aufzusetzen. Er hatte es sich wohl eingebildet. Oder vielleicht war es nächtliches Getier, zu harmlosen Zwecken unterwegs. Und seine Nerven und der Ruf, in dem das riesige Waldgebiet stand, hatten ein übriges getan.

Er schüttelte den Kopf, wie einfältig er doch sein konnte, und setzte seine Arbeit fort. Der Sack wurde schon ordentlich schwer; noch ein kurzes Weilchen, und er würde…

Da war wieder das Geräusch.

Und diesmal hielt es an.

Er richtete sich auf, der Arbeitsschweiß auf Stirn und Rücken wurde plötzlich eiskalt, auf der feuchten Haut sträubten sich die Härchen. In blitzartiger Eingebung durchschoß ihn der Gedanke, ich dürfte nicht hier sein. Als regte sich eine dunkle, uralte Erinnerung, wurde ihm mit lähmender Furcht bewußt, der mitternächtliche Wald war ein verbotener Ort. Aus nur zu gutem Grund hatten die Menschen Angst, sich hineinzuwagen…

Schroff unterbrach er diesen beängstigenden Gedankengang, bevor er ihm die Fassung rauben konnte. Sorgfältig

5

legte er die Axt zur Seite, mit der er auf die dicken Wurzeln und den Stamm der gefallenen Eiche eingehackt hatte, und kletterte aus der Höhlung hervor, die er unter dem majestätischen alten Baum gegraben hatte. Dann nahm er all seinen Mut zusammen, benutzte den dichten frühsommerlichen Bodenbewuchs als Deckung und begann in Richtung des Geräusches zu kriechen.

Denn wenn sich herausstellte, daß ihm jemand einen Streich spielte, sich auf seine Kosten einen Spaß machte, dann sollte derjenige erfahren, daß er das nicht lustig fand. Falls es Seth und Ewen waren, Gott verfluche ihr Augenlicht, wenn sie sich anschlichen, um ihn auszuspionieren – ihn! den Kopf der ganzen Geschichte! –, dann würde er es ihnen heimzahlen. Er würde…

Doch das Geräusch wurde jetzt lauter, zunehmend eindringlicher, so daß der Mann sich nicht mehr davor verschließen konnte. Sich nicht mehr einreden konnte, es seien Seth und Ewan, die ihm einen Streich spielten.

Seth und Ewan brachten so ein Geräusch nicht zustande. Ja, es war zu bezweifeln, ob das überhaupt ein Mensch konnte.

Der Mann hielt im vorsichtigen Kriechen inne. Er ließ jede Bewegung und jeden Gedanken stocken, während das seltsame, unheimliche Summen über ihn hinwegzustreichen und ihn in sich aufzusaugen schien.

Er spürte, wie er zu lächeln begann. Ah, war das eine herrliche Melodie! Nun ja, eigentlich glich es mehr einem Kirchengesang, wie die allerlieblichsten Klänge des Chors einer Abtei, nur noch schöner. Als rührte er nicht von Männern oder Frauen her, sondern von den kalten, fernen Gestirnen.

Fast ohne zu merken, was er tat, begann er sich wieder vorwärtszubewegen. Er kroch nicht mehr vorsichtig durch das Unterholz; verzaubert folgte er einem drängenden Ruf, dessen er sich kaum bewußt war. Aufgerichtet, erhobenen Hauptes schritt er zwischen den uralten Bäumen und dem neuen grünen Wuchs auf die offene Lichtung zu, die er vor sich sah.

Und erstarrte plötzlich mitten im Schritt.

Mit aufgerissenen Augen und trockenem Mund stierte er auf den unglaublichen Anblick. Der Vollmond stand direkt über der Lichtung, so als geschähe es mit Absicht, daß seine Strahlen die Szene, die er voller Verblüffung vor sich sah, in helles Licht tauchten.

Nie hatte er diese alten Geschichten geglaubt. Er hatte sie als Gefasel verrückter alter Weiber abgetan. Weiber wie seine eigene Mutter. Und neuerdings seine Frau, die ihn davon hatte abhalten wollen, in dem großen Wealdenwald zu verschwinden, zumal nachts, und immerzu auf ihn eingeredet hatte, immer und immer wieder, bis er sie hatte verprügeln müssen. Aber sogar dann – das letzte Mal hatte er ihr das Nasenbein gebrochen – hatte sie ihm noch beharrlich zugesetzt. Ihm weiter vorgehalten, es sei nicht sicher, sei nicht recht.

Ha! Ihr würde er's zeigen! Ihr und allen andern! Sie würden das Nörgeln sein lassen, wenn sie erst wüßten, was er gefunden hatte!

Und selbst wenn in ihren alten Sagen noch eine Spur Wahrheit steckte, war es doch nicht ganz so, wie sie behaupteten. War er denn jetzt nicht hier, hatte vor den eigenen Augen den Beweis, daß sie ganz falsch dabei lagen, was sie über diese unheimlichen Sachen tuschelten.

Er würde es ihnen zeigen! Und wie er's ihnen zeigen würde! Er würde…

Er fühlte den Blick auf sich wie einen körperlichen Angriff. Seine prahlerischen Gedanken rissen schroff ab, als das eine Wort durch seinen benommenen Kopf schrillte und wie Todesröcheln aus ihm hervorbrach, das eine Wort: »NEIN!«

Er drehte sich um, hetzte, die Lichtung hinter sich lassend, über Dornengestrüpp und dichte Grasbüschel davon.

Rennend, keuchend, nach Luft ringend, stolpernd, hörte er Verfolger. Er warf rasch einen Blick über die Schulter.

Nichts.

Nichts? Aber er *hörte* sie doch.

Die Beine zu äußerster Anstrengung zwingend, jagte er weiter. O Gott, aber es – sie? – war jetzt rings um ihn herum; leise, verstohlen, bedrohlich umgab es ihn mit einem solchen Gefühl größter Gefahr, daß sein stoßweises Atmen als grauenerfülltes Heulen herauskam.

Denn er konnte immer noch nichts sehen.

Sein Herz hämmerte, Beine und Lungen gaben das letzte, so trieb er sich weiter voran. Eine halbe Meile, eine Meile? Er wußte es nicht. Die Bäume standen schon ein wenig lichter, ganz bestimmt! Noch ein Stückchen weiter – nicht viel, ach, nicht viel mehr! –, und er wäre im Freien. Draußen am grasbewachsenen Rande dieses gräßlichen Waldes, draußen im reinen, kühlen Mondlicht…

Vor ihm wurde es hell. Während er, strauchelnd vor äußerster Erschöpfung, weiterrannte, konnte er das stille, schlafende Land da draußen sehen. Als er die letzten vereinzelten Riesenbäume hinter sich ließ, erkannte er sogar das Kreuz auf dem Kirchturm der Abtei Hawkenlye.

»Gott, hilf mir, Gott, hilf mir, Gott, hilf mir«, keuchte er immer wieder, bis die Worte jeden Sinn verloren. Dann war er mit einem Mal draußen im Freien, und nach der Dunkelheit unter den dichtstehenden Bäumen machte der Mond die Nacht taghell.

Ach, Gott sei Dank, Gott sei *Dank*!

Jetzt war er in Sicherheit und…

Doch was war das? Ein sausendes Geräusch, ganz in der Nähe und noch näher, immer näher.

Der qualvolle Schmerz, als der Speer in den Körper des Mannes eindrang, war intensiv, aber kurz. Denn die Speerspitze war scharf und, mit tödlicher Sicherheit geschleudert, durchbohrte sie sein Herz.

Erster Teil

Tod im Gras

ERSTES KAPITEL

In dem kleinen Zimmer, dem Allerheiligsten der Äbtissin Helewise von Hawkenlye, beugte sich die Äbtissin vor, um den Becher ihres Gastes neu zu füllen.

»Darf ich Euch etwas nachschenken?« fragte sie. »Es ist ein gutes Stärkungsmittel, und ich weiß, daß Ihr...«

Sie unterbrach sich. Es war nicht eben diplomatisch, ihre Besucherin daran zu erinnern, daß sie der Stärkung bedurfte.

»Ihr wißt, daß ich eine lange Reise vor mir habe und daß ich mich längst nicht mehr in der ersten Jugendblüte befinde? Ach, Äbtissin, wie recht Ihr habt, in beider Hinsicht!« Mit einem beherzten Lachen hielt die Frau ihren Becher hin. »Ja, schenkt mir noch etwas ein. Es ist ganz köstlich.«

Erleichtert gehorchte die Äbtissin. »Ein Gebräu von Schwester Euphemia«, sagte sie. »Meine Spitalschwester. Sie besitzt große Erfahrung in der Verwendung von Kräutern. Diesen Wein macht sie aus Melisse, Thymian und Honig. Bei ihren Patienten ist er recht beliebt.«

»Das bezweifle ich nicht.« Die ältere Frau streifte die Äbtissin mit einem Blick. »Manche werden sich vermutlich nicht genieren, ihre Genesung hinauszuzögern, um weiter an Schwester Euphemias köstlicher Gabe teilzuhaben.«

»Möglich«, stimmte Helewise zu. »Obwohl in Wahrheit unser kostbares heiliges Wasser unsere beliebteste Medizin bleibt.«

»Ach ja, das heilige Wasser.« Die Besucherin seufzte.

»Wie Ihr wißt, hatte ich die Absicht, heute vormittag unten im Tal am Schrein der Heiligen Jungfrau zu beten. Aber ich fürchte, ich habe keine Zeit mehr.«

Die Äbtissin Helewise mochte nicht aufdringlich erscheinen, wußte jedoch, wieviel ihrer Besucherin an der Gemeinschaft in Hawkenlye lag. Ganz besonders an der wundertätigen Quelle, die der Grund für die Existenz der Abtei war. Immerhin war es auf ihr Drängen geschehen, daß da überhaupt eine so prächtige Abtei geschaffen worden war. Und erst recht war es ihr zu verdanken, daß der Abtei eine Frau vorstand. »Könntet Ihr nicht einmal eine halbe Stunde erübrigen?« bat Helewise sanft. »Kann dieses eine Mal nicht die Welt auf Euch, gnädige Frau, warten, während Ihr etwas nur zu Eurer eigenen Freude tut?«

Die Besucherin blickte die Äbtissin bedauernd an. Und mit einem flüchtigen Lachen sagte Königin Eleanor: »Nein, Äbtissin. Dazu ist die Welt leider viel zu ungeduldig.«

In dem kleinen Zimmer machte sich ein kurzes und, wie Helewise glaubte, freundlich verbindendes Schweigen breit. Sie wagte einen Blick auf die Königin und bemerkte, daß sie die Augen geschlossen hatte. In ihren großen, thronähnlichen hölzernen Sessel zurückgelehnt – genau genommen Helewises Sessel, jedoch saß diese auf einem Holzschemel, um ihrem Gast die größte Bequemlichkeit zukommen zu lassen, die die Abtei zu bieten hatte –, wirkte das immer noch schöne Gesicht der Königin ein wenig blaß, wie Helewise fand.

Auch wenn sie keine Zeit hat, den Schrein zu besuchen, entschied Helewise, werden wir ihr zumindest etwas zu essen geben, bevor sie aufbricht. Leise erhob sie sich und ging zur Tür, öffnete sie und winkte die Nonne, die draußen bereit stand, mit einem Finger zu sich heran.

»Ja, Frau Äbtissin?« fragte Schwester Anne beflissen. Wie allen Nonnen war ihr klar, welche Ehre ein Besuch der Mutter des Königs für die Abtei bedeutete. So groß war die Liebe der Gemeinschaft zu Eleanor, daß Schwester Anne – ebenfalls wie alle anderen – barfuß über glühende Kohlen gegangen wäre, hätte die Königin es verlangt.

Helewise legte warnend einen Finger an die Lippen. »Pst. Die Königin ruht«, flüsterte sie. »Schwester, gehst du bitte zum Refektorium und weist Schwester Basilia an, einen leichten Imbiß herzurichten? Die Königin sieht so erschöpft aus«, fügte sie an, mehr zu sich selbst.

»Das mache ich nur zu gern!« zischelte Schwester Anne zurück. »Die arme Dame, es ist ja kein Wunder, dieses viele Herumreisen, und in ihrem Alter! Sie muß ja…«

»Das Essen, Schwester?« drängte Helewise behutsam.

»Ja, Frau Äbtissin, Verzeihung, Frau Äbtissin.« Schwester Anne errötete und eilte davon.

Helewise kehrte in das Zimmerchen zurück und schloß leise die Tür hinter sich. Sie tat fast alles leise, mit einer ruhigen Anmut, deren sie sich nicht bewußt war. Sogar das große Bund schwerer Schlüssel, das immer an ihrem Gürtel hing, rührte sich nicht. Die Äbtissin legte die Hand darüber, wann immer sie sich bewegte, und verhinderte so jegliches Klirren und Rasseln.

Königin Eleanor öffnete die Augen und sah die Äbtissin an, als Helewise sich wieder setzte. »Ihr seid für diesen Schemel zu schwer«, bemerkte sie.

»Ich sitze ganz bequem«, log Helewise. »Gnädige Frau, ich habe mir erlaubt, für Euch einen Imbiß zu bestellen. Auch wenn Ihr nur eine Nacht bei uns verbracht habt und sogleich weitereilen müßt, wollt Ihr Euch nicht wenigstens einen Moment Zeit zum Essen nehmen, bevor Ihr aufbrecht?«

Eleanor lächelte. »Ihr seid zu freundlich«, murmelte sie. »Ja, das will ich gern.« Mit schmerzverzogener Miene setzte sie sich in ihrem Sessel zurecht. »Eure Schwester da draußen hatte ganz recht. Ich bin für dieses ganze Herumgejage viel zu alt.«

»Verzeihung«, sagte Helewise rasch. »Sie hätte nicht so respektlos sprechen dürfen.«

»Respektlos? Nein, Äbtissin, ich habe nur Güte herausgehört.«

Einen sanften Verweis spürend, fuhr Helewise fort: »Ich meinte nur, daß es uns nicht zukommt, darüber zu tratschen, wie es Eurer Majestät beliebt, ihr Leben zu führen.«

Selbst für Helewise selbst klang diese Äußerung geschwollen und kriecherisch, so daß es sie kaum überraschte, als Eleanor unvermittelt schallend auflachte. Helewise schaute kurz ins Gesicht der Königin, lächelte flüchtig und sagte: »Tut mir leid.«

»Das will ich hoffen«, knurrte Eleanor. »Mein allerliebster Zufluchtsort, so bequem zwischen London und der Küste gelegen, und seine Äbtissin« – sie suchte Helewises Blick –, »die ich übrigens auch am liebsten mag, fängt an zu reden wie jeder beliebige Untertan, der sich von mir einen Gunstbeweis wünscht.« Unerwartet beugte sie sich vor und sagte: »Helewise, bitte, werdet nie wie alle anderen.«

Nicht ganz sicher, was die Königin meinte, gab Helewise trotzdem zurück: »Nein, gnädige Frau. Ich verspreche es.«

Es pochte zaghaft an die Tür, und auf Helewises »Herein« schob sich eine Novizin aus dem Refektorium ins Zimmer, auf einem Arm einen großen Zinnteller. »Das Essen für Ihre Heiligkeit«, wisperte das Mädchen.

»Majestät genügt«, bemerkte Eleanor mild. »Ich bin kein Papst, bloß Königin.« Sie runzelte flüchtig die Stirn. »Jetzt sogar Königinmutter«, fügte sie für sich an.

Seit vierundzwanzig Stunden hatte Helewise darauf gebrannt, der Königin mit hundert Fragen über eben diese Geschichte zuzusetzen, doch mangels jeglichen Anknüpfungspunktes hatte sie wenig mehr als die knappsten Tatsachen erfahren. Sie sah zu, wie die Königin sich rasch über den appetitlichen und hübsch angerichteten Imbiß hermachte – Schwester Basilia hatte ein Sträußchen Hundsrosen auf den Tellerrand gestellt –, und wartete ab, bis das letzte Stück Brot den letzten Tropfen Soße aufgewischt hatte. Dann sagte sie: »Was meint Ihr, wird es eine gute Ehe, gnädige Frau?«

Eleanor lehnte sich in ihren Sessel zurück und tupfte sich mit einem Leinentuch die Mundwinkel ab. »Eine gute Ehe?« Sie zuckte leicht die Achseln. »Das hängt davon ab, Äbtissin Helewise, was Ihr damit meint. Wenn Ihr meint, ob die Verbindung Frucht tragen wird, kann ich nur sagen, daß ich Tag und Nacht darum bete. Wenn Ihr meint, ob mein lieber Sohn und seine junge Frau aneinander Freude finden, lautet meine Antwort, daß ich das stark bezweifle.«

Helewise sagte leise: »Ach.« Sonst gab es, fand sie, kaum etwas zu sagen.

»Es mußte sein!« rief Eleanor aus. »Sobald ich Berengaria sah, wußte ich, daß sie nicht die ideale Frau für ihn ist. Aber was sollte ich tun?« Sie hielt Helewise die langen, schmalen Hände entgegen, die Handflächen nach oben gewendet, die Finger schwer von zahlreichen Ringen. »Richard ist seit fast zwei Jahren König von England, und bis auf vier Monate war er außer Landes.«

Eleanor ballte eine Hand zur Faust und schlug damit ziemlich hitzig auf den langen Tisch, der wie ein Pult vor Helewises Sessel stand. »Auf dem Kreuzzug, ständig auf dem Kreuzzug!« rief sie. »Zuerst stößt er seine neuen Untertanen mit diesem schamlosen Postenschacher vor den Kopf, dann prescht er nach Frankreich davon, um Kreuzzugsbulle und Pilgerstab zu empfangen! Eine kurze Pause, in der er die Musterung seiner riesigen Flotte vornimmt, und dann bricht er auf nach Outremer!« Aus Eleanors großen, dunklen Augen sprach leidenschaftlicher Zorn. »Nicht ein Gedanke dran, Helewise, was er einfach hinter sich gelassen hat, damit es andere in Ordnung bringen! Nicht die geringsten Bedenken angesichts der Tatsache, daß noch vor seinem Aufbruch gemunkelt wurde, er habe gar nicht vor, zurückzukommen! Weit davon entfernt, sich der hehren Pflicht zu widmen, England zu regieren, hege er den Ehrgeiz, der nächste König von Jerusalem zu werden!«

»Das doch wohl nicht!« rief Helewise aus. In Wahrheit waren ihr die Gerüchte nicht neu; sie hatte sie schon oft gehört. Noch schlimmere hatte sie vernommen; manche deuteten dunkel an, König Richard habe sich seit seiner Thronbesteigung so unüberlegt aufgeführt, daß er ganz sicher unzurechnungsfähig sei. Er leide an einer geheimen Krankheit, die sich körperlich und geistig auswirke und ihn wahrscheinlich umbringen werde, bevor noch der Kreuzzug vorbei sei. Doch diese Gerüchte, entschied Helewise, würde sie Richards Mutter bestimmt nicht weitersagen.

Ganz gewiß nicht, solange diese außergewöhnlichen Augen noch so wütend blickten.

»*Warum* besteht er bloß auf diesem Vorhaben!« sagte Eleanor gerade. »Was schert es den Durchschnittsengländer, wer über die Heilige Stadt herrscht?«

»Aber immerhin…«, begann Helewise.

Eleanors Augen suchten ihren Blick. »Helewise, versucht nicht, mir einzureden, daß es Euch einen Pfifferling kümmert«, sagte sie. »Es ist zwar durchaus löblich, die Meinung zu äußern, die Stadt Unseres Herrn müsse ausschließlich von Christen gehalten und regiert werden, aber ich kann nicht glauben, daß Ihr wirklich der Meinung seid, das Ziel, sie zurückzuerobern, sei all die Mühe wert. Allein die Kosten, Äbtissin! Von den Schmerzen, den Verlusten, den Qualen gar nicht zu reden. Und die Toten!« Ihre Miene verdüsterte sich, als stelle sie sich vor, wenn sie von solchen Dingen sprach, sie stießen ihrem geliebten Sohn zu.

Helewise neigte sich ihr zu. »Gnädige Frau, Euer Sohn ist ein großer Mann«, sagte sie behutsam. »Ein hervorragend tapferer und tüchtiger Kämpfer, auch wenn...« Sie brach ab.

»Auch wenn das alles ist?« setzte Eleanor fort.

»Aber welch ein Mann!« Helewise, verzweifelt bemüht, ihren Fauxpas auszubügeln, legte alle nur mögliche Aufrichtigkeit in ihre Stimme.

»Versteht Ihr, Helewise«, fuhr Eleanor fort, als hätte sie die Unterbrechung kaum wahrgenommen, »er ist ein männlicher Typ. Ein Kämpfer, wie Ihr sagt, ein Mann, der in eine Armee gehört, an die Spitze einer Armee, und der sie zum Sieg führt!«

»Amen«, fiel Helewise ein.

»Natürlich habe ich auch einen Kreuzzug mitgemacht«, erklärte Eleanor abschätzig. »Als ich mit dem pedantischen alten Weib, Ludwig von Frankreich, verheiratet war.«

»Ach?« murmelte Helewise. Durfte sie das wirklich hören? War es nicht praktisch Hochverrat, wenn man einen Monarchen abfällig über einen anderen reden hörte, auch wenn dieser tot war?

»Das war im Jahr 1147«, fuhr Eleanor mit einem erinnerungssatten Lächeln fort. »Für mich war es eine herrliche Zeit. Ludwig wollte nicht, daß ich mitkam, aber was er wollte oder nicht wollte, tat nie viel zur Sache.« Sie lachte laut auf. »Wißt Ihr, Helewise, daß ein reicher junger sarazenischer Emir mich heiraten wollte? Vielleicht hätte ich sogar eingewilligt, hätte mir nicht Ludwig am Rockzipfel gehangen.« Sie seufzte. »Wovon sprach ich gerade? Ach ja! Die Leidenschaft für den Kreuzzug. Versteht Ihr, liebes Kind« – sie streckte den Arm aus und tippte Helewise recht energisch auf die Schulter, wie um sich zu vergewissern, daß sie zuhörte –, »wie ich es sehe, gibt es viel wichtigere Dinge, um die Richerd sich kümmern müßte. Das Heilige Land zu befreien verblaßt zur Bedeutungslosigkeit, verglichen mit der schwerwiegenden Aufgabe, die Thronfolge zu sichern.«

»Aber König Richard hat doch jetzt eine Gemahlin«, wandte Helewise ein, »dank der Bemühungen Eurer Majestät.«

»Ja, ja, gewiß«, räumte Eleanor ein. »War das eine Reise!« Dann fuhr sie fort, als hätte der eine Gedanke sie zum nächsten geführt: »Natürlich konnte er Alais von Frankreich nicht heiraten, ganz gleich, wie nachdrücklich König Philip sich für seine Schwester einsetzte. Sie mochten ja miteinander verlobt sein, aber Richard konnte unmöglich Ernst machen. Auch wenn es diese ganze Verstimmung hervorrief, als Richard und Philip nach Outremer aufbrachen.«

»Gewiß«, sagte Helewise. Die Königin brauchte sich nicht aufzuregen, indem sie ihr den Grund auseinandersetzte, weshalb Richard Alais nicht heiraten konnte; Helewise kannte ihn bereits.

Doch Eleanor fuhr fort: »Sie war verdorbene Ware, diese Alais. Mein Mann, weiland König Heinrich, hat sie verführt und geschwängert, auch wenn der kleine Bastard, der daraus hervorging, diskreterweise nicht am Leben blieb.« Zornige Empörung und verletzter Stolz waren in dem alten Gesicht deutlich sichtbar. Ach, gnädige Frau, dachte Helewise, quält Euch nicht mit Dingen, die so weit zurückliegen!

»Keine passende Frau für meinen Sohn«, erklärte Eleanor, die mit sichtlicher Anstrengung ihre Fassung wiederfand. »Ungeachtet der Tatsache, daß die Kirche, wie ich hörte, eine Verbindung zwischen Alais und Richard erlaubt hätte, riecht es für mich nach Inzest, wenn ein Mann die abgelegte Mätresse seines eigenen Vaters heiratet.«

»Ich verstehe, was Ihr meint«, sagte Helewise. Sie bemühte sich, diplomatisch das Thema zu wechseln, und fuhr fort: »Doch was ist mit Berengaria von Navarra, gnädige Frau? Ist sie so schön, wie behauptet wird?«

»Schön?« Die Königin überlegte. »Nein. Sie wirkt recht blaß und fade. Als ich am Hof ihres Vaters in Pamplona eintraf und sie zum ersten Mal sah, da war ich ein bißchen enttäuscht, muß ich gestehen. Aber was hat das Aussehen schon zu sagen? Zudem gab es kaum eine Auswahl – Richard ist mit den meisten übrigen jungen Frauen aus den regierenden Häusern Europas verwandt, Berengaria ist eine der wenigen, die in Frage kamen. Außerdem hat er sich sogar anerkennend über sie geäußert – er ist ihr bei einem Turnier König Sanchos begegnet, an dem er vor einigen Jahren teilnahm, und hat ihr ein paar hübsche Verse geschrieben. Und auch wenn sie nicht schön ist, so ist sie doch tugendhaft und gebildet.«

Es trat eine kurze Pause ein. Als dächten beide Frauen dasselbe – daß Tugend und Bildung wohl kaum die Eigenschaften waren, die eine Frau für Richard Löwenherz anziehend machten –, trafen sich flüchtig ihre Blicke.

Eleanor sagte etwas, zu leise, als daß Helewise sich des Gehörten sicher sein konnte. Es klang wie: »Ich mag keine passiven Frauen.«

»Dann brachtet Ihr sie quer durch Südeuropa zu ihrem Verlobten«, sprach Helewise eilig in die peinliche Pause hinein. »Meine Güte, was für eine Reise! Und man sagt, Ihr habt im tiefsten Winter die Alpen überquert?«

»Das stimmt«, antwortete Eleanor, nicht ohne Stolz. »Und das muß ich Berengaria lassen, sie hat kein Wort der Klage verloren, auch als es wirklich mühsam wurde. Schnee, bitterkalte Quartiere, von Läusen wimmelndes Bettzeug, unzureichend gepökeltes Fleisch, all die Gefahren einer öffentlichen Straße, sie nahm alles mit hocherhobenem Kopf und zusammengekniffenen Lippen hin.

Anders als die meisten unseres Gefolges, möchte ich hinzufügen, die wie ein Haufen kränkliche Matronen jammerten, einer wie der andere.«

»Und als Ihr schließlich mit der Reisegesellschaft des Königs zusammentraft, war Fastenzeit, so daß die Heirat nicht stattfinden konnte«, faßte Helewise zusammen, was die Königin ihr schon erzählt hatte.

»Ich gab Berengaria in die Obhut meiner Tochter Joanna und wies sie an, das Mädchen beim nächsten Zwischenhalt, das war Zypern, mit Richard verheiraten zu lassen«, fuhr Eleanor fort. »Ich habe Nachricht aus zuverlässiger Quelle, daß sie im Frühjahr vermählt worden sind.«

»Ich wünsche ihnen Glück«, sagte Helewise.

»Ich auch«, stimmte Eleanor mit Inbrunst zu. »Ich auch.«

»Und jetzt kehrt Ihr nach Frankreich zurück, Majestät?« Helewise hielt es für das klügste, Eleanor von der Betrachtung darüber abzulenken, daß die Aussichten auf eine erfolgreiche Ehe ihres Sohnes offenkundig gering waren.

»Ja, aber erst morgen. Heute nacht logiere ich bei meiner lieben Freundin Petronilla de Severy. Petronilla Durand muß ich ja jetzt sagen, denn sie hat einen neuen Ehemann.« Die Königin ließ eine Pause eintreten. »Einen neuen *jungen* Ehemann. Und, Helewise, obwohl es mir ebenso weh tut, muß ich zugeben, daß die Aussichten auf eine gute Ehe in diesem Falle genauso gering sind wie bei meinem Sohn.«

Helewises Überraschung und Unbehagen angesichts der vertraulichen Mitteilungen der Königin waren geschwunden. Jetzt fühlte sie sich geehrt. Zutiefst geehrt. Hatte Eleanor nicht vorhin behauptet, Hawkenlye sei einer ihrer liebsten Orte? Wenn sie das so empfand, weil sie nur hier in der Zurückgezogenheit der Abtei über private Dinge zu reden vermochte, dann konnte Helewise nichts

Besseres tun, als ihr ein diskretes und teilnehmendes Ohr zu leihen. »Ihr betont die Jugend des neuen Ehemanns Eurer Freundin«, sagte sie. »Spielt das eine Rolle bei den Erfolgsaussichten dieser Ehe?«

»O ja«, gab Eleanor zurück. »Petronilla ist eine reiche Frau – ihr Vater hat sie äußerst gut versorgt zurückgelassen –, aber nicht einmal diejenigen unter uns, die sie lieben, könnten sie schön nennen. Sie ist lang und dünn, hat einen mittelmäßigen Teint und die Art Lippen, die sich nach innen zu stülpen scheinen, wenn eine Frau alt wird. Und die gute Petronilla *ist* alt.«

»Wie groß ist der Altersunterschied?« fragte Helewise.

»Petronilla ist zweiundvierzig, glaube ich. Vielleicht noch älter. Tobias Durand kann nicht viel über dreißig sein, und ich glaube gehört zu haben, er sei noch jünger.«

Unwillkürlich stieß Helewise hervor: »O je.«

»O je, allerdings«, stimmte Eleanor zu. »Und wie es heißt, ist er ein gutaussehender Mann, groß und gutgebaut.«

»Aber verarmt«, riet Helewise. Es schien keinen anderen Grund dafür zu geben, daß so ein Mann eine unansehnliche, so viel ältere Frau geheiratet hatte.

»Ihr habt es wieder getroffen.« Die Königin seufzte. »Ich bezweifle, daß sie ihn halten kann. Sie ist wahrscheinlich zu alt, um ihm einen Sohn zu schenken, was allein für die Fortdauer seiner Aufmerksamkeiten hätte sorgen können. Hat er erst einmal Zugang zu ihrem Reichtum…« Sie beendete den Satz nicht. Das war auch nicht nötig, fand Helewise.

Wieviel Leid die Ehe mit dem falschen Partner in das Leben eines Menschen bringt, sann sie. Und welches Glück, wenn die Wahl gut getroffen ist. Flüchtig dachte sie an ihren eigenen verstorbenen Gatten. Ivo war auch ein gutaussehender Mann gewesen, hochgewachsen und breit in den Schultern wie dieser prinzipienlose Tobias. Und welchen Sinn für Humor er hatte.

Aus heiterem Himmel fuhr ihr eine Erinnerung durch den Kopf. Sie und Ivo, die gerade den offenbar endlosen Besuch eines entfernten Cousins von Ivo durchlitten, hatten sich, mit Speise und Trank wohlversehen, aus ihrem eigenen Haus davongeschlichen, um an einer abgelegenen Stelle am Flüßchen ein paar selige private Stunden zu verbringen. Ivo hatte sich ausgezogen und war ins Wasser gewatet, und als er sich am Ufer abtrocknete, hatte ihn eine Wespe in die linke Hinterbacke gestochen.

»Was belustigt Euch so, Äbtissin?« Der kalte Tonfall der Königin holte sie abrupt in die Gegenwart zurück.

Helewise besann sich, worüber sie und Eleanor gesprochen hatten, und sie erklärte eilends ihr Lachen. Zum Glück sprach die Vorstellung eines bäuchlings daliegenden würdigen Ritters der Krone, dem seine Frau einen Wespenstachel aus dem Hinterteil zog, auch Eleanors Sinn für Humor an.

»Ich erinnere mich, daß Ihr von Eurer Ehe spracht, als ich Euch zur hiesigen Äbtissin machte«, sagte Eleanor. »Es war sichtlich eine glückliche Verbindung.«

»Das war sie.«

»Und ich glaube mich zu erinnern, daß Ihr Kinder hattet?«

»Ja.«

»Töchter?«

»Söhne. Zwei.«

»Aha.« Die Königin verstummte.

Die beiden, Königin und Äbtissin, saßen eine Zeitlang da, ohne das Schweigen zu brechen. Helewise hätte gern gewußt, ob Eleanor so wie sie auch an ihre Söhne dachte.

Wenige Minuten später pochte es wieder an die Tür. Als Helewise aufstand und öffnete, sah sie die Pförtnerin vor sich. Schwester Ursel reckte den Hals, um an Helewise vorbei einen Blick auf Königin Eleanor zu erhaschen, und meldete: »Frau Äbtissin, für die Königin ist ein Trupp gekommen. Ein Mann, der sagt, er sei Tobias Durand, er ist mit einem Gefolge da, um Ihre Majestät in sein Haus zu eskortieren.«

»Mit einem Gefolge«, murrte die Königin. »Ist ihm denn nicht klar, daß ich schon eins habe? Zwei Gefolge sorgen nur dafür, doppelt soviel Staub aufzuwirbeln.«

»Vielleicht hat ihn Lady Petronilla geschickt«, bemerkte Helewise scharfsinnig, »darauf erpicht, Eure Majestät mit dem Anblick ihres gutaussehenden jungen Ehemannes zu beeindrucken, in vollem Staat an der Spitze eines Trupps seiner eigenen Leute.«

Eleanor warf ihr einen Blick zu. »Wie recht ihr habt«, bemerkte sie.

Schwester Ursel beobachtete sie von der Tür aus. »Geh und sage Tobias Durand, daß wir unverzüglich kommen«, befahl die Äbtissin.

»Ja, Frau Äbtissin.« Mit einem letzten Blick eilte Schwester Ursel davon.

Helewise stellte sich zu der Königin, bereit, ihr, falls nötig, aufzuhelfen, jedoch möglichst unauffällig.

Doch Eleanor sagte, ohne verhehlen zu wollen, daß sie Hilfe brauchte: »Gebt mir Euren Arm, Helewise. Ich habe zu lange gesessen und bin steif geworden.«

Während sie das Zimmer verließen und langsam durch den Kreuzgang schritten, der Stelle zu, wo man Tobias und seinen Trupp sehen konnte, der sich trotz ihrer Bemühung, das zu vermeiden, unter Eleanors Eskorte mischte, neigte Eleanor den Kopf dicht zu Helewise und sagte leise: »Danke, Äbtissin.«

Die Frage »Wofür?« erübrigte sich. Statt dessen antwortete Helewise: »Der Dank ist auf meiner Seite, gnädige Frau.«

»Ich komme wieder«, versprach Eleanor, »und wenn es meine Pläne erlauben, bleibe ich wesentlich länger bei Euch als einen Tag und eine Nacht.«

»Die Abtei steht Euch zur Verfügung«, gab Helewise zurück. »Nichts könnte uns größere Freude bereiten, als Eure Majestät als Gast zu haben.«

»Nichts könnte *mir* größere Freude bereiten«, murmelte Eleanor. »Aber die Zeit ist noch nicht gekommen, zu tun, was mir gefällt.«

Als die beiden sich den wartenden Damen, Männern und Pferden näherten, spürte Helewise, da war sie sich ganz sicher, wie die Königin voller Zuneigung ihren Arm drückte.

Zweites Kapitel

Helewise blieb eine Weile stehen und sah der Reisegesellschaft der Königin nach, die sich auf der Landstraße entfernte. Wie Eleanor vorausgesagt hatte, wirbelten all diese Reiter wirklich eine beinahe unerträgliche Menge Staub auf. Mit dem Gedanken, wie angenehm jetzt etwas frische Luft wäre, schob Helewise die Rückkehr in die Mauern der Abtei auf und schlug statt dessen mit flotten Schritten den zum Wald führenden Weg ein.

Die Wärme des frühen Juni brachte gerade die Wildblumen zum Erblühen, und ein sanfter, lieblicher Duft schien die Luft zu erfüllen. Ganz in der Nähe sang eine Amsel. Ach, es war gut zu leben! Helewise straffte die Schultern und schwang die Arme, als sie ihren Schritt beschleunigte und auf die ersten Bäume zumarschierte. Sie würde nicht weit hineingehen, beschloß sie, denn da drin war es immer dunkel; sogar im Juni schien die Sonne nicht recht durchzudringen, so daß man die Atmosphäre im Wald stets als kalt empfand. Sie würde bloß den Waldrand entlang eine kurze Runde gehen, etwa eine Meile, mehr nicht, und dann…

Sie trat beinahe auf ihn.

Hastig fuhr sie zurück, raffte den weiten Rock ihres Gewandes schützend weg von der Blutlache auf dem frischen grünen Gras und preßte die Hand vor den Mund, um ihren Entsetzensschrei zu ersticken.

Er war tot. Er *mußte* tot sein. Er lag bäuchlings da, und aus seinem Rücken ragte der lange Schaft eines Speeres; nach dem Winkel zu schließen, mußte die Spitze, tief in den Rumpf versenkt, das Herz durchbohrt haben.

Er trug grobe Bauernkleidung. Die Beinlinge waren derb und saßen schlecht, und der Kittel war geflickt und gestopft – sehr sauber; jemand hatte sich mit diesen winzigen Stichen viel Mühe gemacht. Er muß eine Frau gehabt haben, dachte Helewise, oder vielleicht eine liebende Mutter. Irgendeine arme Frau wird trauern, wenn sie hiervon hört. Wenn sie seine Frau ist, bedeutet es den Verlust des Ehemannes und den Verlust des Ernährers. Ein schlimmer Tag für sie, wer immer sie ist.

Während der erste Schreck nachließ, begann sich Helewise zu fragen, was der Mann am Rand des Waldes gemacht hatte. Und lag er schon lange dort? Waren sie und ihre Nonnen seit Tagen ihren Pflichten nachgegangen, während die ganze Zeit diese arme Kreatur keine halbe Meile von der Abtei entfernt tot dalag?

Sie beugte sich hinab und berührte den Nacken des Mannes; er war, das fiel ihr auf, ekelhaft schmutzig. In seinem fettigen Haar wimmelten Läuse; hätten die nicht die Leiche verlassen, wenn der Mann schon längere Zeit tot wäre? Diese kleinen Blutsauger ernährten sich doch gewiß nur von frischem, nicht geronnenem Blut... Der Körper besaß noch eine Spur Wärme, doch Helewise machte sich klar, das könnte daran liegen, daß er zumindest teilweise in der Sonne lag. Zaghaft hob sie eine der Gliedmaßen des Mannes an: Der Arm schien steif zu werden. Die Totenstarre setzte gerade ein.

War er demnach im Lauf der vergangenen Nacht gestorben?

Helewise stand vor der Leiche, ihr Stirnrunzeln vertiefte sich. Dann wandte sie sich unvermittelt ab. Während sie zur Abtei zurückeilte, dachte sie, ich muß Hilfe holen. Ich muß dem Sheriff Bescheid sagen lassen. Das ist ein Fall für ihn.

Sie fiel in Trab – keine würdevolle Fortbewegungsart für eine Äbtissin, doch merkte sie es gar nicht – und überlegte, wie gut es sei, daß dieser Tod – dieser Mord – nicht während Königin Eleanors Besuch an den Tag gekommen war. Dann hätte der Fall alle viel zu sehr beschäftigt, und der Königin und der Äbtissin wäre ihr ruhiges, privates kleines Tête-à-tête entgangen.

Unmittelbar auf diesen Gedanken folgte ein weiterer: Es sei wohl kaum passend, sich über so etwas zu freuen, wenn ein Mann tot dalag, brutal ermordet. Die Scham über ihre eigenen Betrachtungen trieb Helewise voran, sie raffte die Röcke und legte den Weg zum Tor der Abtei im Laufschritt zurück.

Sheriff Harry Pelham aus Tonbridge war ein unsympathischer Mensch.

Helewise lauschte seinen Auslassungen zu dem Mord und mußte sich den Ärger verbeißen. Sich anhören zu müssen, wie er großspurig seine Meinung darlegte, als könne nur er recht haben, als könne sie, bloß eine Frau, unmöglich einen brauchbaren Gedanken beitragen! Nur seine Gegenwart in ihrem Zimmer dulden zu müssen war schon schlimm genug.

Er war ein gedrungener Mann. Kräftig, untersetzt, mit einem Bauch wie ein Faß und kurzen Beinen, die kaum der Aufgabe gewachsen schienen, seinen Körper zu tragen. Er war in ein abgetragenes Lederwams gekleidet, und wenn er nach seiner wiederholt dargebotenen Manier die

Brust blähte, schien es, als wollte er auf die Kampfesspuren aufmerksam machen, die sich kreuz und quer über das derbe Leder zogen. Als wollte er sagen: Schaut her! Seht, in welche Gefahren meine Pflicht mich führt! Seht, welche Knüppel- und Schwerthiebe ich abgewehrt habe!

Es war offenbar harte Arbeit gewesen, ihn zu bewegen, sein Schwert und Messer am Tor zurückzulassen. Schwester Ursel, so hatte man Helewise mitgeteilt, hatte wie eine gereizte Henne mit gesträubten Federn ihr Tor verteidigt und Harry Pelham verkündet, ob Sheriff oder nicht, *niemand* trage Waffen in Gottes Heiligtum.

Dieselbe Nonne – es war Schwester Beata, die als Krankenpflegerin immer eine aufmerksame Beobachterin war – berichtete der Äbtissin auch, daß Harry Pelhams Schwert fleckig war und daß sein Messer aussah, als hätte er kürzlich Fleisch damit geschnitten.

Und dieser nachlässige Mann, dachte Helewise jetzt, während sie seiner dröhnenden Stimme lauschte, ist unser alleiniger Hüter von Recht und Ordnung. Tüchtig mochte er ja sein – mußte er sein, verbesserte sie sich, denn die Clares von Tonbridge hatten ihn in sein Amt eingesetzt, und die duldeten bei ihren Amtsträgern gewiß keine Nachlässigkeit – aber ach, was war er doch für ein Tölpel!

»Freilich«, erklärte Harry gerade und lehnte sich dabei auf dem kleinen hölzernen Schemel zurück, so daß dessen Hinterbeine protestierend quietschten, »freilich war Hamm Robinson ein bekannter Verbrecher. Ich wundere mich überhaupt nicht, daß ihn jemand umgebracht hat, o nein, überhaupt nicht, hahaha!«

Helewise, die absolut nicht begriff, wieso das komisch sein sollte, fragte in kühlem Ton: «Ein Verbrecher, Sheriff? Worin bestand sein Verbrechen?«

Harry Pelham beugte sich zu ihr, als sei er im Begriff, ihr ein Geheimnis anzuvertrauen. Seine fleischige Nase zeigte in den Falten, wo die Nasenflügel in die Wangen übergingen, jeweils einen Halbkreis von Mitessern, und in Augenbrauen und Haaransatz hingen fettig aussehende Schuppen. »Schwester, er war ein Wilderer!«

»Ein Wilderer«, wiederholte sie. »Fürwahr, Sheriff, ein gefährlicher Mensch.«

Harry Pelham nickte, der milden Ironie überhaupt nicht gewahr. »Jawohl, Schwester, gefährlich, verzweifelt, einfach alles.« Er zögerte, und sie war fest davon überzeugt, er überlege, wie weit er wagen könnte, die Einzelheiten dessen zu übertreiben, was er gleich vorbringen wollte. Wieder beugte er sich zu ihr – sie wünschte, er ließe das, er roch nicht allzu frisch – und sagte: »War schon mehrmals drauf und dran, ihn festzunehmen. Hab ihn durch diese alten Wälder verfolgt, versteht Ihr.« Er stieß den Daumen über seine Schulter in die ungefähre Richtung des Waldes. »Ha, aber der war gerissen! Kroch durchs Unterholz wie ein wildes Tier, irgendwie ganz leise und geschwind. Nehme an, er kannte sich da ganz genau aus.« Harry Pelham schüttelte den Kopf. »Hab ihn nie richtig in die Finger gekriegt.«

»Vielleicht hat er Euch kommen hören«, bemerkte Helewise neutral.

Der Sheriff schoß einen Blick zu ihr hinüber. »Na ja, mag sein. Und vielleicht war es auch mein Glück, daß ich ihn nie erwischt hab, einen verzweifelten, zu allem entschlossenen Mann wie den! *Vielleicht* würde ich gar nicht hier sitzen und mit Euch reden, Schwester, wenn ich ihn erwischt hätte!«

»Ja«, murmelte Helewise, »er hätte sich gewaltig gewehrt, da bin ich ganz sicher.« Betont starrte sie auf Harry Pelhams breite Schultern. »Was meint Ihr, Sheriff, war er ein großer, kräftiger Mann?« erkundigte sie sich und schlug arglos die Augen zu ihm auf. »Ich habe ihn nur tot gesehen, und da war es schwer zu sagen.«

28

Der Sheriff stieß ein paarmal »Hm« und »Ha« aus, dann knurrte er etwas kaum Vernehmliches.

»Was sagtet Ihr, Sheriff? Ich habe es nicht ganz verstanden.«

»Ich sagte, er war kräftig genug«, brummte Harry Pelham.

»Ah.« Helewise senkte den Kopf, um ihr Lächeln zu verbergen. Dann setzte sie wieder eine ernste Miene auf und fuhr fort: »Er kam durch einen Speerwurf ums Leben, und als der ihn traf, rannte er gerade aus dem Wald. Ja?«

Wieder knurrte er. Dann kam es widerstrebend, als nähme er ihr übel, daß ihr auch nur solche knappen Tatsachen bekannt waren: »Ja. So war es.«

»Und davon leitet Ihr die Vermutung ab, ihn hätten die – wie nanntet Ihr sie, Sheriff? Die Waldleute? – umgebracht?«

»Ja. Die Waldleute, die Wilden Leute, das Volk kennt sie unter beiden Namen.«

»Und Ihr wißt mit Sicherheit, daß diese Wilden Leute sich vorgestern nacht im Wald aufhielten?«

»Ja. Es ist Juni, versteht Ihr. Im Juni kommen sie hierher.« Er runzelte die Stirn. »Jedenfalls manchmal. Zumindest taten sie das früher.«

»Ich verstehe.« Der Beweis erschien Helewise doch recht schwach, um diese unbekannte, bisher nicht einmal vermutete Gruppe von Menschen zu verurteilen, die anscheinend zu bestimmten Zeiten im Jahr beinahe an der Schwelle der Abtei zu lagern pflegten. »Und – verzeiht mir, Sheriff, wenn ich Euer Handeln in Zweifel zu ziehen scheine, aber wo doch der Mord in so unmittelbarer Nähe geschehen ist und…«

»Und wo Ihr ihn gefunden habt, Schwester«, fiel ihr der Sheriff ins Wort. »Doch, ich verstehe.« Ein gönnerhaftes Lächeln zog die feuchten Lippen in die Breite. »Ihr könnt mich ruhig fragen«, sagte er ernst, »was immer ich Euch zu Eurer Beruhigung mitteilen kann, damit Ihr und die guten Schwestern nachts leichten Herzens in Euren Betten liegen könnt, sollt Ihr gern erfahren!«

»Wie freundlich«, murmelte Helewise. »Wie ich gerade sagte, Sheriff, Ihr seid oben im Wald gewesen, nehme ich an? Ihr habt Beweise vorgefunden, daß diese Wilden Leute kürzlich dort gewesen sind?«

»Na ja, ich…« Wieder das Stirnrunzeln. Eigentlich mehr eine finstere Miene, dachte Helewise und entschied, ob nun Stirnrunzeln oder finstere Miene, wahrscheinlich bedeute es, Harry Pelham sei im Begriff, ihr eine Lüge aufzutischen. Oder wolle wenigstens damit durchzukommen versuchen, die Wahrheit ein wenig zu frisieren. »Es hat nicht viel Sinn, nach Hinweisen auf die Wilden Leute auszuschauen, Schwester, versteht Ihr. Sie sind schlau und gerissen, und sie wandern nicht überall herum und fällen Bäume oder hacken Äste ab, um sich Schutzhütten zu bauen. Sie sind mehr so eine Art Menschen, die im Freien leben. Sie leben unter den Bäumen, unter dem Himmel. Sie sind schon ewig da und treiben es weiter nach ihrer seltsamen Art. Manche sagen, sie waren schon lange da, ehe die Römer kamen.« Ihm fiel wieder ein, worauf er hinauswollte, und er wiederholte: »Hat keinen Sinn, nach Beweisen zu suchen. Überhaupt keinen. Obwohl, ich habe selbstverständlich ein paar Männer hinaufgeschickt.«

»Selbstverständlich.« Wer das wohl glaubte! »Und sie haben nichts gefunden.« Es war eine Feststellung, keine Frage.

Harry Pelham grinste. »Nein. Wie ich schon sagte.«

Helewise legte bedächtig die Hände zusammen und stützte das Kinn auf die Fingerspitzen. »Also, Sheriff, wir haben demnach einen toten Wilderer, der, trotz des Fehlens jeglicher Beweise, Eurer Überzeugung nach von diesen Wilden Leuten getötet worden ist. Die man, da es Euch nicht gelungen ist, sie zu finden, auch nicht befragen kann.« Sie warf ihm einen kurzen Blick zu und empfand eine ganz und gar ungebührliche Freude daran, daß er leicht zusammenzuckte. »Demnach habt Ihr keinen anderen Beweis für ihre Schuld als Eure eigene Überzeugung.«

Harry Pelham fing sich rasch wieder. Mit seiner drohendsten Miene starrte er sie an und erklärte: »Meine Überzeugung genügt mir völlig!« Als bemerkte sogar er, wie dürftig das klang, fügte er an: »Außerdem, sagt mir doch, wer es sonst hätte tun können! Los, sagt's mir doch!«

»Da ich nichts über den Mann oder seine Verhältnisse weiß, kann ich das natürlich nicht«, erwiderte Helewise mild. »Aber das ist doch wohl Eure Aufgabe, Sheriff? Herauszufinden, wie und wo der Mann gelebt hat, ob er Feinde hatte, ob jemand möglicherweise aus seinem Tod Nutzen ziehen könnte?«

»Ha!« rief der Sheriff und stieß die Faust in die Höhe, wie um zu sagen, jetzt hab ich Euch! »Ich *weiß*, wer er war. Er war Hamm Robinson, wie ich schon sagte. Er hat eine Frau – ein armes, dürres kleines Wesen ist sie, Hamm hat sie fast zu Tode schikaniert und geprügelt, der liebe Gott allein weiß, warum sie sich nicht in der Nacht davongestohlen hat –, und wenn es darum geht, was er gemacht hat, er war ein Wilderer.« Er wies mit einem schmuddeligen Finger auf die Äbtissin: »Das hab ich Euch schon gesagt.« Er stieß einen tiefen Seufzer aus und fuhr fort: »Wenn Ihr mich fragt, die Welt ist ohne ihn besser dran.«

»Mag sein!« rief Helewise. »Aber er war ein Mensch, Sheriff! Ein lebendiger, atmender Mensch, bis jemand einen Speer auf ihn schleuderte und ihn tötete. Gebührt ihm nicht Gerechtigkeit wie jedem anderen Menschen?«

Harry Pelham, da war sie sich sicher, hätte fast »Nein« gesagt. Das, dachte sie, wäre die Wahrheit gewesen. Statt dessen nahm das fleischige, fettige Gesicht wieder seine gönnerhafte Miene an. »Wie ich Euch immer wieder erkläre, Schwester«, sagte er, »ich würde ja tun, was Ihr wollt, und würde hingehen und die Wilden Leute beschuldigen, wenn ich könnte. Ich würde sie verhaften, vor Gericht bringen, ein paar von ihnen aufhängen, wenn es in meiner Macht läge! Aber wie kann ich das, wenn sie weg sind?« Er lachte in sich hinein. »Sogar ich kann keinen Mann verhaften, wenn er nicht da ist, oder etwa doch, Schwester?«

Es hat wenig Sinn, dachte Helewise, das weiter zu verfolgen. Sie konnte den Sheriff nicht zu etwas bewegen, was er nicht wollte; was immer sie vorbringen würde, nichts würde ihn so sehr beschämen, daß es ihn zum Handeln zwingen könnte.

Sie ließ die gespannte Stille noch ein wenig andauern. Dann erhob sie sich und sagte: »Nun gut, Sheriff. Aber laßt es mich bitte wissen, wenn Eure Nachforschungen zu irgendeinem befriedigenden Schluß gelangen.«

Sheriff Pelham erfaßte, daß er entlassen wurde – was ihm, seiner Miene nach zu urteilen, nicht besonders paßte –, und stand auf. Die Äbtissin öffnete die Tür, und er polterte hinaus.

»Ihr könnt Eure Waffen am Tor abholen«, wies Helewise ihn an. »Schwester Ursel hat sie wohlverwahrt. Ich wünsche Euch einen guten Tag, Sheriff.«

Er knurrte etwas als Antwort. Es hätte »Guten Tag« heißen können, doch genausogut etwas viel weniger Höfliches.

Als Helewise ganz sicher war, daß er fort war, verließ sie ihr Zimmer und überquerte den Hof zum Spital, wo sie Schwester Euphemia bat, ihr etwas von ihrem kostbaren lavendelduftenden Weihrauch abzugeben. Obwohl sie sich bemühte, im Geiste christlicher Nächstenliebe an den Sheriff zu denken, empfand sie den sehr heftigen Wunsch, seine Gegenwart aus ihrem Zimmer herauszuräuchern.

Später am Tag kehrte sie zu dem Weg in den Wald zurück.

Es war, so hatte sie entdeckt, sehr schwierig, die Sache auf sich beruhen zu lassen. Ein Mann war in unmittelbarer Nähe der Abtei brutal ermordet worden, und sie war um ein Haar auf ihn getreten. Offenbar bestand keine Aussicht, daß sein Mörder jemals vor Gericht kommen würde, und Helewise sah keinen Weg, daran etwas zu ändern.

Einmal noch, dachte sie, während sie zu den Bäumen hinaufschritt, muß ich es selbst versuchen. Mir das noch einmal ansehen. Nachschauen, ob ich irgendeine Spur finden kann, die der Sheriff und seine Leute nicht entdeckt haben, und das kann ja nicht so schwer sein, das weiß der liebe Gott.

Sie fand die Stelle, wo die Leiche gelegen hatte. Im Gras waren noch Blutflecken. Sie ging ein paar Schritt in den Wald hinein und meinte niedergetretenes Unterholz zu sehen, wo die Füße des Toten entlanggerannt waren. Doch was war mit dem Mörder? War er in den Spuren des Toten gerannt? Er mußte stehengeblieben sein, um den Speer zu schleudern… Sie streifte weiter durch den tiefen Schatten der Bäume, ohne eigentlich zu wissen, wonach sie suchte.

Eine Weile später gab sie die Suche auf. Es war ganz hoffnungslos, begriff sie.

Sie kehrte zu der Stelle zurück, wo der Mann gefallen war. Ein paar Schritt weiter bemerkte sie niedergedrücktes Gras; sie ging sich das ansehen.

Dort, inmitten leuchtenden Grüns, lag der Speer.

Jemand – Sheriff Pelham? – mußte ihn aus dem Rücken des Toten gezogen und zur Seite geworfen haben. Die Spitze und die ersten paar Zoll des Schaftes waren noch klebrig vom Blut.

Helewise bückte sich und hob ihn auf.

Sorgsam wischte sie ihn an dem frischen jungen Gras ab und spürte dabei den unlogischen, aber äußerst starken Drang, sich für diesen Akt der Entweihung zu entschuldigen.

Dann, als er so sauber war, wie sie es zustande brachte, sah sie ihn sich genau an. Die Speerspitze war aus Feuerstein gefertigt.

Feuerstein?

Helewise hatte die meiste Zeit ihres Lebens in der Nähe der South Downs gelebt, und mit Feuerstein kannte sie sich aus. Einer ihrer Brüder hatte sich an einem verregneten Nachmittag damit beschäftigt, ein Feuersteinmesser herzustellen, und dabei entdeckt, daß es nicht so leicht war, den Stein zu bearbeiten, wie man glaubte.

Doch wer immer diese Speerspitze angefertigt hatte, war ein Meister seines Fachs. Die Spitze war vollkommen symmetrisch und wohlgeformt. Wie ein elegantes Blatt. Die behauenen Ränder waren makellos.

Und die Spitze war so scharf wie ein Messer.

Helewise – die ihre Lektion gelernt hatte, was das Prüfen bearbeiteter Kanten anbetraf – probierte die Speerspitze an einem Büschel Löwenzahn aus. Sie fuhr durch Blätter und Stengel, als wären sie gar nicht vorhanden.

Eine Speerspitze aus Feuerstein, sann sie. Wieso Feuerstein, in diesem Zeitalter verfeinerter Metallbearbeitung? Hieß das, der erbärmliche Sheriff hatte recht, und dieser Mord war doch das Werk eines Haufens primitiver Waldbewohner, die nicht in der Gegenwart lebten, sondern gemäß den Sitten ihrer steinbearbeitenden Vorfahren aus ferner Vergangenheit?

Die Vorstellung jagte Helewise einen atavistischen Schauer der Furcht über den Rücken. Und hier bin ich, dachte sie, keine zehn Schritt vom Wald entfernt. Sie wandte sich um und begab sich eiligst zur Abtei zurück.

Aber ob verstört oder nicht, den Speer nahm sie trotzdem mit. Auch wenn die Sache nunmehr offenbar erledigt war, erschien es ihr zweckmäßig, kein Beweisstück wegzuwerfen.

In ihr Zimmer zurückgekehrt, stellte sie fest, daß der Lavendelweihrauch nicht richtig angebrannt war und die Luft immer noch nach dem Sheriff stank. Noch dazu hatten die vielfältigen Anspannungen des Tages eine Kopfschmerzattacke ausgelöst.

Und obendrein war auch noch Freitag. Das bedeutete Karpfen zum Abendessen.

Mit verhaltener Heftigkeit murrte Helewise: »Ich kann Karpfen nicht ausstehen.«

DRITTES KAPITEL

Josse d'Acquin schob seine starken Hände unter die Arme seines kleinen Neffen, und mit einem Blick zum Haus zurück, um sich zu vergewissern, daß seine Schwägerin sie nicht beobachtete, hob er den Jungen auf den breiten Rücken seines Pferdes.

»Hüh!« schrie der Junge, die Stimme schrill vor Aufregung. »Pferdchen, hüh!«

Josse verhinderte rasch, daß die scharfen kleinen Fersen sich in die Flanken des Tieres bohrten; Horace war ein gutes, kräftiges Pferd, gewöhnlich von ausgeglichenem Temperament, aber man wußte nie, wie selbst das ruhigste Tier auf eine so unerwartete Herausforderung reagierte.

»Pst, Auguste, mein Junge«, sagte Josse. »Ich habe dir doch schon erklärt, daß man nicht hüh sagt.«

»Was sagt man denn dann, Onkel Josse?« piepste der Junge. »Ich vergesse das immer wieder.«

»Na ja, du kannst *hup!* sagen, wenn es sein muß«, gestand Josse ihm zu. »Aber wie ich dir schon erklärt habe, reagieren Pferde auf deine Beine, deine Hände und deine Stimme, also benutze die nie gedankenlos.«

»Und dein Hintern, Onkel Josse! Du hast gesagt, man

35

muß seinen Hintern benutzen, um sich fest draufzusetzen!« Das Kind wand sich vor Vergnügen, begeistert über die ungewohnte Freiheit in Gegenwart seines nachsichtigen Onkels. Und noch dazu zweimal »Hintern« sagen zu dürfen und ungestraft davonzukommen.

»Stimmt, das habe ich gesagt.« Josse grinste. »Setz dich fest in den Sattel, habe ich gesagt, laß den alten Horace merken, daß du an Bord bist.«

»Ich will reiten, ohne daß du festhältst!« rief Auguste. »*Bitte*, Onkel Josse!«

»Ganz bestimmt nicht!« Josse faßte den Zügel noch fester. »Deine liebe Mutter würde mir bei lebendigem Leibe das Fell über die Ohren ziehen, wenn sie wüßte, daß ich dich auch nur aufs Pferd gesetzt habe«, brummte er.

»Onkel Josse, was heißt das Fell über die Ohren ziehen?« Auguste hatte schärfere Ohren, als Josse geahnt hatte.

»Ach – hm – nichts. Also jetzt, Jungchen, einmal die Runde um den Hof, und dann…«

»Josse!« schrillte eine Frauenstimme. »Josse, was machst du denn da! Ach, Vorsicht! Sei *vorsichtig*!«

Theophania d'Acquin, die Frau von Josses jüngstem Bruder Acelin, kam bei diesen Worten mit wütender Miene aus dem Haus und über den Hof gerannt. Sie war nicht nur Mutter des sechsjährigen Auguste, sondern auch seiner jüngeren Schwester und seines Bruders im Babyalter, und ihre mütterlichen Schutzinstinkte waren rasch erregt. Besonders wenn es um Josse ging und praktisch jeden seiner Kontakte mit ihren Kindern.

»Dem Jungen passiert nichts!« protestierte Josse, bemüht, Horace zu beruhigen; das Pferd hatte sich kaum davon stören lassen, daß es einen kleinen Jungen auf dem Rücken trug, obwohl das Kind zappelte und schrie, doch jetzt reagierte es auf die kreischende Frau. »Halt den Mund, Theophania!« rief Josse und hängte sich in die Zügel, bemüht, Horaces schweren Kopf unten zu halten. »Siehst du nicht, daß du ihn aufregst?«

»Also so etwas!« rief Theophania. »Wie kannst du es wagen, so mit mir zu sprechen?«

Josse, voll davon in Anspruch genommen, Augustes Gewicht abzufangen – das Kind hatte offenbar entschieden, der Rücken von Onkel Josses Pferd sei nicht der geeignete Aufenthaltsort, nicht, wenn Maman unter Kriegsgeschrei über den Hof gerannt kam –, und zugleich Horace festhaltend, knurrte etwas vor sich hin.

Wieder hatte er das scharfe Gehör eines Sechsjährigen unterschätzt. Gerade als Theophania, vor gerechtem Zorn bebend, ihr Kind von Josses Schulter riß, fragte Auguste unschuldig: »Onkel Josse, was heißt *salope*?«

Es gab selbstverständlich mächtigen Ärger.

Am selben Abend, als Theophania murrend nach oben gegangen war, um sich um das Baby zu kümmern, setzte sich Josse zu seinen Brüdern und seinen übrigen Schwägerinnen, wohl wissend, daß die versammelte Gesellschaft nicht ganz mit ihm zufrieden war.

Hölle und Teufel, dachte er und griff wieder nach dem Weinkrug, wem gehört denn das Haus? Ich bin der älteste Bruder, ich kann in meinem eigenen Heim machen, was ich will!

Doch das war freilich das Problem. Und Josse hatte genug Gerechtigkeitssinn, um das zu erkennen. Acquin, sowohl das große, befestigte Gutshaus selbst als auch die weiten Ländereien, gehörten von Rechts wegen Josse: Er war der Erbe, er hatte beim Tod seines Vaters vor fünfzehn Jahren Besitz und Titel geerbt.

Doch Josse hatte immer gewußt, daß er nicht zum Landedelmann bestimmt war. Er kannte sich mit den ländlichen Angelegenheiten nicht aus, auch nicht mit Tieren, von Pferden abgesehen; er hatte kein Interesse daran, die

Arbeit seiner Pächter und seiner Bauern zu organisieren, zum Wohl aller, deren Existenz von Acquin abhing. Seine Brüder Yves, Patrice, Honoré und Acelin, sie waren es, die das Landleben liebten und verstanden.

Josse jedenfalls war, nachdem er sein Erbe angetreten hatte, von zu Hause weggezogen, sobald er konnte. Schon davor war er fortgewesen; wie so viele älteste Söhne hatte man ihn in den Haushalt eines anderen Ritters in die Lehre gegeben, um ihn einen ganz anderen Beruf als den Ackerbau erlernen zu lassen. Er hatte sogar zwei Jahre bei der Verwandtschaft seiner Mutter in England verbracht, wo sein Großvater, Herbert von Lewes, ihn herzlich aufnahm, nachdem er offenbar den Schock verwunden hatte, daß seine liebe Ida aus ihrer Heimat fortgezogen war, um einen Franzosen zu heiraten. Als Josse das Alter dazu hatte, war er Schildknappe geworden, und zur gehörigen Zeit gewann er seine Sporen.

Noch als Jüngling war er mit König Richard selbst zusammen geritten, der damals freilich noch nicht König war. Aber jetzt war er es.

Dank der Großzügigkeit des neuen Königs Richard besaß Josse in England ein Gutshaus. Oder würde es doch besitzen, wenn die Bauleute erst damit fertig waren. Und wann *das* sein würde, wußte Gott allein.

In der Zwischenzeit bemühte sich Josse, eine Verzögerung nach der anderen geduldig hinzunehmen, und wohnte wieder zu Hause. Wo nach Recht und Gesetz sein Zuhause war, wo er jedoch, wie er nur zu klar erkannte, jetzt eher Gast war.

Und zuzeiten, wie jetzt, ein nicht besonders willkommener Gast.

Er ließ sich auf eine massive Holzbank fallen und fühlte sich zornig und verlegen zugleich.

»Ich habe dem Jungen nichts getan!« protestierte er und nahm einen großen Schluck Wein.

»Mag ja sein«, sagte seine Schwägerin Marie, Yves' Frau. »Aber das ist nicht der springende Punkt. Theophania hat dich gebeten, Auguste nicht auf deinem Pferd reiten zu lassen, und du hast dich nicht darum gekümmert.«

»Der Junge wird verweichlicht!« rief Josse. »Er darf nur sein kleines Pony reiten, was für einen temperamentvollen Burschen keinerlei Herausforderung bedeutet! Und es sind zu viele Frauen hier – er braucht mehr männlichen Umgang.«

»Den hat er, und zwar reichlich!« erklärte Acelin, sichtlich gekränkt. »Er hat mich, und er hat seine Onkel Yves, Patrice und Honoré. Dazu noch Yves' Söhne Lukas, Jean-Yves und Robert, und wenn er erst größer und kräftiger ist, wird Honorés kleiner Junge auch bald zu einem Spielgefährten. Das ist doch wohl genug männlicher Umgang, Josse, sogar für dich.«

»Kann schon sein.« Josse hatte das unangenehme Gefühl, daß sie ihm nicht nur zahlenmäßig überlegen waren, sondern auch mit ihren Argumenten. »Trotzdem, es wäre für ihn inzwischen ganz selbstverständlich, ein großes Pferd zu reiten, wenn er so aufgewachsen wäre wie *ich*, das kann ich euch sagen!«

»Als *du* sechs warst, warst du noch hier und bist auf einem Pony herumgaloppiert, das nicht viel größer als Augustes war, und bist allen gründlich auf die Nerven gegangen«, sagte Yves pedantisch. »Du bist erst mit sieben fort, um Sir Guys Page zu werden.«

»Bin ich nicht!«

»Bist du doch!«

»Bin ich *nicht*!«

»Ach, hört doch auf!« rief Marie. »Also wirklich, Josse, was hast du bloß an dir, daß du vernünftige erwachsene Männer dazu bringst, sich wieder wie kleine Jungen zu benehmen?«

»Es sind meine Brüder«, brummte Josse.

»Ach, das erklärt alles.« In Maries Stimme schwang deutlich ein ironischer Ton. Doch sie lächelte Josse trotzdem an; sie hatte ihn immer gemocht.

»Josse hätte Theophania nicht eine…, – hätte sie nicht so nennen sollen«, brachte sein Bruder Honoré scheinheilig vor. »Das war *ganz* ungehörig. Und *ganz* unzutreffend.«

Acelin, von neuem wutentbrannt über die Beleidigung seiner Frau, entrang sich ein erstickter Laut.

»Es tut mir leid«, sagte Josse eilig, bevor Acelin wieder einen Anfall selbstgerechter Entrüstung entwickeln konnte. »Es ist mir einfach so rausgerutscht.«

»Wie *hast* du sie denn genannt, Josse?« flüsterte Marie, während die zwei jüngsten Brüder sich nickend über Josses Mangel an Respekt einig waren. »Acelin wollte es mir nicht sagen, und Theophania war am Rand eines hysterischen Anfalls, als ich sie fragte.«

»Ich fürchte, ich habe sie Miststück genannt«, gab Josse zu. »Ich schäme mich wirklich sehr, Marie. Ich denke daran, auf den Markt zu gehen und ihr zur Wiedergutmachung etwas Hübsches zu kaufen – ein paar Bänder, einen Ballen feines Tuch.«

»Es ist ihr wahrscheinlich viel lieber, wenn du einfach ihren Sohn in Ruhe läßt«, bemerkte Marie scharfsinnig. »Obwohl ich selbst eher deiner Meinung bin. Wenn du nicht da bist, herrscht hier ein bißchen zu sehr ein Weiberregiment.«

»Du bist die ranghöchste Ehefrau«, meinte Josse. »Und bestimmt würde dich Agnès unterstützen, selbst wenn Pascale es nicht täte.« Agnès war mit Patrice verheiratet, und Pascale war Honorès Frau; als Mutter eines kränklichen Kindes war Pascale meistens zu sehr von seiner Pflege in Anspruch genommen, als daß sie sich an Familienstreitereien beteiligt hätte. »Kannst du da nicht für Besserung sorgen?«

»Hm.« Marie sah nachdenklich drein. »Möglich. Bloß,

du weißt ja, wie Theophania ist. Wenn ihr etwas nicht paßt, bekommt sie ihre schlimmen Kopfschmerzen.« Sie unterbrach sich, um einen Faden abzubeißen; rundlich und von gelassener Ruhe in ihrer fortgeschrittenen Schwangerschaft – eine Verfassung, die ihr gut stand, dachte Josse –, nähte Marie an einem kleinen Kleidungsstück aus feinem Leinen. »Und wenn Theophania schlimme Kopfschmerzen hat, leiden wir alle darunter«, schloß sie. »Das ganze Hauswesen.«

»Stimmt.« Kein Wunder, daß ich hier nicht hereinpasse, dachte Josse bedrückt. Meine vier Brüder und diese verständige Frau, die älteste meiner Schwägerinnen, lassen sich alle von der unvernünftigsten Person im Haus auf der Nase herumtanzen. Alles um des lieben Friedens willen!

»Wo ist Theophania jetzt?« fragte er.

»Stillt das Baby«, sagte Marie.

»Aber ich dachte, sie hätte…« Er unterbrach sich, es war schließlich Theophanias Sache.

»Du dachtest, sie hätte eine Amme eingestellt?« Marie sah ihn an. »Oh, die Milch einer Bauersfrau ist nicht gut genug, nicht für Theophanias Kind.«

»Ach so«, sagte Josse.

Marie senkte den Kopf über ihre Näharbeit; taktvollerweise verfolgte Josse die Sache nicht weiter.

Ich will Theophania ein Geschenk kaufen, beschloß er, und meine Entschuldigung wiederholen. Ich habe mich unverzeihlich rüde benommen, und das einer Frau gegenüber, der ich Achtung schulde, auch wenn ich sie nicht direkt mag.

Doch wenn sie mir verziehen hat, gehe ich.

Auch wenn die Renovierungsarbeiten an seinem neuen Gutshaus noch nicht fertig waren, auch wenn es hineinregnete und er in einer Scheune schlafen mußte, war es doch besser als das Leben in Aquin.

Jedenfalls vorläufig.

König Richard Plantagenet hatte Josse im Winter 1189 das englische Gut geschenkt, aus Dankbarkeit für einen gewissen Dienst, den Josse dem König hatte leisten können.

Richard war in jenem kalten Januar ganz davon in Anspruch genommen, seinen großen Kreuzzug vorzubereiten; Josse dachte oft, nur weil Richards Mutter, die gute Königin Eleanor, ihren Sohn an seine Verpflichtung erinnert hatte, war er überhaupt in den Besitz des Gutes gelangt.

Das Gut umfaßte einen Teil – einen ziemlich großen Teil – des großen Besitztums des verstorbenen Alard von Winnowlands. Josses Geschenk war ein solide gebautes, aber verwahrlostes Haus, das, wie Josse erfahren hatte, vor reichlich siebzig Jahren in einiger Entfernung vom Haupthaus errichtet worden war, um eine besonders unverträgliche Schwiegermutter unterzubringen. Zum Haus gehörten ein kleiner eingefriedeter Garten, ein Obstgarten und mehrere Morgen Weideland, das sich teilweise bis zu einem schnellfließenden, von Weiden gesäumten Fluß erstreckte.

Es war ein prächtiges Geschenk. Josse war von seinem neuen Besitz begeistert und fand, er sei ein mehr als gerechter Lohn dafür, dem neuen König Lehnstreue zu schwören; Josse war ohnehin ein Anhänger des Königs. Er hatte das Haus mit einem Baumeister besichtigt, den Josses Nachbar, Brice von Rotherbridge, wärmstens empfohlen hatte. Fast den ganzen Vormittag lang hatte der Baumeister nach Art seiner Zunft eine zweifelnde Miene an den Tag gelegt und düster den Kopf geschüttelt, schließlich aber hatte er verkündet, es erfordere sehr viel Arbeit, aber, ja, er stimme Josse zu, das Haus habe eine gesunde Bausubstanz. Im Lauf der Zeit werde daraus schon ein schöner Landsitz werden.

Damals, vor fast achtzehn Monaten, war Josse nicht

ganz klar geworden, wie lang dieser Lauf der Zeit ausfallen werde.

Seit der Baumeister und seine Leute an dem Haus und seinen Nebengebäuden arbeiteten, hatte Josse seinem Besitz alle paar Monate einen Besuch abgestattet, um sich zu vergewissern, wie sie vorankamen. Es war interessant zu beobachten, wie der Charakter des Hauses sich allmählich veränderte: Zu Anfang, als das Dach klaffende Löcher zeigte und tückische Zugluft unter schlecht schließenden – oder gänzlich fehlenden – Türen hereinkroch, schien der Geist der elenden und klagenden alten Frau, für die man das Haus gebaut hatte, immer noch durch die Räume zu schweben. Das Haus selbst wirkte niedergeschlagen, als stünde es mit hängenden Schultern da und täte sich selbst leid. Das Haus war, das mußte Josse zugeben, wirklich bedrückend gewesen.

Doch als die Reparaturen und Renovierungen vorankamen, schien es Josse, als beginne das Haus sich aufzurecken, den Kopf mit neuem Stolz emporzuhalten und in dem Maße, wie seine ursprüngliche Schönheit allmählich – sehr allmählich – wiederhergestellt wurde, zu verkünden: Seht doch! Seht, was ich für ein schönes Gebäude bin, des Ritters würdig, der hier wohnen wird!

Gedanken solcher Art äußerte man jedoch nicht seinem Baumeister gegenüber. Und wirklich, als Josse Brice von Rotherbridge erzählte, das Haus fange an, seinen neuen Herrn zu begrüßen, wenn er zu Besuch komme, hatte Brice schallend gelacht und Josse ermahnt, diese verrückten, überspannten Ideen nicht *hierher* mit herüberzubringen, besten Dank!

Nicht nur, daß Josse einen Teil des Besitzes des verstorbenen Alard von Winnowlands übernahm, unversehens ergab es sich, daß er auch den Diener des Mannes übernommen hatte. Will, der Sir Alard gedient und ihn zuletzt still und hingebend gepflegt hatte, während der alte

Mann langsam und unter Schmerzen der Lungenfäule erlag, hatte sich eines Morgens in dem neuen Haus eingestellt, als Josse gerade mit dem Baumeister darüber diskutierte, ob man den westlichen Turm in eine kleine Sonnenterrasse umwandeln solle oder nicht (ein Meinungsstreit, bei dem Josse sich durchsetzte, auch wenn er sich gar nicht so sicher war, was er mit einer Sonnenterrasse anfangen sollte).

Will wartete geduldig, bis die Angelegenheit erledigt war, dann trat er vor, streifte seine Kapuze zurück und sagte: »Sir Josse d'Acquin? Ihr werdet Euch nicht an mich erinnern, Sir, aber...«

»Freilich erinnere ich mich an dich, Will.« Josse beeilte sich, ihn zu begrüßen. »Wie geht es dir?«

Will zuckte leicht mit den Schultern. Er wirkte dünner, als Josse ihn in Erinnerung hatte. »Mir geht's ganz gut.«

Josse bezweifelte das. Immerhin war der Herr dieses Mannes tot. Mit Sir Alard war Wills Lebensunterhalt dahingegangen. »Aha.«

Ohne Vorrede fuhr Will fort: »Ihr werdet wahrscheinlich Gesinde für das Haus hier brauchen, Sir. Ich kenne die Umgebung, ich kenne die Leute. Ich würde mich um Euch und um Euren Besitz kümmern, wenn Ihr mich haben wollt. Eure Interessen wahren, könnte man sagen, wenn Ihr nicht daheim seid.«

Josse blickte einige Sekunden lang fest in die tiefliegenden Augen. Nicht etwa, daß er Will nicht traute; ganz im Gegenteil. Was ihn zögern ließ, den Mann unverzüglich einzustellen, war eine gewisse Besorgnis, was Wills Temperament betraf. Josse, im wesentlichen eine unbeschwerte, optimistische Seele, war sich nicht sicher, ob er mit jemandem zurechtkommen könne, der eine so düstere Miene wie Will zur Schau trug.

»Ich...«, begann Josse. Dann, nach einer peinlichen Pause: »Will, ich – hm – ich meine, hast du deine Trauer um Sir Alard überwunden? Ich weiß, daß sein Tod dich schwer getroffen hat, und...«

Zu Josses Überraschung lächelte Will. Das Lächeln wurde breiter, veränderte den strengen Ausdruck ganz und gar, und Will begann zu lachen.

»Warum rückt Ihr nicht gleich damit raus, Sir Josse?« sagte Will. »Ein fröhlicher Mensch wie Ihr mag den Gedanken nicht, daß ein trübseliger Kerl wie ich sich um ihn kümmert. Ist es das?«

»Nein! Überhaupt nicht! Ich...« Doch Josse mußte jetzt auch lachen. »Na gut. Ja, das ist es. Genau das.«

Wills Miene wurde ernst. »Sir, ich sag's Euch offen, ich habe viel von Sir Alard gehalten, Gott schenke seiner Seele Ruhe.«

»Amen«, murmelte Josse.

»Aber er ist nicht mehr. Ich hab mein Bestes für ihn getan, und was seinen Tod angeht, liegt mir nichts auf dem Gewissen. Übrigens auch nicht, was sein Leben angeht – wir hatten manches Auf und Ab, Sir Alard und ich, aber wir verstanden uns. Er wußte, daß ich sein treuer Gefolgsmann war. Nehme an, deshalb hat er mir ein hübsches Sümmchen vermacht, als er uns schließlich dagelassen hat, was auf dieser Erde verbleibt.«

»Aha.«

»Aber das liegt alles in der Vergangenheit«, schloß Will, »und das Leben muß weitergehen. Also, Sir Josse, wollt Ihr mich nehmen?«

»Das will ich«, sagte Sir Josse, »herzlich gern.«

»Ha!« Will blickte erfreut. »Ach, und dann ist da auch meine Frau, Sir, meine Ella. Habt Ihr vielleicht auch für sie Verwendung? Sie ist eine gute Seele, reinlich, fleißig, kennt sich mit den meisten häuslichen Arbeiten aus, ob's darum geht, flink zu buttern, ein Zimmer gründlich reinezumachen, eine Kuh zu melken, einen feinen Saum zu nähen oder ein schmackhaftes Essen zu schmoren.«

Josse grinste und klopfte Will auf den Rücken. »Solch ein Muster an Talenten darf doch nicht müßig herumsitzen, meinst du nicht auch, Will?«

»Wirklich nicht, Sir.«

»Dann nehmen wir sie wohl besser auch dazu. Deine Ella.« Er machte eine Pause. »Aber wo werdet ihr wohnen?« Er sah sich um. »Ich glaube nicht, daß hier etwas Passendes ist, ich werde wohl…«

»Es ist doch etwas Passendes hier, Sir«, unterbrach ihn Will mit leicht verlegener Miene. »Ich habe mir erlaubt, mich umzusehen, und die Reihe von Gebäuden da endet mit einer schmucken kleinen Kate.« Er wies zu einer Scheune und mehreren Nebengebäuden jenseits des Hofes; Josse, der das nicht näher untersucht hatte, war der Meinung gewesen, man werde sie zum größten Teil abreißen müssen.

»Eine Kate? Eine von den Buden da?« fragte er ungläubig.

»Ja. Sie ist jetzt ziemlich runtergekommen, aber trokken. Die Balken sind noch fest, es braucht bloß ein bißchen Arbeit. Ich und Ella, wir bringen das schnell in Ordnung. Wenn Ihr erlaubt, Sir, selbstverständlich.«

Wieder fing Josse an zu lachen. Im Zeitraum einer Viertelstunde hatte er einen Diener und eine erstklassige Haushälterin gefunden und ihnen gestattet, eine Kate herzurichten, von deren Besitz er gar nichts gewußt hatte.

Alles in allem gute Fortschritte.

Jetzt, während Josse an einem warmen Juninachmittag auf Neu Winnowlands zuritt – er war mit dem Namen recht zufrieden –, empfand er zum ersten Mal das Gefühl, nach Hause zu kommen.

Das Haus stand auf einer sanften Anhöhe, mit einem ummauerten Hof davor und einem sich in die Tiefe erstreckenden, mauerumfriedeten Garten dahinter. Alle diese Mauern wirkten gediegen, und das Gutshaus selbst war solide gedeckt; auf einer sanften Brise schwebte der dünne Rauchfaden eines Küchenfeuers empor.

Endlich sah es danach aus, als sei das Haus beinahe fertig.

Josse ritt in den Hof ein. Als hätte Will ihn erwartet, tauchte er aus der Scheune auf und stellte sich an den Kopf von Josses Pferd.

»Soll ich ihn Euch abnehmen, Sir?« fragte er. »Ella hat gebacken, sie kann Euch im Nu etwas zu essen machen.«

»Ja, danke, Will.« Josse saß ab und übergab ihm Horaces Zügel. »Ach, ich will noch mein Bündel abschnallen. Ich muß mich darum kümmern…«

»Ella kümmert sich um Eure Sachen. Das heißt natürlich, Sir, wenn Ihr es erlaubt. Eine tüchtige Waschfrau ist meine Ella und geht geschickt mit der Nadel um, wenn etwas auszubessern ist.«

»Das habe ich mir fast gedacht«, murmelte Josse vor sich hin. Dann antwortete er vernehmlich: »Dann bitte sie doch darum, Will.« Er grinste seinen Diener an. »Ich muß sagen, das ist etwas ganz Neues, so gut empfangen zu werden.«

»Dies ist Euer Heim, Sir!« gab Will sichtlich überrascht zurück. »Sollte man einen Mann nicht willkommen heißen, in seinem eigenen Heim?«

Mein Heim, dachte Josse. Ach, wie gut das klingt!

Er verbrachte den Abend untätig und ging, nach einem vorzüglichen Abendbrot, übersatt zu Bett. Seine Kammer war so sauber ausgekehrt, daß er vom Fußboden hätte essen können, und sein Bett war mit Wäsche bezogen, die schwach nach Lavendel duftete. Die strohgefüllte Matratze lag, wie er bemerkte, auf einer Schicht getrockneten Wurmkrauts; Ella hatte dafür gesorgt, daß ihn keine kleinen Blutsauger belästigen würden.

Er schlief tief und lange und erwachte von einem lebhaften Traum, in dem er heftig eine Heugabel über seinem Kopf herumgewirbelt hatte, um seltsame schwarze, geflügelte Wesen daran zu hindern, sich auf einem steilen Kirchendach niederzulassen.

Nicht allzu überraschend, dachte er beim Aufstehen, daß er von einer Kirche träumte. Denn während er in den Schlaf sank, hatte er an seine Freundin, die Äbtissin Helewise von Hawkenlye, gedacht, die er seit fast zwei Jahren nicht mehr gesehen hatte.

Und er hatte entschieden, jetzt, wo er sich als Herr von Neu Winnowlands niedergelassen hatte, sei es an der Zeit, ihr einen Besuch abzustatten.

Ella tischte ihm ein äußerst gehaltvolles Frühstück auf, und als er gegessen hatte, brachte sie ihm ziemlich schüchtern seine Lieblingstunika zur Besichtigung, deren Saum sich allmählich da gelöst hatte, wo er mit einem Sporn hängengeblieben war. Nicht nur hatte sie den Saum säuberlich angenäht, sie hatte auch zahlreiche Schlammspritzer ausgebürstet und einen Soßenfleck herausgerieben.

Nach seinem guten Schlaf ausgeruht, satt und zufrieden, ordentlich gekleidet, brach Josse im Sonnenschein nach Hawkenlye auf und fühlte sich so gut aufgelegt, daß er bald zu singen begann.

VIERTES KAPITEL

In den wenigen Tagen seit dem Mord an Hamm Robinson, den Sheriff Harry Pelham so kurz abtat, hatte die Äbtissin Helewise wenig Zeit gefunden, sich mit der Sache zu befassen.

Das Leben als Äbtissin einer Gemeinschaft von nahezu

hundert Nonnen, dazu noch die fünfzehn Mönche und die Laienbrüder, die sich um die heilige Quelle unten im Tal und um die Pilger, die sie aufsuchten, kümmerten, dies Leben war im besten Fall allein schon recht belastend. Helewises Alltagspflichten, zusätzlich zu den Stunden, die sie täglich mit der üblichen Runde von Andachten in der Abtei verbrachte, bewirkten, daß ihr wenig Zeit übrigblieb, wenn überhaupt. So fand Helewise wie jetzt, wo sich bedrohlich ein Problem abzuzeichnen schien, nicht so leicht eine Gelegenheit, gebührend darüber nachzudenken.

Wenn etwas Wichtiges ihre Aufmerksamkeit beanspruchte, pflegte sie sich ganz allein in die ehrfurchtgebietende Abteikirche zurückzuziehen. Und das – die Kirche für sich zu haben – ließ sich auch nicht leicht bewerkstelligen.

Heute hatte sie Glück; als sie nach dem Mittagsgebet in die Kirche zurückkehrte, stellte sie fest, daß sonst niemand da war.

Sie näherte sich dem Altar, dann trat sie in den Schatten eines der großen Pfeiler und fiel auf die Knie. Nachdem sie kurze Zeit still gebetet hatte, merkte sie bald, das sie ruhig genug geworden war, um ihre aufgewühlten Gedanken zu ordnen.

Doch als die Worte kamen, hatten sie nichts mit dem armen toten Hamm Robinson zu tun oder mit dem Problem, herauszufinden, wer ihn umgebracht hatte. Eine andere Angelegenheit, vielleicht weniger dramatisch, aber Helewise gewiß näher am Herzen liegend, hatte sich in den Vordergrund gedrängt.

»Lieber Gott«, sprach sie leise vor sich hin, »wie soll ich mich gegenüber Caliste verhalten?«

Caliste, jetzt zur Gemeinschaft der Abtei gehörend, hatte die ersten vierzehn Jahre ihres Lebens einen anderen Namen getragen. Man hatte sie als ganz kleines Kind, nicht mehr als ein paar Tage alt, auf der Türschwelle eines kleinen und bereits mit Menschen überfüllten Haushalts in dem Weiler Hawkenbury gefunden. Das Baby war in ein Stück feines, in das Rötlichschwarz der Schlehen eingefärbtes Wolltuch gewickelt und sonst nackt bis auf ein kunstvoll gearbeitetes hölzernes Medaillon, das ihm an einem dünnen Lederriemen um den Hals hing. An drei Seiten des Holzes – einem langen, schmalen Stück Eschenholz – befanden sich, sorgfältig eingeschnitzt, seltsame Zeichen. Falls sie eine Bedeutung hatten und nicht nur ein Ziermuster darstellten, so gab es niemanden in der Gemeinschaft von Hawkenbury, der gewußt hätte oder auch nur hätte erraten können, was sie bedeuteten.

Wer immer das Baby auf gerade dieser Schwelle abgelegt hatte, wußte genau, was er oder sie tat. Denn die Familie, die hier wohnte, war zwar genauso arm wie ihre Nachbarn, genauso unwissend und genauso schmutzig, doch es waren liebevolle Menschen. Matt Hurst und seine Söhne hielten Schweine, seine Frau Alison und ihre Töchter kümmerten sich um die Hühner. Gemeinsam bearbeitete die Familie ihre Ackerstreifen, fleißiger als manche ihrer Nachbarn, so daß die Hursts selten Hunger litten, wenn auch nie ein Überfluß an Essen auf den Tisch kam.

Die Hursts waren gottesfürchtige Leute. Als ihnen in einer Sommernacht ein geheimnisumwittertes weibliches Neugeborenes vor die Tür gelegt worden war, faßten sie das als eine ihnen vom Allmächtigen auferlegte Pflicht auf. Nicht nur nahmen sie die Kleine auf, sie sorgten für sie, als wäre sie ihr eigenes Kind. Sie nannten sie Peg.

Sofern Matt und Alison überhaupt den Gedanken gehegt hatten, Peg ihre seltsame Herkunft zu verschweigen, mußten sie ihn aufgeben, denn Peg schien es selbst zu wissen. Zumindest wußte sie, daß sie nicht ihr Kind war, auch wenn das in Wahrheit keine besonderen übersinnlichen Kräfte erforderte. Die Hursts, die weiblichen wie die männlichen, waren klein und pummelig, mit rötlichem oder hellbraunem Haar, rosa angehauchtem, sommersprossigem Teint und blassen, von fast farblosen Wimpern umrandeten Augen. Peg war schlank und rank, mit glatter, cremefarbiger Haut, dunklem Haar und Augen wie der Abendhimmel im Mittsommer.

Kurz gesagt, Peg war ganz außergewöhnlich schön.

Doch obwohl sie sich darüber im klaren war, was sie von ihrer Adoptivfamilie unterschied, war sie ein gehorsames und fleißiges Kind, das ohne Protest tat, was man ihr auftrug, und den gutherzigen Menschen, die sie aufgenommen hatten, stets dankbar war. Ihre ganze frühe Kindheit über fütterte sie die Hühner, mistete ihren übelriechenden Auslauf aus, sammelte ihre Eier ein und verkaufte auf dem Markt, was die Familie nicht verwendete. Sie lernte auch kochen und putzen. Doch erst als Alison Hurst sie in die Gartenarbeit einzuführen begann, schien Peg aufzuleben; von da an, von dem aufregenden Frühling an, als die Hursts entdeckten, daß Peg eine gute Hand für Pflanzen hatte, war sie von allen übrigen Pflichten befreit und wurde nur noch im Garten beschäftigt.

Doch sogar das war nicht genug.

Als Peg vierzehn war, stellte sie sich in der Abtei Hawkenlye vor und bat, als Postulantin aufgenommen zu werden.

Helewise, die grundsätzlich bemüht war, niemanden abzuweisen, hegte Pegs wegen ernste Bedenken. Zum einen war das Mädchen sehr jung. Zum anderen hatte sie noch nichts vom Leben außerhalb der engen Grenzen Hawkenburys kennengelernt: Wie konnte das Kind sicher sein, daß das Klosterleben für sie das Richtige war?

Der schwerwiegendste Zweifel der Äbtissin rührte jedoch daher, daß sie bei Peg nur wenig von einer religiösen Berufung entdecken konnte.

51

Sie bemühte sich ehrlich, etwas davon zu entdecken – manchmal, so hatte sie erlebt, bewahrte eine Frau ihre Liebe zu Gott sehr tief im Herzen, so daß dies für einen Außenstehenden nicht sofort erkennbar war –, und sie verbrachte manchen Nachmittag mit Spaziergängen und Gesprächen mit Peg. Sie suchte auch Alison Hurst auf, die auf eine direkte Frage nach längerem Nachdenken antwortete: »Das Mädchen ist, was man *geistlich* nennen könnte, ganz bestimmt, Frau Äbtissin. Darauf will ich ohne weiteres schwören. Aber ob sie denselben Heiligen Geist anbetet wie Ihr und ich…«

Sie hatte den Satz unvollendet gelassen.

Nach langem Nachdenken hatte Helewise beschlossen, es könne nicht schaden, Peg für eine Probezeit aufzunehmen, doch mit der Bedingung, daß ihre Postulantenzeit ein Jahr zu dauern hätte statt der üblichen sechs Monate. Als Grund nannte sie Pegs Jugend.

Doch Helewise hatte schon früher Postulantinnen mit vierzehn aufgenommen, von denen viele zu guten Nonnen herangewachsen waren. Der wahre Grund für ihren Beschluß im Falle Pegs war, daß sie über ein ganzes Jahr hin mehr Zeit hätte, diese seltsame geistliche Neigung des Mädchens zu beurteilen, zu entscheiden, ob sie ihrer Inspiration nach wahrhaft christlich war – oder doch christlich in einer anderen, irgendwie verwandten Gestalt –, oder ob es sich um etwas anderes handelte.

Dieses andere zu definieren vermied Helewise, auch vor sich selbst.

So hatte Peg gleich von Anfang an etwas an sich, das sie von anderen unterschied.

Schon nach wenigen Wochen im Kloster wurde Pegs gärtnerische Begabung in der Praxis eingesetzt. Man gab sie zu der ältlichen Schwester Tiphaine in die Lehre, die die Kräuter anbaute, die Schwester Euphemia für ihre Stärkungsmittel, Medizinen und Salben verwendete. Schwester Tiphaine fand Gefallen an dem Mädchen und berichtete der Äbtissin Gutes über sie; doch Helewise wertete Schwester Tiphaines Begeisterung mit Vorbehalt, denn die alte Frau hatte selbst immer einen Hang zum Unorthodoxen gezeigt.

Dann hatte Peg eines Vormittags im Spätherbst, als sie im Freien wenig zu tun hatte, bei der Äbtissin angeklopft und darum gebeten, im Lesen unterrichtet zu werden.

Verblüfft – denn wenige Schwestern lasen oder hegten auch nur den geringsten Wunsch danach – äußerte Helewise Bedenken. Sie dachte zwei Tage lang darüber nach, sah aber absolut keinen Grund, es ihr zu verweigern. Schließlich stimmte sie zu und übernahm die Aufgabe selbst.

Peg war eine begabte Schülerin und las schon binnen weniger Monate einfache Wörter; sie hätte diesen Meilenstein schon eher erreicht, hätte ihre Äbtissin mehr Zeit für die Lektionen erübrigen können. Im darauffolgenden Frühjahr bat Peg flehentlich, die kostbaren Manuskripte lesen zu dürfen, die im Skriptorium der Abtei aufbewahrt wurden; trotz der leidenschaftlichen Einwände der jungen, ästhetisch begabten und hochgeistigen Schwester Bernadine, der die wertvollen Bücher anvertraut waren, gab Helewise die Erlaubnis.

Von da an konnte man Peg morgens meistens auf einer Bank in einem Winkel des Kapitelsaals sitzen und über einem von Schwester Bernadines Manuskripten brüten sehen, während Schwester Bernadine sich mißbilligend und seufzend in der Nähe aufhielt. Hätte man es Peg erlaubt, hätte sie den ganzen Tag gelesen, dachte Helewise; doch um Schwester Bernadines Seelenfrieden zu erhalten wie auch aus dem Grunde, daß man keiner Nonne, zumal einer Postulantin, einen solchen Luxus gestatten konnte, begrenzte Helewise Pegs Studierzeit auf den kurzen Abschnitt zwischen Sext und Mittagessen.

Eines Vormittags übermannte Helewise die Neugier, und sie blieb an Pegs Bank stehen und blickte dem Mädchen über die Schulter, um zu sehen, was sie las. Es war ein sehr altes und für Helewise beinahe unverständliches Manuskript über Baumkunde.

Als Pegs Postulantenjahr um war, wiederholte sie ihre Bitte, ihr Gelübde ablegen zu dürfen und in die Gemeinschaft aufgenommen zu werden. Helewise, immer noch unschlüssig, vermochte keinen triftigen Grund für eine Ablehnung zu finden; im Hochsommer, als Peg fünfzehn war, nahm das Mädchen den Schleier und wurde die jüngste Novizin, die die Abtei Hawkenlye je hatte.

Als Helewise sie auf ihr erstes Gelübde vorbereitete, hatte Peg gesagt: »Frau Äbtissin, darf ich einen anderen Namen annehmen?«

Zunächst überrascht, verstand Helewise schnell. Oder glaubte zu verstehen. »Gewiß, Peg. Schwester Peg, das sehe ich ein, ist keine besonders wohlklingende Anrede, nicht wahr?«

Peg lächelte. »Nein. Aber das ist es nicht. Meine Zieheltern haben den Namen gewählt, so gut sie es verstanden, und ich habe mich nie beklagt. Es ist…« Sie unterbrach sich. Dann fragte sie: »Muß ich einen Grund nennen, Frau Äbtissin?«

Helewise bedachte, daß sie üblicherweise ohne Rückfrage jeden Namen akzeptierte, den sich eine neue Nonne auswählte, und sie hätte es nicht gerecht gefunden, jetzt eine Ausnahme zu machen. »Nein, Peg. Ich glaube nicht. Bei welchem Namen sollen wir dich nennen?«

Peg sagte: »Caliste.«

Schwester Caliste hatte sich das vergangene Jahr über als willige und gehorsame Novizin erwiesen. Ziemlich auf die gleiche Art, dachte Helewise, wie sie wahrscheinlich in

54

ihren Kinderjahren als pflichtbewußtes Bauernkind die Hühner versorgt hatte. Die Äbtissin fühlte sich eher davon beunruhigt, daß zwar das Bauernleben nur einen Bruchteil von Calistes Fähigkeiten beansprucht haben konnte – und offenbar nur einen Bruchteil ihrer Seele –, für ihr Leben als Novizin jedoch dasselbe gelten konnte.

Ich kann mich in keiner Weise über sie beklagen! sagte sich Helewise wiederholt. Sie ist immer pünktlich, immer fleißig, will es immer allen recht machen. Sie beklagt sich nie – und das war mehr, als man von vielen Schwestern sagen konnte –, auch wenn man diesen geraden jungen Schultern die schwersten Lasten aufbürdet.

Warum also hatte die Äbtissin ein so ungutes Gefühl, was Caliste betraf?

Helewise erhob sich von den Knien und unterdrückte dabei ein schmerzliches Stöhnen; sie hatte eine Stunde lang gebetet und das Mittagessen in der Hoffnung übergangen, es werde Gott gefallen, Ihm zum fairen Ausgleich für ihre flehentliche Bitte um Hilfe ihren Hunger als Opfer darzubringen.

Helewise schloß leise das große Westportal hinter sich und verließ die Kirche.

Ach, aber ich fühle mich überhaupt nicht erleichtert! dachte sie bedrückt, als sie den Kreuzgang durchquerte und der Zurückgezogenheit ihres Zimmers zustrebte. Ich kann mich immer noch nicht entscheiden, was ich tun soll, obwohl allein diese Unentschlossenheit mir das Gefühl gibt, die Gelübde des Mädchens sollten aufgeschoben werden, wenigstens bis die jetzige, tief beunruhigende Angelegenheit...

»Frau Äbtissin?« rief eine Stimme.

Helewise drehte sich um. Schwester Ursel eilte auf sie zu, ein breites Lächeln auf dem Gesicht.

55

Helewise schob den Gedanken beiseite, ein langes Gespräch mit der Pförtnerin sei das letzte, was sie eben jetzt brauche, ordnete ihre Züge zu einem entsprechenden Lächeln und sagte: »Schwester Ursel. Was kann ich für dich tun?«

»Frau Äbtissin, Ihr habt Besuch!« sagte Schwester Ursel. »Schwester Martha kümmert sich gerade um sein Pferd, und er hält einen kleinen Schwatz mit ihr, aber dann, sagt er, würde er gern zu Euch kommen, wenn es Euch recht ist? Aber ich habe gesagt, ich denke, es ist Euch recht.«

Helewise wartete geduldig, bis sie eine Pause machte, um Luft zu holen. Dann sagte sie: »Und wer, Schwester Ursel, ist *er*?«

»Ach, hab ich das nicht gesagt?« Schwester Ursel lachte glucksend. »Nein, stimmt, das hab ich nicht. Es ist nur, weil ich mich so gefreut habe, ihn wiederzusehen, und er sah ganz unverändert aus, dabei muß es zwei Jahre her sein, seit er zu uns kam, und...«

»Schwester Ursel?« unterbrach Helewise freundlich.

»Dieser Josse, Frau Äbtissin!« rief Schwester Ursel. »Dieser Sir Josse d'Acquin, müßte ich sagen. Er ist von seinem großartigen neuen Haus herübergekommen, um seine Aufwartung zu machen!«

Während Helewise in ihrem Zimmer saß und darauf wartete, daß Josse seinen Schwatz mit Schwester Martha beendete und zu ihr kam, dachte sie darüber nach, welch ein wunderbarer Glücksfall es war, daß Josse sich gerade jetzt einfand. Wahrhaftig, ihn konnte der Himmel geschickt haben, so günstig traf es sich! Ein Außenstehender, aber dennoch ein Freund, den sie als einfühlsam und zuverlässig kannte und der zu genau dem Zeitpunkt eintraf, wo sie ein verständiges und teilnehmendes Ohr brauchte!

Als sie draußen Josses schweren Schritt vernahm, kam ihr blitzartig die Erkenntnis, daß er im wahrsten Sinn des

Wortes vom Himmel geschickt war; ihre verzweifelten Gebete der vergangenen Stunde waren wirklich erhört worden.

Die Äbtissin Helewise sah gut aus, dachte Josse, als er sich auf denselben leichtgefügten Hocker setzte, den er vor zwei Jahren kennengelernt hatte; hatte ihr in dieser ganzen Zeit niemand zu verstehen gegeben, daß die kräftigeren unter ihren männlichen Besuchern auf einem Stuhl bequemer sitzen würden? Sie hatte dieselbe gelassene Miene, dieselben klaren grauen Augen, denselben breiten Mund.

Doch so gut kannte er sie, auch wenn sie den Eindruck machte, wohlauf zu sein, irgend etwas belastete sie trotzdem. Es mußte so sein! Denn während er sich endlos über sein neues Haus ausließ, über diesen und jenen Plan, über Will und Ella und ihre jeweiligen Talente, ihn zu versorgen, begann er bald zu ahnen, daß sie nicht richtig zuhörte.

»Ach, wirklich?« sagte sie, und »Wie schön!« und »Sehr angenehm.« Als er fortfuhr, wobei er sich etwas hinterhältig fühlte: »In der Haupthalle stinkt es fürchterlich, ich nehme an, da hatte sich ein wilder Eber häuslich niedergelassen«, und sie antwortete: »Ach, wie schön«, da wußte er es genau.

Er beugte sich vor und gewahrte aus einem näheren Abstand die feinen Sorgenfältchen zwischen ihren Brauen. »Äbtissin Helewise«, sagte er behutsam, »das war nicht die passende Antwort.« Er bekannte, was er gerade gemacht hatte, und die Äbtissin entschuldigte sich, wobei ihre bleichen Wangen leicht erröteten. Mit einer Handbewegung wischte er ihre Verlegenheit beiseite und sagte: »Warum erzählt Ihr mir nicht, was Euch bedrückt?«

Ihre Augen blickten rasch zu den seinen auf. »Nichts! Ich mache mir keine Sorgen, das ist ganz sicher. Und überhaupt, ich dürfte meine Probleme nicht auf Euch abwälzen, meine Güte, Ihr seid ja gerade erst angekommen!«

»Aha.« Er wartete ab.

Nach mehreren Sekunden sagte sie: »Es geht um Schwester Caliste. Eine junge Novizin.«

»Aha«, sagte er wieder.

Sie seufzte. Er beobachtete den Kampf zwischen ihrer natürlichen Zurückhaltung und ihrem Bedürfnis, sich durch Reden zu erleichtern. Schließlich siegte – wie er es gehofft hatte – das Bedürfnis zu reden.

»Ja.« Wieder ein Seufzer. »Wißt Ihr, es drängt mich stark dazu, das erste ihrer endgültigen Gelübde aufzuschieben, und ich kann keinen guten Grund dafür nennen.«

»Müßt Ihr Eure Entscheidung begründen?« fragte er.

»Offiziell vielleicht nicht.« Sie lächelte flüchtig. »Doch Caliste ist ein sensibles und intelligentes Mädchen, und ich meine, ich schulde ihr eine Erklärung.«

In dem kleinen Zimmer breitete sich nachdenkliches Schweigen aus. Dann sagte Josse: »Ihr und ich, Äbtissin Helewise, wir haben schon früher unsere Sorgen geteilt, zu unserem Nutzen und zum Nutzen anderer.« Er zögerte. Sollte er fortfahren, selbst wenn er daran dachte, was sie in der Vergangenheit alles gemeinsam durchgestanden hatten?

Ja, entschied er. Er mußte.

Er sagte behutsam: »Warum erzählt Ihr mir nicht alles über sie?«

Nach einer kurzen Pause tat Helewise das.

Während Josse zuhörte, dachte er bei sich, ich glaube, sie hat völlig recht. Ein weiteres Jahr als Novizin schenkt sowohl dem Mädchen wie der Abtei noch etwas Zeit, dringend benötigte Zeit.

»...versteht Ihr, Sir Josse«, sagte die Äbtissin gerade, »und noch dazu ihr sonderbares Verhalten seit der Zeit, als der Mord geschah, also das hat mich in meiner Überlegung bestärkt.«

Josse merkte, daß er etwas verpaßt hatte – etwas ziemlich Wichtiges –, und warf scharf ein: »Der Mord, Frau Äbtissin?«

Sie murmelte etwas; es klang wie: »Wer hört *jetzt* nicht zu«, dann berichtete sie ihm die wenigen mageren Tatsachen über Hamm Robinsons Tod noch einmal von vorn.

»Ich bringe Euch Unglück«, bemerkte Josse, als sie geendet hatte. »Als ich das vorige Mal hier war, war der Grund ein Mord. Jetzt bin ich wieder hier, und als Ankündigung meiner Rückkehr wird jemand umgebracht.«

»Auch in den letzten zwei Jahren sind Menschen getötet worden«, sagte die Äbtissin. »So sehr es mich schmerzt, das sagen zu müssen, wir leben in einer gewalttätigen Zeit, Sir Josse. Wenn die Menschen hungern, wenn sie dann rücksichtslos handeln und Vergeltung fürchten, führen solche Dinge nur zu leicht zu einem raschen, allzu heftig geführten Schlag.«

Von ihren Worten ernüchtert, jedoch gleichzeitig erleichtert, daß er nicht wirklich ein grimmer Vorbote des Todes war, nickte Josse. »Aber der Mord an Hamm Robinson war ungewöhnlich?« half er nach. »Mit einem Speer wurde er getötet, sagtet Ihr?«

»Ja«, bestätigte sie. »Ein Speer mit einer Spitze aus Feuerstein. Was nach unserem Freund, dem Sheriff, auf die Waldleute hindeutet, aber, wie ich schon sagte, da sie die Gegend verlassen haben, hat er jegliche Hoffnung aufgegeben, sie vor Gericht zu bringen.«

»Es kann genauso irgendein verschlagener Mensch gewesen sein, der es so *aussehen* läßt, als wären die Waldbewohner dafürverantwortlich«, wandte Josse ein.

»Das ist genau, was ich dachte«, sagte die Äbtissin.

»Hm.« Josse runzelte vor Konzentration die Stirn. Die Idee von der Existenz dieser Wilden Leute, wie die Äbtissin sie genannt hatte, war ihm neu. Er kannte die alten Sagen, die kannte jeder, aber daß Gestalten aus den altüberlieferten Geschichten zu Fleisch und Blut wurden und einen Mann umbrachten, also, das war schwer zu schlukken. »Frau Äbtissin, noch einmal zu diesen Waldleuten, die…«

»Sir Josse, es hat keinen Sinn, weiter darüber nachzugrübeln!« unterbrach sie ihn. »Wir müssen dem Beispiel des Sheriffs folgen und hinnehmen, daß die Sache abgeschlossen ist.«

»Hm«, sagte er wieder. Dann fiel ihm etwas ein: »Frau Äbtissin, Ihr sagtet vorhin, daß Eure junge Novizin anfing durchzudrehen – wie habt Ihr es beschrieben? sich merkwürdig zu benehmen? –, als dieser Hamm Robinson getötet wurde? Dann könnt Ihr die Sache doch nicht einfach vergessen, da es eine Eurer Nonnen betrifft?«

»Es war nicht der Todesfall, der ihr merkwürdiges Benehmen auslöste«, erklärte die Äbtissin fest. »Ich muß das ganz deutlich sagen, denn es ist ausgeschlossen, daß sie in irgendeiner Weise in die Sache verwickelt ist.«

»Aha.« Wieso, fragte sich Josse, streitest du das dann so nachdrücklich ab, es sei denn, du befürchtest in Wirklichkeit das Gegenteil?

»Nein, wirklich«, fuhr die Äbtissin fort. »Es war nur, daß – ach, es klingt albern und dürftig, jetzt, wo ich es in Worte zu fassen versuche.«

»Aber bitte, Frau Äbtissin, tut das.«

»Also gut. Wißt Ihr, Sir Josse, zwei Nächte, bevor Hamm Robinson umgebracht wurde, hörte ich, wie Schwester Caliste ihr Bett verließ. Ich nehme an, sie wandelte im Schlaf – sie ließ nicht erkennen, daß sie mich bemerkte, als ich ihr folgte.«

»Ich verstehe. Und was hat sie gemacht?«

»Sie ging zur Tür, öffnete sie leise und blieb draußen auf der obersten Stufe stehen.«

»Harmlos genug«, sagte Josse. »Vielleicht brauchte sie nur etwas frische Luft.«

»Im Schlaf?« fragte Äbtissin Helewise mit leichter Ironie. »Und das ist noch nicht alles. Während sie dastand, kerzengerade aufgerichtet, starrte sie über die Mauer nach draußen.«

»Über die Mauer«, wiederholte Josse.

»Ja. Ihre Augen waren weit offen, und sie summte ganz leise vor sich hin, irgendeine unheimliche Melodie, so ganz anders als alles, was ich je gehört habe, daß...« Ein gelinder Schauer durchfuhr die Äbtissin. »Nun ja, lassen wir das.«

Josse versuchte sich an den Lageplan der Abtei zu erinnern und stellte sich die Szene vor. »Die oberste der Stufen, die zum Schlafsaal führen, sagtet Ihr, und sie blickte über die Mauer?« Die Äbtissin nickte.

Er seufzte. Er begann das Unbehagen der Äbtissin zu begreifen.

»Dann, Frau Äbtissin«, sagte er mit Nachdruck, »starrte Eure junge Schwester Caliste, ob bewußt oder nicht, zum Wald hinüber.«

Und die Äbtissin, die Augen voller Sorge, bestätigte: »Ganz richtig.«

FÜNFTES KAPITEL

Als Helewise Josse verabschiedete, fühlte sie sich wesentlich ruhiger als vorher. Nicht so sehr, weil sie nun wußte, wie sie sich Caliste gegenüber verhalten sollte, sondern vielmehr, weil es einen solchen Luxus bedeutete, offen mit jemandem von Josses gesundem Menschenverstand sprechen zu können.

»Die Aufnahme des Mädchens in die Reihen derer, die vollen Profeß abgelegt haben, müßt Ihr freilich noch aufschieben«, hatte er zugestimmt. »Es wäre nicht fair, Frau Äbtissin, sowohl dem Mädchen wie der Gemeinschaft gegenüber, sie einem Leben der Hingabe und Reife zu weihen, für das sie nach dem, was Ihr mir mitgeteilt habt, noch nicht bereit ist.«

Nicht nur hatte er Helewises Ansicht bestätigt, sondern sich auch erlaubt, eine eigene Anregung zu äußern. Eine für ihn typische, praktische Anregung, auf die die Äbtissin eigentlich selbst hätte kommen müssen. Und ich wäre vielleicht auch darauf gekommen, hatte sie überlegt, während sie ihm zuhörte, wären meine Gedanken nicht auf die abstrakten Dinge des Geistes fixiert gewesen, auf Kosten der handfesteren Angelegenheiten des Alltags.

»Warum setzt Ihr das Mädchen nicht an der Seite einer Eurer Nonnen mit einem besonders starken, aber, wenn ich das Wort gebrauchen darf, einfältigen Glauben ein?« hatte Josse zögernd gefragt. »Falls Ihr eine solche Schwester habt.«

»Gewiß habe ich eine!« hatte Helewise sich auf den Gedanken gestürzt. »Schwester Beate, die Ihr kennengelernt habt – eine Pflegerin im Spital. Sie ist *genau* die Richtige und die ideale Mentorin für eine Novizin, die man mit gutem Zureden noch fester in unsere geistliche Herde einbeziehen muß!« Doch dann kam ihr ein anderer Gedanke, der ihre Begeisterung dämpfte.

»Was ist?« Josse hatte ihr wohl den plötzlich aufgetauchten Zweifel vom Gesicht abgelesen.

»Ach – nur daß gegenwärtig noch eine andere junge Frau im Spital arbeitet. Sie ist seit zwei Monaten bei uns, solange wir und andere eine dauerhafte Stellung für sie suchen. Ihr Name ist Esyllt, und sie kam mit ihrer Herrin her, einer sehr alten und behinderten Frau, die verstarb, während sie bei uns war, um vom heiligen Wasser zu trinken. Esyllt blieb hier zurück und wußte nicht, wohin, und so hielten wir es für besser, sie hierzubehalten, als sie allein durchs Land ziehen zu lassen.«

»Ach, die Welt da draußen ist groß, voller Gefahren für ein unschuldiges junges Mädchen«, stimmte Josse zu.

»Nun ja, es war nicht direkt…« Helewise hielt inne. Es war nicht nötig, über Esyllt zu klatschen und darzulegen, wieso Helewise ganz sicher war, daß sie keine passende Gefährtin für die Novizin Caliste darstellte. Jedenfalls würde Josse bestimmt sehen, was sie meinte, falls er das Mädchen kennenlernte. »Ich werde Esyllt in das Heim der alten Mönche und Nonnen versetzen«, erklärte die Äbtissin entschlossen. »Der liebe Gott weiß«, fügte sie leiser an, »ihr munteres Wesen könnte dort eine ausgezeichnete Wirkung haben. Und Esyllt hat sanfte Hände und ist es gewöhnt, sehr alte Menschen freundlich zu umsorgen. Ihre verstorbene Herrin sprach sich äußerst lobend über sie aus«, erklärte sie Josse, »und nicht zuletzt entsprechen wir ihrer eindringlichen Bitte, wenn wir uns solche Mühe geben, eine passende Stellung für Esyllt zu finden.«

Esyllt vom Spital ins Altenheim versetzt, hatte sie überlegt, Caliste aus ihrer Lehre bei der weisen, jedoch umstrittenen Schwester Tiphaine herausgenommen, um unter dem wachsamen Auge Schwester Beatas zu arbeiten, deren kindlicher Glaube vielleicht das notwendige Wunder bewirkte.

Ja, ich habe Euch viel zu danken, Sir Josse, dachte Helewise jetzt, als sie ihn beim Aufsitzen zusah. Ihr kam nicht zum ersten Mal der Gedanke, Josse d'Acquin müsse sich zu irgendeinem Zeitpunkt seines Lebens sehr mit der Rolle vertraut gemacht haben, das Kommando über Männer zu führen…

»Ach, Frau Äbtissin, das hätte ich fast vergessen!« Er brachte sein tänzelndes Pferd zum Stehen und grinste Helewise schuldbewußt an. »Ich bin unterwegs einem

Freund von Euch begegnet, einem Mann namens Tobias Durand. Er bat, Euch einen Gruß von ihm auszurichten.«

»Tobias Durand?« Sie runzelte die Stirn, dann erinnerte sie sich. Doch hätte sie ihn kaum als Freund bezeichnet, so flüchtig, wie sie ihn kennengelernt hatte. »So? Und hat er mir etwas ausrichten lassen?« Vielleicht hatte er Nachricht über die Königin weiterzugeben, die gewiß inzwischen schon nach Frankreich aufgebrochen war.

»Keine Botschaft«, gab Josse zurück. »Ich sollte nur der Äbtissin Helewise von Hawkenlye seine Empfehlung übermitteln.«

»Reizend«, murmelte Helewise. Dann fragte sie laut: »Was sagtet Ihr, wo Ihr ihn getroffen habt?«

»Das habe ich noch nicht gesagt. Also, es war auf dem Weg, der aus dem Wald herausführt, etwa fünf Meilen nach Nordosten.« Josse wies mit einer Hand hinter sich. »Der Mann jagte dort mit seinem Falken. Sagte, dort, wo die Bäume den Feldern und Hecken weichen, sei ein günstiges Gelände. Reichlich Niederwild zur Abrichtung eines jungen Vogels.«

»Ach!« Helewise war etwas überrascht, denn sie hatte Königin Eleanor so verstanden, daß Tobias und Petronilla unweit der Küste wohnten. Es schien kaum nötig, den ganzen Weg bis zu diesem besonderen Abschnitt des Wealdenwaldes zurückzulegen, wenn näher zu Hause sicher gute Gelegenheiten zur Beizjagd gegeben waren.

Aber das ging sie nichts an.

»Vielleicht kommt Tobias noch zu Besuch«, sagte sie.

»Heute bestimmt nicht.« Josse wendete sein Pferd. »Als ich ihn traf, sagte er, er wolle gleich nach Hause.«

»Aber ich dachte, Ihr hättet gesagt, Ihr habt ihn heute morgen getroffen?«

»Ja, habe ich.« Er beruhigte das Pferd, das sich ungeduldig auf den Weg machen wollte. »Warte, Horace! Wir reiten gleich los!«

Dann mußte Tobias sehr früh von zu Hause aufgebrochen sein, dachte Helewise, immer noch verwirrt. Es sei denn, er hätte bei Freunden hier in der Gegend übernachtet? Ja, das mußte es sein!

»War er allein? Tobias meine ich«, fragte sie Josse. »Oder in Gesellschaft?«

»Wie?« Josse war sichtlich nicht daran interessiert. »Ach, ganz allein. Jetzt muß ich mich auf den Weg machen, Frau Äbtissin. Ich wünsche Euch einen guten Tag!«

»Einen guten Tag, Sir Josse. Besucht uns wieder.«

»Das mache ich.« Josse grinste. »Ganz abgesehen von der Freude an Eurer Gesellschaft, Frau Äbtissin, beschäftigt mich diese arme Leiche, auf die Ihr getreten seid.«

»Ich bin nicht…«, begann sie. Doch mit einer grüßenden Handbewegung war er fort.

Ja, dachte sie, während sie zum Kreuzgang und ihrem Zimmer zurückkehrte. Ich hätte es wissen können. Erwähne Josse d'Acquin gegenüber die Worte »verdächtiger Todesfall«, und du sicherst dir die Freude seiner Gesellschaft. Zumindest bis der Mord aufgeklärt ist.

Die neue Einteilung wurde sofort auf den Weg gebracht, und soweit Helewise sehen konnte, schien sie sich günstig auszuwirken. Esyllt mit ihrer kräftigen und melodischen Singstimme wurde rasch der Liebling der alten Mönche und Nonnen, die ihren Ruhestand in der Abtei Hawkenlye verlebten. Gewiß, ein oder zwei der strenger gesinnten alten Leute fanden es empörend, daß eine nicht der Gemeinschaft zugehörige junge Frau sich um sie kümmern durfte, und besonders einer der alten Mönche nahm Anstoß an Esyllts Lied über den jungen Burschen und sein Mädchen und was sie in einer Mondscheinnacht zur Erntezeit anstellten. Doch die Mehrheit, die Esyllt wegen ihrer überströmenden Fröhlichkeit und ihrem behutsamen Umgang mit ihren alten, schmerzenden

Körpern mit der Zeit ins Herz schloß, überstimmte die Protestierenden.

Was Esyllt eigentlich so heiter stimmte, wußte niemand, und niemand dachte daran, danach zu fragen. Alle in der Abtei Hawkenlye arbeiteten schwer; eine junge Frau in ihren Reihen zu haben, die für alle ein freundliches Wort hatte, die noch sang, selbst wenn sie die gröbsten Arbeiten verrichtete, erschien ihnen wie das Geschenk eines treusorgenden Gottes, um so ihre langen Tage mit Licht zu erfüllen.

Auch Schwester Caliste gewöhnte sich im Spital ein. Schwester Beata hatte Helewise anfangs die Befürchtung anvertraut, die Bemerkungen der Spitalpatienten könnten Caliste ungünstig beeinflussen; die meisten Pfleglinge der Nonnen entstammten der Außenwelt, und viele kannten die Klosteretikette nicht, die die Äußerung persönlicher Bemerkungen verbot. Caliste, deren Schönheit wie ein Leuchtfeuer strahlte, bekam nach Schwester Beatas Meinung viel zu viele Komplimente.

Doch sogar Schwester Beata mußte zugeben, daß das Mädchen kaum hinzuhören schien. »Manchmal, Frau Äbtissin«, fuhr Schwester Beata fort, »kriegt man sie sogar richtig schwer dazu, überhaupt etwas zu hören! Es ist, als ob…« Schwester Beatas Gesicht faltete sich zu einem für sie ganz untypischen Stirnrunzeln, während sie nach Worten suchte. »Als ob sie auf innere Stimmen hört. Oder vielleicht auf Musik, denn ziemlich oft fängt sie leise zu summen an, als ob sie mitsingt.«

»Ich verstehe.« Helewise verstand nur zu gut; dieses sonderbare Summen Calistes war es ja, was die Äbtissin in jener Nacht so beunruhigt hatte, als sie das Mädchen schlafwandelnd erlebte.

Es mochte so aussehen, als hätte Caliste sich in ihre neue Arbeit eingewöhnt. Doch Helewise fürchtete sehr, daß unter der glatten Oberfläche unruhige Strömungen am Werk waren. Strömungen, die möglicherweise zu Unannehmlichkeiten führen würden.

Josse hatte in den ersten Tagen nach seiner Heimkehr herausgefunden, daß sein Eindruck, die Arbeiten auf Neu Winnowlands seien so gut wie beendet, nichts als eine Illusion gewesen war.

Die Bauleute waren immer noch in der Küche beschäftigt, und es gab ein Problem mit der Sonnenterrasse, mit dem anscheinend nur der Baumeister selbst fertig werden konnte. Daran war ausschließlich Josse schuld, klang unausgesprochen mit, weil er so blöd war, überhaupt eine Sonnenterrasse zu wollen.

Josse versuchte zu helfen, machte Vorschläge, krempelte die Ärmel hoch und bot seine starken Arme und seinen Rücken an.

Doch man machte ihm recht deutlich, daß er nicht erwünscht war; die Bauleute sprachen es nie direkt aus, aber es gelang ihnen trotzdem, die Botschaft zu vermitteln, indem Josse sich da herumdrückte, wo sie arbeiteten, verstoße er gegen eine ungeschriebene, aber unantastbare Regel.

Also zog er sich in seine Halle zurück.

Doch da gab es nichts zu tun!

Die langen Sommertage riefen ihn nach draußen, aber auch dort mußte er ständig Arbeitern aus dem Weg gehen. In seiner Verzweiflung fiel ihm der Mord in Hawkenlye ein.

Und er dachte, Hölle und Verdammnis, ich will doch sehen, ob ich es nicht besser mache als dieser Sheriff!

Als er nach Tonbridge gelangte und nach Sheriff Harry Pelham fragte – wie gut, daß die Äbtissin Josse mitgeteilt hatte, wie der Mann hieß – erfuhr er, da es um die Mittagsstunde war, daß der Sheriff wahrscheinlich essen gegangen sei.

67

Zum Glück für Josse aß der Sheriff am liebsten in dem Gasthaus, in dem Josse selbst einmal abgestiegen war; als er sein Pferd in den Hof führte, traf er die Gastwirtin, Goody Anne, die gerade mit einem mächtigen Schinken unter dem kräftigen Arm von einer Vorratskammer herübergeeilt kam.

»Nanu! Einen guten Tag wünsch ich, Fremder!« rief sie und schenkte ihm dabei ein breites Lächeln. »Wo seid Ihr denn die ganze Zeit gewesen?«

Josse grinste zurück und sagte: »Hier und da, Anne. Wie geht es Euch?«

»Mir geht es gut. Wir haben viel zu tun, aber so mag ich es. Wollt Ihr etwas essen? Ich habe einen frisch angeschnittenen Spießbraten vom Rind, und der Schinken hier ist vom Besten.« Sie versetzte dem Fleischstück einen freundschaftlichen Klaps.

»Ich habe einen Mordshunger«, gab Josse zurück. »Und dazu habe ich einen Durst wie jemand, der sich in der Wüste verirrt hat.«

Anne zwinkerte ihm zu. »Hier seid Ihr richtig, um Euren Appetit zu stillen«, sagte sie. Mit einem verführerischen Schwung ihres breiten Hinterteils verschwand sie durch eine Tür in die Küche. Gedämpft drang ihre Stimme zu ihm: »*Jeglichen* Appetit!«

In der Schenkstube bestellte Josse Bier und Essen. Dann ließ er den Blick über die Gäste schweifen und versuchte zu erraten, welcher Mann wohl Sheriff Pelham war.

Er hatte Glück. Jemand betrat den Raum und rief: »Sheriff? Ich soll Euch etwas ausrichten!« und ein fülliger, kräftig gebauter Mann in einer arg mitgenommenen ledernen Tunika stand auf und rief: »Hier!«

Josse wartete, bis der Neuankömmling seine Botschaft ausgerichtet hatte und gegangen war. Dann schlenderte er wie zufällig da hinüber, wo der Sheriff in sein Essen einhieb, und fragte: »Darf ich mich zu Euch setzen?«

Der Sheriff winkte mit einem Messer, an dessen Spitze er ein Hühnerbein aufgespießt hatte. »Is'n freies Land«, sagte er und versprühte dabei Bröckchen blassen Fleisches, die wie winzige Schneeflocken auf der bereits fleckigen Tunika landeten.

Josse ließ sich sein Mittagessen schmecken. Dabei behielt er den Sheriff im Auge und wartete, bis der Mann mit dem Essen fertig war, sich den fettigen Mund mit seinem noch fettigeren Ärmel abwischte, rülpste, einen Zug aus dem Bierkrug nahm, »Ah! Das ist schon besser!« hervorstieß und sich entspannt an die Wand zurücklehnte.

Erst da sagte Josse: »Ich war kürzlich in der Abtei Hawkenlye. Wie ich höre, wurde dort jemand umgebracht, und Ihr, Sheriff, habt die Untersuchung geführt?«

»Ja?« sagte der Sheriff argwöhnisch. Josse konnte das stumme »Und was geht Euch das an, Fremder?« beinahe hören.

»Ich bin mit den wackeren Menschen in der Gemeinschaft von Hawkenlye gut bekannt«, fuhr Josse fort. »Wie ich höre, ist davon die Rede, daß irgendein seltsamer Stamm von Waldbewohnern in diesen Tod verwickelt ist? Es heißt, jemand hätte seine eigenen gescheiten Schlüsse gezogen und das Verbrechen praktisch an Ort und Stelle aufgeklärt.«

Als Josse so die Eitelkeit des Sheriffs ansprach, wurde dieser redselig. »Na, das versteht sich doch von selbst«, erklärte er und beugte sich vertraulich zu Josse hinüber. »Seht mal, der Tote war ein Wilddieb, ein Taugenichts, ich hab schon früher meine Probleme mit ihm gehabt. Jedenfalls, wie ich es sehe, geht er auf der Suche nach Wild in den Wald, stößt auf diese Bande von Waldleuten, denen gefällt es nicht, daß er unbefugt dahin vordringt, was sie als ihr Revier betrachten, also schleudern sie einen Speer auf ihn, und er ist mausetot.«

»Sehr wahrscheinlich, sehr wahrscheinlich«, pflichtete

ihm Josse bei. »Eine kluge Schlußfolgerung, Sheriff! Die einzig mögliche Lösung, nicht wahr? Zumal wenn Ihr wußtet, daß diese Waldleute zu jener Zeit in der Nähe waren.«

»Na ja…«, begann der Sheriff. Dann fuhr er aggressiver fort: »Diese hochnäsige Person, die Äbtissin, sie hat mir nicht geglaubt! Mir, wo ich von Kindesbeinen an hier in der Gegend wohne, wo ich mein Leben lang über das Treiben dieser Wilden Bescheid weiß! Mein alter Vater hat ja schon immer von ihnen erzählt, und sein Vater vor ihm!« Er klaubte eine Fleischfaser aus einem Backenzahn, spie sie auf den Boden und sagte: »Weiber! Was? Glauben, sie wissen alles!«

»Mich hat die Äbtissin Helewise eigentlich ziemlich beeindruckt«, bemerkte Josse.

Das war ein Fehler. Mit vor Zorn verdunkeltem Gesicht fragte der Sheriff mißtrauisch: »Sie hat Euch hergeschickt, stimmt's? Hat Euch hergeschickt, daß Ihr mit mir redet und mir ein Bein zu stellen versucht!« Er schob das Gesicht ganz dicht an Josses heran: »Dann laßt Euch sagen, Herr Ritter, wer Ihr auch seid, daß Harry Pelham es ziemlich übelnimmt, wenn jemand ihn lächerlich machen will!«

»Das will ich gar nicht, Sheriff Pelham.« Josse stand auf. »Niemand braucht Euch lächerlich zu machen.«

Harry Pelham, der anscheinend noch überlegte, ob diese letzte Bemerkung als Kompliment aufzufassen war oder nicht, saß offenen Mundes da, als Josse sich aus der Schenkstube herausdrängte.

Während Josse den Höhenrücken nach Hawkenlye hinaufritt, dachte er über den Tod Hamm Robinsons nach.

Dazu brauchte er nicht lange; die Tatsachen waren knapp genug, um sie in einem einzigen Satz zusammenzufassen. Und wie die Äbtissin Helewise gesagt hatte, schien niemand der Sache wirklich nachgegangen zu sein.

Ich will das machen, dachte Josse. Ich werde seine Familie aufsuchen und seine Freunde, wenn er welche hatte. Mir die Stelle ansehen, wo er gefunden wurde.

Ich will über diesen sonderbaren Mord *nachdenken*. Und erst, wenn das getan ist, werde ich wissen, ob ich diese nur zu augenscheinliche, allzu bequeme Lösung gelten lasse.

Als er in der Abtei ankam, erfuhr er, die Äbtissin befinde sich im Spital. Dort spreche sie mit einem Mann, der an der Auszehrung leide und im Sterben liege und dem die Angst, was aus seiner Frau und seinen vielen Kindern werden solle, die letzten Stunden noch qualvoller mache.

Josse ging zum Spital hinüber. Er blieb gleich hinter der Tür stehen, die ein wenig offenstand, um die frische Luft hineinzulassen, und sah sich um.

Ja. Dort war die Äbtissin, sie kniete neben einem armen, hinfällig aussehenden Mann, der ihre Hände krampfhaft mit den seinen umklammerte. Der Mann hatte also eine große Familie? Ja. Josse hatte schon früher bemerkt, wie oft Männer, die an dem schrecklichen Blutspucken litten, doch potent genug waren, einen ganzen Trupp Nachkommen zu zeugen. Josse musterte das konzentrierte Gesicht der Äbtissin. Sie redete ernst auf den Mann ein, nachdrücklich nickend, von Kopf bis Fuß sichtlich entschlossen, ihre Botschaft zu vermitteln.

Josse konnte nicht hören, was sie sagte, verstand nicht, wie die Botschaft lautete. Die Versicherung von Gottes Gnade? Die Hoffnung auf das Leben nach dem Tode? Ihm kam der Gedanke, wenn er selbst verzweifelt in den letzten Zügen läge, hätte er niemanden lieber an seiner Seite als die Äbtissin Helewise.

Eine sanfte Stimme fragte: »Sir, kann ich Euch helfen?«

Er drehte sich um und sah ein junges Mädchen in Nonnenschwarz, über dem der weiße Schleier der Novizin leuchtete. Sie war recht groß, schlank gebaut und trug sich mit königlicher Haltung. Die Haut ihres zartknochigen Gesichts war hell und glatt, und ihre Augen waren tiefblau. Trotz der schmucklosen Kleidung, trotz der Tatsache, daß ihre Schürze aus Sackleinen mit etwas befleckt war, mit dem sich Josse lieber nicht näher befassen mochte, war das Mädchen wunderschön.

Er erkannte, wer sie war, oder war sich dessen beinahe sicher. »Schwester Caliste?«

Sie nickte. »Und Ihr seid, glaube ich, Sir Josse d'Acquin.«

Er erwiderte ihr Lächeln. Kein Mann, der noch seine Sehkraft besaß, hätte etwas anderes tun können. »Ja. Ich bin gekommen, um mit der Frau Äbtissin zu sprechen, aber wie ich sehe, ist sie beschäftigt.«

Caliste blickte dahin, wo die Äbtissin Helewise über die Stirn des Sterbenden strich. »Ja, das ist sie. Sie bedeutet einen solchen Trost für ihn, Sir. Sie sagt ihm gerade, was man für seine Frau und seine Kleinen tun wird.«

»Ich hätte gedacht, sie betet mit ihm.«

Die großen blauen Augen wandten sich ihm zu. »Das auch. Aber ich glaube, er kann sich erst auf seine Gebete konzentrieren, wenn seine Sorgen beschwichtigt sind.«

Solch ein Wahrnehmungsvermögen, dachte Josse. Und das Mädchen hatte eine Art, sich auszudrücken, die auf einen gewissen Grad von Bildung schließen ließ. »Ich warte draußen«, sagte er.

»Ich leiste Euch Gesellschaft, wenn Ihr es wünscht«, erbot sich das Mädchen höflich. »Die Frau Äbtissin möchte, daß sich unsere Besucher willkommen fühlen.«

»Sehr freundlich«, gab Josse zurück. »Wenn Ihr sicher seid, daß ich Euch nicht von der Arbeit abhalte?«

Caliste lächelte wieder und legte die schmutzige Schürze ab. »Ich habe gerade eine meiner weniger angenehmen Pflichten erledigt. Jetzt wollte ich Schwester Tiphaine aufsuchen und sie um Kräuter für Schwester Euphemias Medizinen bitten. Wenn Ihr mich vielleicht begleiten möchtet, Sir?«

Draußen paßte er sich dem Schritt des Mädchens an. Er beobachtete sie verstohlen und bemerkte, daß sie den aufrecht gleitenden Gang einer Nonne angenommen hatte, daß sie die vorübergehend unbeschäftigten Hände automatisch in den gegenüberliegenden Ärmel schob. Ja, sie macht unbedingt den *Eindruck* einer Nonne, dachte er. Aber...

Aber?

Er konnte nicht genau benennen, was Caliste an sich hatte. Doch wie Helewise schon vor ihm klargeworden war, war da wirklich etwas...

»Es ist üblicher, auf dem anderen Weg zu Schwester Tiphaines Arbeitsraum zu gehen, am Haupttor vorbei«, brach Caliste das Schweigen, »aber ich nehme gern diesen Weg. Zum einen kann ich im Vorbeigehen einen Blick auf das Giebelfeld über dem Kirchenportal werfen«, sie zog eine Hand aus dem Ärmel und wies zu dem großen Bildwerk hinauf, das das Jüngste Gericht darstellte, »und zum anderen kommt man auf diesem Weg durch den Kräutergarten.«

Sie gingen weiter, an der Pforte zur Kapelle Unserer Lieben Frau vorbei, am Haus der jungfräulichen Schwestern vorbei, an den fensterlosen Mauern des unheimlichen kleinen Gebäudes vorbei, das, wie Josse wußte, das Aussätzigenhaus der Abtei war. Er bemerkte, daß Schwester Caliste sich bekreuzigte, als sie vorbeigingen. Er tat dasselbe.

Dann bogen sie um die Ecke und kamen zum Kräutergarten, der geschützt an der Südseite der Abtei lag.

Es war Juni, und viele Pflanzen standen in vollem Laub. Josse blieb stehen und atmete tief ein, und das gemischte Aroma von Rosmarin, Salbei, Minze, Lavendel und einem

Dutzend weiterer Pflanzen, deren Namen er nicht kannte, strömte ihm in den Kopf. Noch einmal atmete er tief ein und noch einmal, dann wurde ihm schwindlig, und er hielt inne.

Neben ihm kicherte Caliste. »Das ist wirklich nicht sehr vernünftig, Sir Josse«, sagte sie. »Gerade jetzt sind die Kräuter besonders wirksam. Ihr müßt sie mit Respekt behandeln.«

»Ich verstehe, was Ihr meint«, sagte Josse. Behutsam tat er einen Schritt; der Schwindel schien vergangen zu sein.

»Hier entlang«, sagte Caliste und ging einen schmalen, säuberlich mit Buchsbaum eingefaßten Pfad entlang. »Schwester Tiphaines Arbeitsraum ist gleich da vorn.«

Er wartete vor dem kleinen Schuppen, während Caliste hineinging, um zu holen, was man ihr aufgetragen hatte. Sie war nicht lange dort, doch war genügend Zeit für einen herzlichen Wortwechsel zwischen ihr und der Kräuterfrau. Und für ein leises Gelächter.

»Ihr habt früher bei Schwester Tiphaine gearbeitet, glaube ich«, sagte er, als er und Caliste zum Spital zurückgingen. »Tut es Euch leid, daß man Euch zum Pflegedienst versetzt hat?«

»Ich…« Caliste zögerte und warf ihm einen raschen, abschätzenden Blick zu. »Ich will Euch die Wahrheit sagen, Herr Ritter«, erklärte sie, nachdem sie ihn sichtlich günstig beurteilt hatte. »Ich habe wirklich gern bei Schwester Tiphaine gearbeitet, die gut zu mir war und mich großzügig an ihrem großen Wissen teilhaben ließ. Als ich von meinen neuen Pflichten erfuhr, war ich traurig. Aber ich bin eine Nonne und muß tun, was man mir aufträgt.«

Mitleid rührte ihn an, und er erwiderte: »Ihr tut mir leid, liebes Kind. Ich weiß, was es heißt, zu gehorchen, wenn einem das Herz etwas anderes gebietet.«

»Wirklich?« Sie blieb stehen und starrte ihn an. »Ja«, murmelte sie. »Ich glaube, Ihr wißt es.« Sie lächelte, als erkenne sie in ihm eine verwandte Seele. Doch diesmal schien ihr ganzes Gemüt aus dem Gesichtsausdruck zu sprechen.

Recht aufgewühlt lächelte er zurück.

Nach einer Weile sagte er: »Habt Ihr Euch an Eure neue Arbeit gewöhnt? Seid Ihr glücklich, Schwester Caliste?«

Sie antwortete: »Ich habe mich daran gewöhnt, und ich bin glücklich. Ich sage mir, wenn ich eine gute Nonne werden will, dann muß ich lernen, keine – wie sagtet Ihr doch? Gebote des Herzens? Ja. Die nicht zu haben. Und ich bin glücklich.«

Anscheinend blieb nichts weiter zu sagen übrig. Sie gingen nebeneinander zum Spital zurück.

Doch als sie zurücktrat, um ihn zuerst hineingehen zu lassen, sagte Caliste: »Ich danke Euch, daß Ihr gefragt habt, Herr Ritter. Das war sehr freundlich.«

In einem kaum vernehmlichen Flüsterton fügte sie an: »Und eine Freundlichkeit vergesse ich nicht.«

SECHSTES KAPITEL

Als Helewise schließlich aus dem Spital kam und ein paar Augenblicke erübrigte, um Josse zu begrüßen, erkannte er, ohne daß sie es ihm zu sagen brauchte, daß sie mit den Gedanken woanders und zugleich sehr beansprucht war. Zu der Sorge um den Sterbenden kam noch, daß eine Frau in der Obhut der Nonnen gerade Zwillinge geboren hatte, von denen einer kränkelte. So kränklich war er, daß die Äbtissin darauf drängte, den Priester zu holen und das Kind sofort zu taufen. »Nur für alle Fälle«, fügte sie mit einem feinen traurigen Lächeln an.

Außerdem wurde einer der Mönche aus dem Tal wegen eines vereiterten Fußes behandelt, und Bruder Firmin

75

hatte die Äbtissin gebeten, ein zusätzliches Paar Hände zur Aushilfe hinunterzuschicken, um mit dem plötzlichen Ansturm von Pilgern fertig zu werden, die, von dem schönen Wetter angeregt, gekommen waren, um von dem heiligen Wasser zu trinken.

»Sieht Bruder Firmin nicht ein, wie sehr Ihr, Ihr und die Schwestern, mit Euren eigenen Aufgaben beschäftigt seid?« fragte Josse sie zurückhaltend.

In den grauen Augen der Äbtissin blitzte flüchtig der Zorn auf und war im nächsten Moment wieder verebbt. Nachdem sie vernehmlich tief Luft geholt hatte, sagte sie: »Sir Josse, Bruder Firmins Pflichten gelten seinen Pilgern. Wenn er meint, er habe zu wenig Mitarbeiter und könne seine Pflichten nicht erfüllen, wie es sich gehört, hat er das Recht, um Hilfe zu bitten.«

»Aha«, sagte Josse ruhig. Und preßte die Lippen zusammen, um die Bemerkung zurückzuhalten, die er daraufhin gern vorgebracht hätte.

»Es tut mir leid, daß ich Euch in der Sache des ermordeten Mannes nicht helfen kann«, sagte die Äbtissin, während sie suchend um sich blickte. »Wo ist denn nun Bruder Saul? Er soll einen Botengang für mich machen und Vater Gilbert suchen gehen…«

»Ich denke nicht im Traum daran, mich aufzudrängen«, sagte Josse. »Ich handele auf eigene Faust, Frau Äbtissin, und werde Euch jeweils berichten, was ich herausgefunden habe. Wenn ich darf?«

»Ja, ja«, sagte sie, immer noch nach Bruder Saul ausschauend. »Aha, da sehe ich ihn.« Sie eilte in Richtung des in der Ferne aufgetauchten Bruders Saul davon, wobei sie die Hand hob und ihn rief. Dann blieb sie unvermittelt stehen, drehte sich um und rief Josse zu: »Er wohnte in einer ganz kleinen Bruchbude unten an der Furt. Seine Frau heißt Matty, und er hatte beim Wildern zwei Kumpane, die Ewen und Seth heißen. Seth ist, glaube ich, Hamms Cousin.«

76

Während Josse ihr noch dankte, staunte er, wie sie bei allem, was sie beschäftigte, erstens an diese Information gelangt war und sie sich zweitens gemerkt und nicht an ihn weiterzugeben versäumt hatte.

Eine bemerkenswerte Frau, die Äbtissin von Hawkenlye.

Bruchbude, so dachte er, während er den Weg zur Furt hinabritt, war der richtige Ausdruck gewesen.

Als der Weg sich dem Wasser näherte, verlor er sich in einer schlammigen Landestelle. Das Flüßchen, das aus dem Wald kam, war hier ziemlich breit und strömte rasch über ein gutes, festes Bett hin. Das Wasser war bräunlich vom Torf und von den über viele Jahrhunderte hinweg herabgefallenen Blättern, die zur Ausbildung der Ufer und des Bettes des Flüßchens beigetragen hatten.

Es hätte ein lieblicher Ort sein können, wären da nicht die Hütten gewesen, die am gegenüberliegenden Ufer in regelloser Reihe den Weg säumten.

Zwei waren verlassen; auch ganz verzweifelte Menschen konnten gewiß nicht in einem Haus ohne Dach und mit zur Hälfte eingefallenen Wänden wohnen. Die mittleren drei waren einigermaßen in Stand, und das letzte in der Reihe war nicht mehr als ein der Nachbarhütte angebauter Schuppen, in dem man jetzt das Vieh untergebracht hatte. Ein mageres Schwein und eine Handvoll jämmerlich aussehender Hühner hoben den Kopf, als Josse platschend durch das Wasser ritt, und ein Hund an einem kurzen, ausgefransten Strick kam herausgestürzt, bellte symbolisch ein paarmal und rannte dann in den Schuppen zurück, den Schwanz fest zwischen die Beine geklemmt, als mache er sich auf einen ordentlich festen Fußtritt gefaßt.

Irgendwo in einer der Behausungen weinte ein Baby, bis eine barsche Frauenstimme es zum Schweigen brachte.

Josse saß ab und steckte den Kopf in die Tür der ersten Hütte. Das Baby hockte auf dem Fußboden aus festgestampfter Erde, nackt bis auf ein zerlumptes, viel zu großes Hemd. Es hatte die Faust im Mund, grünlicher Schleim rann ihm aus der Nase, und den Schmutz auf seinen Bäckchen durchzogen Tränenspuren. Neben seiner rechten Gesäßbacke lag ein Kotstrang, dessen Ende verschmiert war, wo das Baby daraufgesessen hatte. Von der Frau mit der barschen Stimme war nichts zu sehen.

Er ging zur nächsten Haustür. Diese war zu, und durch ein Loch am oberen Ende spähte er hinein. Da war niemand.

Im dritten Haus saß eine Frau unmittelbar auf der Türschwelle. Nach dem zerbeulten Topf auf dem Boden neben ihr und dem mageren Häufchen mit Erde bedeckter Rüben und Karotten auf ihrem Schoß zu schließen, schien sie Gemüse putzen zu wollen. In Wahrheit blickte sie teilnahmslos vor sich hin, das Gesicht in einem Ausdruck der Niedergeschlagenheit erstarrt. Falls sie Josses Nahen gehört hatte, war sie nicht interessiert genug, um nachzusehen, wer da zu Besuch gekommen war.

Josse sagte: »Bist du Hamm Robinsons Witwe?«

Sie blickte zu ihm auf, und Tränen stiegen ihr in die Augen. Irgendwann hatte sie einen Nasenbeinbruch erlitten; zwischen Sattel und Spitze wies die Nase eine starke Verdickung auf. Die Frau hatte auch mehrere Zähne verloren. Stumpf sagte sie: »Ja.«

Josse glitt von seinem Pferd herab und trat zu der Frau heran. »Mein Beileid zu deinem Verlust«, sagte er.

Sie schnüffelte und wischte sich mit dem Handrücken die Nase. »Weiß nicht, was aus mir werden soll«, sagte sie traurig und streifte ihn mit einem raschen Blick. Ihre Stimme ging in das vertraute Gewinsel des professionellen Bettlers über. »Nirgends bin ich zu Hause, hab keinen Mann, der ein bißchen was mitbringt«, jammerte sie. »Wo mein nächstes Essen herkommt, weiß allein der liebe Gott da oben.«

Josse griff in die Börse an seinem Gürtel und holte ein paar Münzen heraus. »Die helfen dir vielleicht ein bißchen weiter.« Er ließ sie in ihren Schoß fallen.

Ihre Hand schoß hervor, und die Münzen verschwanden. »Danke«, sagte sie.

Josse zögerte. Es schien wenig Sinn zu haben, diese eingeschüchterte, niedergeschlagene Frau zu fragen, ob ihr Mann Feinde gehabt hatte. Würde sie das wissen? Und wenn ja, würde sie es Josse sagen?

Statt dessen fragte er: »Ich glaube, dein Mann hat mit seinem Vetter Seth – hm – gearbeitet? Und mit noch einem Mann – Ewen, ist das richtig?«

In die auf ihn gerichteten matten Augen kam plötzlich ein Funken Leben. »Ihr wißt ja sehr gut Bescheid«, sagte sie schroff. »Was geht's Euch an?«

»Weib, vielleicht darf ich dir mitteilen, daß ich so ziemlich der einzige Mensch hier bin, der wenigstens ein geringes Interesse daran hat, den Mörder deines Mannes vor Gericht zu bringen!« rief er, mit einem Mal zornig. »Ich versuche gerade, über ihn herauszufinden, was ich nur kann, und ich muß mit jedem reden, der ihn kannte!«

»Ha! *Dafür* braucht Ihr nicht lange! Da bin erst mal ich, und ich weiß jedenfalls nichts darüber, was er getrieben hat, außer daß er dauernd in den Wald ging, dabei wollte ich immer, daß er das sein läßt.« Sie zog die Luft ein und erzeugte im Hals ein zähes, rasselndes Geräusch; hätte Josse nicht vor ihr gestanden, hätte sie bestimmt den lockeren Schleim ausgehustet und auf die Straße gespuckt, dachte er. »Ich hatte doch recht, oder nicht?« funkelte sie ihn unvermittelt mit zorniger Lebhaftigkeit an. »Man sieht ja, wie diese Waldleute rangegangen sind und ihn umgebracht haben!«

»Ja, ich weiß. Wie gesagt, es tut mir leid.« Josse beherrschte seine Verärgerung. Die Frau hatte immerhin gerade erst ihren Mann verloren. »Sind diese Männer, Ewen und Seth, mit Hamm in den Wald gegangen?« fragte er, bemüht, einen versöhnlichen Ton beizubehalten. »Haben sie mit ihm – hm – gejagt?«

Sie musterte ihn unter halbgeschlossenen Lidern hervor. Ihre Augen waren von unbestimmbarer blasser Farbe, und die Wimpern waren kurz und spärlich. »Sie waren Wilddiebe, alle drei«, stellte sie unverblümt fest. »Das wißt Ihr genau. Alle wissen das, und jemand hat es Euch inzwischen bestimmt gesagt.«

»Ja, ich wußte es«, bestätigte Josse. »Nach allgemeiner Ansicht hat dein Mann in der Nacht, als er getötet wurde, gewildert, und das hat den Waldleuten nicht gefallen.«

»Das ist nicht ihr Wild, genau wie es nicht seins war«, sagte die Frau bitter. »Es steht ihnen nicht zu, daß sie andere Leute davon abhalten, sich was zu nehmen. Jedenfalls vom Wild, und das andere…« Sie verschluckte, was immer sie noch hatte sagen wollen.

»Das andere?« Er bemühte sich, die Erregung in seiner Stimme zu unterdrücken.

»Nein«, sagte sie fest. »Ich sage nichts weiter. Ich hab lange genug von meinem eigenen Mann Prügel gekriegt, ich laß es nicht drauf ankommen, daß einer von den anderen anfängt, wo Hamm aufgehört hat.«

»Aber…«

»*Nein.*«

Und er sah zu, wie die Frau mit einer Würde, die er ihr nicht zugetraut hätte, aufstand, ihren Topf vom Boden aufhob und das Gemüse in ihrem zerschlissenen und schmutzigen Rock zusammenraffte, dann ins Haus ging und nachdrücklich die Tür schloß.

Durch reinen, glücklichen Zufall stieß Josse auf Hamm Robinsons Komplizen. Als er zum äußeren Rand des Waldes hinaufritt, weil er sich die Stelle ansehen wollte, wo man Hamm gefunden hatte, vernahm er ihre streitenden Stimmen.

Sein Glück reichte nicht so weit, daß er etwas Brauchbares mitbekommen hätte; sie hörten sein Pferd und verstummten sofort. Jedoch weit davon entfernt, sich wie die Frau einschüchtern zu lassen, gingen sie in die Offensive.

»He! Was habt Ihr hier zu suchen?« rief der eine Mann.

Der andere schwang einen kräftigen Stock. »Nennt Euer Begehr!« sagte er großspurig.

Josse ritt dicht an sie heran; Horace war ein großes Pferd, und aufgesessen fühlte sich Josse im Vorteil. Trotz des kräftigen Stockes.

»Ewen und Seth, nehme ich an?« sagte er. »Freunde des verblichenen Hamm Robinson? Oder müßte ich sagen Diebskumpane?«

Es war ein Tasten im dunklen. Doch es löste eine Reaktion aus; der Mann mit dem Stock begann diesen drohend über seinem Kopf zu schwingen und rief: »Das war sein Einfall! Hamm hat's gefunden, es war Hamm, der uns zugeredet hat, mit ihm reinzugehen! Ich hab nie...«

In diesem Augenblick schlug der andere Mann zu. Stieß dem ersten heftig den Ellbogen in den Leib, so daß der sich nach vorn krümmte und stöhnend nach Luft rang.

»Achtet gar nicht auf Ewen«, sagte Seth über das Keuchen seines Freundes hinweg. »Er hat recht, Sir, es war Hamm, der sagte, im Wald sei gutes Wild zu haben, und wir waren's, die mitgegangen sind.«

»Wild«, wiederholte Josse. Der andere hatte nicht von Wild gesprochen, da war er sich ganz sicher. Doch was immer er auch gemeint hatte, Josse würde es nicht herausbekommen.

»Wir müssen unseren Bauch füllen, genau wie jeder andere«, fuhr Seth selbstgerecht fort. »Wenn's da drin«, er wies mit dem Daumen zum dunklen Wald hinter ihm,

»reichlich Kaninchen und Rotwild gibt, wem schadet's? Das ist meine Meinung, Sir!«

»Ganz recht«, gab Josse zurück. »Nur war jemand offenbar anderer Meinung. In solchem Maße, daß er deinen Vetter mit einem gutgezielten Speerwurf umgebracht hat.«

Bei dieser Mahnung erbleichte der Mann sichtlich, gab jedoch nicht nach. Der andere Mann – Ewen – begann wieder zu stöhnen. »Ich hab's dir doch gesagt, Seth!« sagte er matt. »Hab's dir gesagt, jawohl, und ihm auch! Hamm, sag ich, wenn du da wieder reingehst, werden sie…«

Er war nicht der Mann, rasch eine Lehre anzunehmen, das merkte Josse; wie vorhin wurde das, was er hatte sagen wollen, schroff unterbrochen. Diesmal war der Schlag so heftig, daß er zu Boden ging; als Josse Horace wendete und zum Trab antrieb, sah er Seth mit seinem gestiefelten Fuß auf den Kopf seines gefallenen Freundes zielen.

Den ganzen Weg zur Abtei zurück rätselte Josse, was ein kleiner Wilderer und vermutlich auch kleiner Dieb tief in einem uralten Wald gefunden haben könnte. Was konnte wertvoll genug sein, um nicht nur Hamm, sondern auch seine zwei Kumpane zu veranlassen, in jenen Schauplatz furchterregender Legenden einzudringen? Waren sie abergläubisch wie alle ihres Schlages, mußte es sicherlich etwas ganz Besonderes gewesen sein.

Was immer Hamm entdeckt hatte, es schien unmittelbar zu seiner Ermordung geführt zu haben. Josse fand es schon die ganze Zeit ziemlich unwahrscheinlich, daß diese geheimnisvollen Waldleute einen Mann mit dem Speer getötet haben sollten, nur weil er mit der Schlinge zwei Kaninchen gefangen hatte; es war viel glaubhafter, daß Hamm irgendwie etwas entdeckt hatte, was sie geheimzuhalten wünschten.

Aber was?

Vermutlich etwas, das Hamm leicht zu Geld machen zu

können glaubte, denn gewiß hätte ihn nichts anderes dazu bewegt, sich bei Nacht in den Wald zu wagen.

Ein vergrabener Schatz? Ein Hort römischer Münzen? Die Gerüchte sprachen von der Besetzung des großen Wealdenwaldes durch die Römer; sie hatten Eisenerz herausgeholt, solide Wege durch den Urwald angelegt, deren Spuren jetzt noch, tausend Jahre später, zu finden waren. Hatte Hamm bei seiner Wilderei unter einer alten Eiche einen Kaninchenbau aufgegraben und war unerwartet auf einen Schatz gestoßen?

Spekulation. Das war alles Spekulation. Ganz gleich, wie glaubhaft es allmählich klang, Josse verfügte über keinen Beweis.

Und, so schloß er, während er durch das Tor der Abtei ritt, es gab nur einen Weg, das zu ändern.

Die Äbtissin Helewise saß im Kreuzgang, die Augen geschlossen, die späte Sonne auf dem Gesicht. Josse mochte sie nicht stören, doch andererseits hatte sie ja gesagt, er dürfe ihr alles berichten, was er herausbekäme.

Er stand noch unschlüssig vor ihr und schwankte, ob er sie wecken solle oder nicht, da sagte sie: »Ich schlafe nicht. Und ich weiß, daß Ihr es seid, Sir Josse, hier trägt niemand sonst Sporen, die beim Gehen klirren.«

Er setzte sich neben sie auf den schmalen Steinsims. »Es tut mir leid, daß ich Euch störe. Ich weiß, daß Ihr heute sehr beschäftigt wart.«

Sie seufzte. »Allerdings. Doch der Erfolg war zum Teil befriedigend. Das kranke Baby ist getauft worden – sein Bruder auch –, und ich glaube, sein Zustand hat sich zum Besseren gewendet. Es saugt kräftig und hat ein wenig Farbe.«

»Gott sei Dank«, sagte Josse.

»Amen.« Eine kurze Pause trat ein, dann fuhr sie fort: »Und Ihr habt vermutlich auch Neues zu berichten?«

»Ja.« Mit knappen Worten teilte er ihr mit, was er entdeckt hatte und was seiner jetzigen Meinung nach geschehen war. »Ich will mich dort umsehen«, fügte er gespielt unbekümmert hinzu. »Wahrscheinlich heute nacht. Man muß das Eisen schmieden, solange es heiß ist!« Sein Versuch zu lachen klang nicht besonders überzeugend, nicht einmal für ihn selbst.

Die Äbtissin sagte bedächtig: »Ihr glaubt, die Waldleute haben Hamm Robinson getötet, weil er etwas entdeckt hat, das sie lieber für sich behalten wollen, und jetzt wollt Ihr heute nacht in den Wald gehen und versuchen herauszubekommen, was dieses Etwas war.«

»Ja.« Komisch, als sie es sagte, klang es ein wenig tollkühn. »Mir passiert schon nichts, Frau Äbtissin, ich kann auf mich aufpassen.«

»Gewiß, Sir Josse«, gab sie mit deutlicher Ironie zurück, »ich weiß wohl, Ihr habt im Hinterkopf Augen, die den Speer kommen sehen.«

Das war kein angenehmer Gedanke; er spürte, wie sich seine Rückenmuskeln in einem kurzen, unwillkürlichen Krampf zusammenzogen. »Ich bin bewaffnet«, sagte er abwehrend. »Und anders als der arme Hamm, bin ich auf alles gefaßt.«

»Nun, dann ist es ja gut«, meinte die Äbtissin.

»Ich muß etwas tun!« stieß er mit jähem Grimm hervor.

»Pst!« zischte sie rasch, »das kann jemand hören!«

»Ich will herausfinden, wer ihn getötet hat und warum«, fuhr Josse in einem Flüsterton fort, der fast so laut war wie seine normale Stimme. »Ich kann es nicht einfach auf sich beruhen lassen, auch wenn Ihr es könnt!«

Diese letzte Bemerkung war unfair, und er wußte es. Er bereute die Worte, sobald er sie geäußert hatte, und sagte: »Verzeiht mir, Frau Äbtissin. Ich weiß, daß Ihr den Mörder finden würdet, wenn es in Eurer Macht läge.«

Eine Zeitlang antwortete sie nicht, und er fürchtete, sie

tödlich und unrettbar gekränkt zu haben. Doch dann streckte sie eine Hand in seine Richtung aus und erklärte: »Ich lasse ein Bündel für Euch herrichten – etwas zu essen, zu trinken, einen Feuerstein und eine Fackel. Wenn Ihr bei Nacht in den Wald geht, ist es nur vernünftig, sich ein wenig darauf vorzubereiten.«

»Aber...« Er wollte sich nicht mit einem Bündel belasten. Dennoch, wenn sie tat, was sie konnte, um ihm zu helfen, und ihm damit zu verstehen geben wollte, daß sie ihm verziehen hatte – und daß auch sie ihr Scherflein dazu beitragen wollte, den Mörder zu fangen –, dann schien ihm keine andere Wahl zu bleiben, als anzunehmen.

Er legte zu großen Wert auf ihre Freundschaft, als daß er es auf eine dauerhafte Verstimmung zwischen ihnen hätte ankommen lassen.

»Danke«, sagte er demütig. »Ich bin Euch dankbar.«

Am Abend aß er mit den Schwestern, und aus einem Impuls heraus ging er mit ihnen zur Mette. Als letzte Andacht des Tages übte sie, wie er merkte, eine besonders beruhigende Wirkung auf seine angespannten Nerven aus. So war es immer, unmittelbar bevor man sich in die Schlacht stürzte, dachte er, während er dem himmlischen Klang der Chornonnen lauschte. Muskeln und Sehnen straff gespannt wie Bogensehnen, der Mund trocken, der Herzschlag unregelmäßig. Hingegen, sobald der Kampf begann und man...

Doch diese Erinnerung schien nicht ganz passend, wenn man in der Kirche Lobeshymnen anhörte. Ganz bewußt wandte er seine Gedanken den Gebeten zu.

Zwei Stunden später schlich er aus der Abtei. Alles war ruhig, und als er das kleine, säuberlich geschnürte Bündel der Äbtissin auf eine Schulter hob, war aus keinem Gebäude in der ganzen Abtei ein Lichtschein zu bemerken.

Er holte sein Schwert und sein Messer aus dem Mauerwinkel zwischen der Loge der Pförtnerin und der Klostermauer, wo er sie früh am Tag verborgen hatte. Als er sein Schwert in die Scheide schob, spürte er seine Zuversicht wachsen. Er öffnete das Tor gerade so weit, daß er durchschlüpfen konnte, und schloß es sorgfältig hinter sich.

Dann schlug er den Weg ein, der zum Wald hinaufführte.

Es herrschte zunehmender Mond, und nur einen Tag vor Vollmond gab er genügend Licht, daß Josse vorankam, ohne zu stolpern. Allerdings nur, bis er tief unter den Schatten der Bäume vorgedrungen war. Er blieb stehen und wartete, bis seine Augen sich der Dunkelheit angepaßt hatten, während er müßig mit dem Riemen seines Bündels spielte.

Seine Hand stieß an etwas. Ein Gegenstand – aus Metall, nach der kühlen und glatten Oberfläche zu urteilen –, der an der Lasche befestigt war. Er tastete ihn mit den Fingern ab – er war ziemlich klein –, und er meinte, es sei ein kleines Kreuz.

Die Äbtissin, dachte er. Sie hat es dort angebracht, zum Schutz.

Gott segne ihr gütiges Herz!

Seine Nachtsicht hatte sich soweit gebessert, wie es überhaupt möglich war. Mit Dankbarkeit für eine solche Freundin, die seinem Mut wie seinen Schritten Auftrieb gab, machte er sich auf den Weg in die Tiefen des Waldes.

SIEBENTES KAPITEL

Während Josse, immer auf der Hut, tiefer in den Wald eindrang, ertappte er sich dabei, daß sich seine Gedanken trotz bester Absicht mit all den schlimmen Dingen beschäftigten, die er je im Zusammenhang mit dem unheimlichen Ruf des Waldes gehört hatte.

In der Stille unter dem dichten Dach der Bäume kam ihm nach und nach das wunderliche Gefühl, er befinde sich innerhalb eines riesigen lebenden Wesens, eines dunklen Geschöpfes von ungeahnter geheimnisvoller Fremdartigkeit. Die eigenen behutsamen Schritte auf dem Waldboden konnte man, falls man seine Phantasie nicht fest im Zaum hielt, für einen ruhigen, gleichmäßigen Herzschlag halten. Und der entfernte Klang der schwachen Brise, die sich in den Baumwipfeln regte, hörte sich ganz wie ein geduldiger, wachsamer Atem an...

Bewußt blieb Josse stehen, richtete sich straff auf und sprach laut, die Hand auf den Griff seines Schwertes gelegt: »Ich fürchte mich nicht.«

Das half. Ein wenig.

Er zwang sich, die Einzelheiten des Waldlandes um sich herum wahrzunehmen.

Eiche, Birke und Buche. Efeu und mit Flechten überzogene Bäume, darunter manche uralt und riesig. Ja. Der Wald war sehr alt, war sogar schon alt gewesen, als die Römer kamen. Er war der Schlupfwinkel geheimnisvoller Männer und Frauen gewesen, die die Bäume verstanden, mit der Natur arbeiteten, Sie anbeteten, Ihr opferten. Die unter dem Mond hinausgingen, um mit goldenen Sicheln die Mistel zu sammeln und Rituale zu Ihren Ehren zu vollführen.

Manche sagten, sie seien noch da, die heimlichen Menschen aus der fernen Vergangenheit. Sie hausten immer noch tief in jenen riesigen Gebieten undurchdringlichen

87

Waldes, kämen immer noch auf kurze Zeit hervor, um furchtbare Gewaltakte zu verüben und sich dann wieder in ihre laubverhüllten Festungen zurückzuziehen...

Entschlossen, sich von seiner wieder aufgelebten Furcht nicht besiegen zu lassen, griff Josse an sein Bündel, tastete nach seinem Talisman und umklammerte ihn. Das Kreuz schmiegte sich in seine Handfläche, und als seine Finger sich darum schlossen, bemerkte er oben eine Öse, aus demselben Metall gefertigt.

Er blieb stehen und löste es von dem Bündel. Unter seiner Tunika zog er die Lederschnur hervor, an der er das Kruzifix trug, das er bei seiner Taufe bekommen hatte, löste den Knoten und fügte das größere Kreuz der Äbtissin dazu.

Als er nun weiterging, das Kreuz der Äbtissin in der Hand haltend, fühlte er sich plötzlich ein ganz Teil mutiger.

Nach den Sternen konnte er erkennen, daß er fast genau in westlicher Richtung ging; zwischen den Bäumen fanden sich regelmäßig Lichtungen, groß genug, daß er recht weite Abschnitte des Himmels überblicken und den Großen Bären und den Polarstern ausmachen konnte. Nachdem er herausgefunden hatte, in welcher Richtung Norden lag, war das übrige leicht.

Probleme würde er bekommen, falls der Himmel sich bezöge, wenn er tief im Wald war. Wenn das passierte, wäre er bis zum Morgen hier.

Kein angenehmer Gedanke.

Nach etwa einer Meile über ziemlich gutes Gelände stieß er auf einen breiten Weg. Jedenfalls verhältnismäßig breit; die Wege, denen er bisher gefolgt war, waren bloß Rotwildwechsel oder Dachspfade gewesen. Oder vielleicht von Wildschweinen; an den Böschungen zu beiden Seiten einiger deutlicher abgesetzter Wege hatte er Kratzspuren von Füßen bemerkt, die für Wildschweine typisch waren. Jetzt war der Weg breit genug, daß zwei Mann nebeneinander gehen konnten.

Er folgte vielleicht eine halbe Meile weit diesem Weg, da gabelte er sich. Links oder rechts? Er zögerte, war unsicher. In seinem Kopf meldete sich eine drängende Stimme: Geh nach rechts!

Nun, irgend etwas mußte er ja tun.

Er schlug den nach rechts führenden Weg ein.

Und bald darauf stieß er auf ein Stück geflochtene Schnur. Genaugenommen stolperte er darüber.

Er hob sie auf. Sofern er sich nicht sehr irrte, war es das Stück einer Schlinge. Hatte Hamm oder einer seiner Freunde sie beim Wildern verloren?

Nackdenklich wickelte Josse sie auf und steckte sie in sein Bündel.

Ein Stückchen weiter erblickte er in dem dämmerdunklen Wald überraschend einen Flecken hellen Mondlichts vor sich. Als er sich näherte, sah er, was geschehen war: Eine große Eiche war gefallen, genau quer über den Weg, und ihr Fall hatte oben in das Laubdach ein Loch gerissen.

Josse trat in den Lichtfleck. Nicht nur ein Baum lag hier am Boden, sondern zwei. Der eine schien aus irgendeinem natürlichen Grund umgestürzt zu sein; seine Wurzeln, aus der Erde gerissen, ragten in einem großen Halbkreis über Josses Kopf empor und hatten ein tiefes Loch hinterlassen. Am Grund des Lochs war Wasser.

Den anderen Baum, etwas kleiner als sein Gefährte, hatte Menschenhand gefällt. Noch dazu nicht besonders fachmännisch; auf den gefurchten Stamm hatte man an mehreren Stellen wild eingehackt, bevor man den endgültigen Hieb ausführte, der den Baum krachend zu Boden gebracht hatte.

Warum war er gefällt worden?

Josse ging vorsichtig weiter und spähte in das Loch unter dem größeren Baum. Seitlich in dem Loch war eine

89

Spalte zu sehen, eine Art Erdhöhle... Josse hielt sich an einer der dicken Wurzeln der Eiche fest, schwang das Kreuz der Äbtissin über die Schulter, damit es aus dem Weg war, und stieg hinab.

Was wie eine Höhle ausgesehen hatte, war in Wirklichkeit die Mündung eines Tunnels. Kein besonders langer, doch er mußte direkt unter den Baum geführt haben, den jemand gefällt hatte.

Als der Baum auf der Erde lag, bestand die nächste Aufgabe offenbar darin, seine Wurzeln auszugraben. Das hatte auch jemand getan. Ein Stück weiter hinten war der Tunnel zum Nachthimmel hin offen.

Während Josse wieder herauskletterte, aufstand und sich die Erde von den Knien klopfte, dachte er, er habe wahrscheinlich Hamm Robinsons Schatz gefunden. Und auch das Geheimnis der Waldmenschen, das sie wahren wollten und dessentwegen sie getötet hatten.

Er hatte eigentlich in den Tunnel eindringen wollen, um zu sehen, ob Hamm gestört worden war, bevor er alles herausgeholt hatte. Doch mit einem Mal schien ihm das kein besonders guter Einfall mehr zu sein. Abgesehen von allem anderen, müßte er Licht machen. Ein Licht jedoch, und wäre es noch so klein, konnte Aufmerksamkeit erregen, und die wäre ihm nicht willkommen.

Besonders nicht, wo ihn trotz aller Bemühungen, es zu unterdrücken, das deutliche und höchst beunruhigende Gefühl nicht losließ, es seien Augen auf ihn gerichtet...

Er sah sich nach seinem Bündel um, hob es auf und verließ eilends die Lichtung mit den gefallenen Bäumen. Dann machte er sich, bemüht, nicht in Laufschritt zu verfallen, auf den Weg, der zur Außenwelt zurückführte.

Den Rest der Nacht schlief er in einem Winkel des Quartiers der Mönche unten im Tal. Da war auch eine Pilgerfamilie abgestiegen, bestehend aus einem Ehepaar, einem älteren Mann und einem Kind mit einem verdorrten Arm, die allesamt, um ein Wunder betend, das heilige Wasser tranken und im Schrein den Gottesdiensten der Mönche beiwohnten.

Josse, der wußte, daß sie da waren, achtete darauf, sie nicht zu wecken.

Er legte sich schlafen, so schnell und leise er konnte, und zwang sich, die Bilder des tiefen, geheimnisvollen Waldes und der Rätsel, die er enthalten mochte, beiseite zu schieben. Sein Atem wurde gleichmäßig und tief, und sehr bald schlief er.

Bruder Saul brachte ihm zum Frühstück Brot und Wasser. Die Pilgerfamilie war fort; lächelnd teilte Bruder Saul Josse mit, daß es mitten am Vormittag war.

Josse machte sich eilends daran, sich zu waschen, anzuziehen und zur Abtei hinaufzugehen. Er hatte Neuigkeiten für die Äbtissin, und sie brannte sicher darauf, zu erfahren, wie sein Wagnis verlaufen war.

Als er dem hinteren Tor der Abtei zustrebte, das zur Talseite hinausging, sah er vor sich eine Gestalt von der anderen Seite her auf die Abtei zueilen. Eine Frau, jung, nicht im Gewand einer Nonne. Als er seinen Schritt beschleunigte, nahm er überrascht wahr, daß sie nicht direkt rannte. Sie tanzte.

Und wie er vernahm, als er in Hörweite kam, sang sie auch.

»Und die lieben Vöglein singen«, schallte ihre Stimme, leicht, glücklich, mit reinen Tönen.

Sie merkte, daß hinter ihr jemand kam. Wieder überraschte sie Josse, als sie, ohne sich umzudrehen, rief: »Du sollst doch längst weg sein! Und versuch bloß nicht, mich zu erschrecken, du…«

In dem Moment blickte sie über ihre Schulter. Sie sah Josse und unterbrach sich sofort. »Guten Morgen, Sir.«

Sie schlug die Augen nieder, und blitzschnell hatte sich ihr Ton verändert. Hatte er eben noch warm und liebevoll geklungen, war er jetzt nur noch höflich.

»Guten Morgen«, gab Josse zurück. Für wen mag sie mich eben noch gehalten haben? fragte er sich. »Du gehst zur Abtei?«

Sie lächelte ihn neckisch an. »Wo sollte ich wohl sonst hingehen? Wir sind ja schon fast am Tor!«

Er lächelte zurück. Es fiel schwer, nicht zu lächeln. »Du mußt Esyllt sein«, riet er.

»Gewiß. Und Ihr seid Sir Josse d'Acquin, nehme ich an.«

»Ja.« Er legte sich gerade zurecht, wie er eine Frage formulieren könnte, um ihr die Auskunft zu entlocken, wo sie gewesen war, als sie ihm zuvorkam.

»Haltet Euch wohl bei den Mönchen im Tal auf, Sir? Ich höre, da gibt's ein leckeres Frühstück.«

»Na ja, ich…« Nein. Sie zog ihn auf! »Freilich«, sagte er statt dessen. »Saftiges Rindfleisch, frisch aufgeschnitten und mit viel Soße, ganz weiches Brot, feiner französischer Wein.«

Sie warf den Kopf zurück und lachte. »Warum hab ich bloß nicht daran gedacht, bei Euch mitzuessen?« sagte sie. »Ich habe mich mit dem milden Haferbrei begnügt, den wir den alten Leuten geben. Keine Zähne, Ihr versteht.« Sie zeigte die ihren, die kräftig, weiß und ebenmäßig waren.

»Er scheint dir aber gutzutun«, bemerkte er.

Sie lachte wieder. »Ach, er steckt voller Nährkraft.« Unvermittelt blickte sie ernst drein, als könne sie nicht allzulange über ihre Pflegebefohlenen scherzen. »Wir kümmern uns wirklich sehr um sie, Sir. Es ist nicht bloß so, daß man sie in eine Ecke setzt und wartet, bis sie sterben.«

»Das habe ich keinen Augenblick lang gedacht«, sagte er freundlich. »Und ich weiß aus zuverlässiger Quelle, Esyllt, daß deine Arbeit hoch angesehen ist.«

»Wirklich?« Sie sah erfreut aus. »Danke, Sir. Ich freue mich sehr, das zu hören.«

Sie hatten jetzt das Tor passiert, und sie bog nach rechts ab, zum Heim der bejahrten Mönche und Nonnen. Er begleitete sie.

»Kommt Ihr mit, meine alten Leutchen besuchen?« fragte sie.

»Ich – nein, Esyllt, jetzt nicht. Ich muß die Frau Äbtissin sprechen.«

Sie wirkte tatsächlich enttäuscht, als hätte es ihr etwas bedeutet, wenn er mitgegangen wäre, wenn sie einen Besucher herbeigeschafft hätte, um den Vormittag ihrer alten Leutchen aufzuheitern. »Ach so.«

»Ich komme bestimmt«, sagte er. »Ich verspreche es.«

Sie lächelte wieder. »Ich nehme Euch beim Wort«, hauchte sie.

Sie bog zur Tür des Heims ihrer alten Leute ab und ließ ihn auf dem Weg stehen.

Und er wunderte sich, wieso er das Gefühl hatte, wo doch ihre Worte so unschuldig gewesen waren, eine sehr schöne und verführerische Frau habe ihm gerade einen nicht sonderlich verhüllten Antrag gemacht.

Die Äbtissin Helewise hatte Josse schon einige Zeit erwartet, als er schließlich bei ihr anklopfte. Voller Ungeduld, zu erfahren, was er, falls überhaupt, entdeckt hatte, war es ihr gelungen, der Versuchung zu widerstehen, ihn rufen zu lassen. Zum einen war es nicht recht schicklich, einen Mann von Josse d'Acquins Rang *rufen* zu lassen. Zum anderen, wenn er in der Nacht lange aufgewesen war, hatte er sich die Ruhe verdient.

»Herein«, antwortete sie auf sein Klopfen.

Sie musterte ihn, als er eintrat. Er sah so ziemlich wie immer aus, was sie erleichterte. »Guten Morgen, Sir Josse«, sagte sie.

»Guten Morgen, Frau Äbtissin.« Er lächelte, zog den Schemel heran und setzte sich. Ohne Vorrede fuhr er fort: »Im Wald ist wirklich etwas. Eine Grube, wo eine mächtige Eiche umgestürzt ist, und Anzeichen, daß jemand – vielleicht mehr als eine Person – dort gegraben hat.«

»Ach! Und Ihr glaubt, daß Hamm Robinson entdeckt hat, was immer dort versteckt war?«

Er zuckte mit den Schultern. »Ich kann es nicht sagen, nicht mit Bestimmtheit. Obwohl Wilderer in der Nähe gewesen sind und wir wissen, daß Hamm und seine Freunde Wilderer waren. Aber anders wäre es ein gewaltiger Zufall, meint Ihr nicht, Frau Äbtissin?«

»Allerdings.« Sie runzelte die Stirn, als wäre ihr plötzlich ein Gedanke gekommen. »Sir Josse, habt Ihr etwas gesehen – ich meine, gab es irgendeinen Hinweis auf die Waldleute? Was ich sagen will, ist…«

»Ob ich mich gefürchtet habe?« führte er mit leisem Lächeln für sie den Satz zu Ende. »Liebe Frau Äbtissin, ich hatte eine Todesangst. Einmal hatte ich mir förmlich eingeredet, ich würde beobachtet, und bin aus diesem seltsamen Hain gerannt, als wären alle Höllenteufel hinter mir her.« Sein Lächeln wurde breiter. »Natürlich kam das alles nur aus meiner Einbildungskraft.«

»Natürlich«, wiederholte sie matt.

Er griff in seine Tunika. »Ich vergaß – ich danke Euch für meinen Talisman.« Er zog an der Lederschnur, die um seinen Hals lag, und fädelte sie durch die Finger, bis er fand, was er suchte. »Es war sehr aufmerksam von Euch, Frau Äbtissin. Wie Ihr seht, habe ich es von meinem Bündel abgenommen und mir um den Hals gehängt – es war eine Hilfe, es ganz nah bei mir zu haben.«

Sie betrachtete den kleinen Gegenstand, den er ihr hinhielt. »Aber ich habe Euch das nicht gegeben!«

»Was? Aber es ist doch ein Kreuz, und ich dachte, daß…« Er hielt es sich auf Armlänge vor das Gesicht und faßte es ins Auge. »Das ist kein Kreuz«, sagte er tonlos. »Es sieht mehr nach einem Schwert aus.«

Sie beugte sich vor, um es besser zu sehen. »Darf ich?« Er hob die Schnur über den Kopf und reichte sie ihr hin. Außer dem Schwert hing noch ein kleines goldenes Kruzifix daran. Sie hielt das Schwert in der rechten Hand und starrte es an. Es war etwa so lang wie ihre Handfläche, aus Metall, und die ganze Klinge bedeckte in erlesener Arbeit eine Verzierung in Form eines Wirbelmusters. Wo die Klinge auf den schmalen Griff traf, sah man einen winzigen Kopf, der deutlich den Ausdruck wilden Grimms zeigte.

»Was ist das?« Aus irgendeinem Grund sprach er im Flüsterton.

»Ich glaube, es ist ein Amulett. Ein richtiges Messer ist es nicht, dafür ist es zu klein. Und die Schneide ist stumpf. Ich nehme an, es ist ein Schutz gegen Kräfte des Unheils, den man trägt, wenn man sich in Gefahr begibt.«

»Ich habe so etwas noch nie gesehen«, sagte er.

»Es erinnert an die uralte Handwerkskunst«, murmelte Helewise. »Mein Vater besaß eine alte Brosche, die er in einem Flußbett fand, und die war mit denselben Wirbeln und Kreisen verziert wie das hier.« Während sie sprach, folgte sie geistesabwesend mit dem Finger den Linien des größten Wirbels; es war sonderbar, aber als sie den innersten Punkt erreichte, war ihr, als durchzuckte sie ein leichtes Beben. Im nächsten Augenblick war es wieder fort, doch es hatte sich angefühlt... Schluß damit, befahl sie sich. Einbildungen sind jetzt fehl am Platze!

»Wenn Ihr es mir nicht gegeben habt«, sagte Josse langsam, »wer dann?«

Auch sie hatte sich das gefragt. »Jemand, der wußte, daß Ihr in den Wald gehen wolltet. Und zwar jemand, der Euch geschützt wissen wollte.«

Sie begegnete seinem Blick. Es war eine gleichzeitig erregende und leicht beunruhigende Vorstellung.

»Frau Äbtissin, ich muß noch einmal hin«, erklärte er. »Was ich heute nacht entdeckt habe, ist erst der Anfang. Ich muß feststellen, ob dort noch etwas vergraben ist, und wenn ich es auch nur mit Beklommenheit sage, ich muß die Waldleute aufsuchen.«

»Nein!« Die Ablehnung kam instinktiv. »Sir Josse, die haben bereits getötet, um ihr Geheimnis zu wahren! Wenn sie Euch entdecken, wie Ihr unter einem umgestürzten Baum grabt, könnten sie…« Doch was sie tun könnten, war unausdenkbar.

»Ich glaube nicht, daß sie mir etwas antun würden«, sagte er behutsam. »Zum einen bin ja ich es, der sie aufsucht, nicht umgekehrt. Und zum anderen…«

»Ihr habt vor, in den Wald zurückzugehen, Euch in die Lichtung zu stellen und zu rufen, Waldleute, hier bin ich! Kommt und sucht mich!« stieß sie ungläubig hervor. »Kommt und *tötet* mich!« Sie spürte, wie ihr absurderweise ein Schluchzen in die Kehle stieg. Rasch unterdrückte sie es.

Er blickte sie mit leichtem Erstaunen an. »Frau Äbtissin!« stieß er leise hervor. Doch was immer er hatte sagen wollen, er hatte es sich wohl anders überlegt. Kopfschüttelnd knurrte er etwas vor sich hin.

»Was war das?« fragte sie mit einiger Schärfe.

»Nichts.« Seine Augen begegneten den ihren. »Äbtissin Helewise, bitte glaubt mir, wenn ich das Gefühl hätte, diese Unternehmung berge Gefahr, würde ich sie nicht in Betracht ziehen.«

»Ach, wirklich?«

Er tat, als hörte er das nicht. »Ich bin ganz sicher, wenn ich offen auf diese Leute zugehe und an ihr Ehrgefühl appelliere, werden sie reagieren. Vielleicht läuft es darauf hinaus, ihnen zu versichern, wir würden unser Bestes tun, Leute wie Hamm Robinson davon abzuhalten, sich in ihre Angelegenheiten einzumischen, vielleicht werden sie dann…«

Doch welch unsinniges Zeug er gerade hatte vorbringen wollen, Helewise hörte es nicht. Schwester Euphemia kam nach flüchtigem Anklopfen hereingestürzt.

»Frau Äbtissin, Sir Josse«, keuchte sie, im Gesicht hochrot, »verzeiht mein Eindringen, aber es geht um Schwester Caliste. Sie ist verschwunden!«

ACHTES KAPITEL

Schwester Caliste, das trat nun zutage, fehlte schon eine Weile.

Diese Tatsache stellten sie im Lauf der nächsten Stunde fest, als sie herauszufinden versuchten, wer sie zuletzt gesehen hatte. Zur Terz war sie noch anwesend, das war ganz sicher; eine große Zahl der Nonnen erinnerten sich daran. Dann hatte sie ihre morgendliche Arbeit im Spital verrichtet, einschließlich eines Besuchs bei Schwester Tiphaine, um Bitterminze zu holen; Schwester Euphemia wollte noch mehr Sirup für eine alte Frau zubereiten, die an Brustschmerzen und quälendem Husten litt.

»Ich *weiß*, daß sie mit den Kräutern zurückkam«, beteuerte Schwester Beata, die sichtlich Tränen des Kummers unterdrückte. »Ich weiß noch, daß ich ihr befahl, sie gleich zu Schwester Euphemia zu bringen, die sie dringend brauchte und wirklich Besseres zu tun hätte, als daumendrehend darauf zu warten, daß eine Novizin sich endlich sputet!« Die drohenden Tränen flossen nun doch über Schwester Beatas Wangen. »Ach, meint Ihr, ich habe sie gekränkt? Meint Ihr, ich habe sie dazu gebracht, wegzulaufen?«

»Absolut nicht.« Helewise berührte kurz Schwester Beatas Hand. »Wenn du einen Tadel ausgesprochen hast, kann er nur sanft gewesen sein, da bin ich mir vollkommen sicher.« Sie sah die besorgte Nonne gütig und aufmunternd an. »Du bist keiner Unfreundlichkeit fähig, Schwester.«

Schwester Beata blickte etwas getröstet drein. Dann wurde ihr Gesicht wieder lang: »Aber Schwester Caliste wird nach wie vor vermißt. Wer immer daran schuld ist.«

»Ganz recht«, stimmte Helewise zu. »Doch Sir Josse und ich befragen jeden, und wir werden bald wissen, wo sie hin ist.«

Sie sah Schwester Beata mit einem ermutigenden Lächeln an; ob dessen wesentlicher Zweck darin bestand, der Schwester oder sich selbst Mut zu machen, darüber dachte sie lieber nicht nach.

Helewise suchte die übrigen Schwestern auf, die womöglich brauchbare Angaben machen konnten. Zum Beispiel hatte es wenig Sinn, mit den Magdalenenschwestern zu sprechen, die im Haus der jungfräulichen Nonnen wohnten, da sie es kaum je verließen, ebenso mit den Schwestern, die sich hingebungsvoll und in völliger Abgeschiedenheit um die Aussätzigen kümmerten. Doch von diesen Nonnen abgesehen, befragte sie alle übrigen. Niemand hatte ihr zu Schwester Caliste etwas Brauchbares mitzuteilen.

Bis sie das erledigt hatte, war der Nachmittag weit vorgerückt. Josse war inzwischen unten im Tal gewesen und sogar der Pilgerfamilie, die schon am Morgen aufgebrochen war, nachgeritten, nur für den Fall, daß sie womöglich Licht auf Calistes Verschwinden werfen konnte.

Er kam mit niedergeschlagener Miene zurück; sie brauchte ihn gar nicht zu fragen, ob er Erfolg gehabt habe.

Die zwei erörterten gerade, was sie als nächstes tun sollten, als sich erneut Schwester Euphemia einstellte.

Diesmal sah sie weniger verstört als verärgert drein. »Äbtissin Helewise«, sagte sie mit starrem Gesicht, »würdet Ihr bitte mitkommen? Eine meiner Patientinnen« – sie spie das Wort beinahe aus – »hat Euch etwas zu sagen. Und ich kann mir ums Leben nicht vorstellen, warum sie nicht schon früher den Mund aufgemacht hat«, fügte sie brummelnd an, während sie zum Spital voranging, »wahrhaftig nicht!«

Sie stampfte durch die Tür und in das Zimmer und blieb am Fuß der Pritsche stehen, auf der die alte Frau mit dem Husten lag.

»Hilde!« rief sie laut. »Ich habe die Äbtissin Helewise und Sir Josse d'Acquin mitgebracht.« Falls sie gehofft hatte, die alte Frau einzuschüchtern, indem sie Helewise und Josse so laut und großartig ankündigte, stand ihr eine Enttäuschung bevor.

»So?« krächzte Hilde heiser. »Schön, wenn man Besuch kriegt. Guten Tag, Lady! Guten Tag, Herr Ritter!«

Schwester Euphemia schüttelte ärgerlich den Kopf. »Laß das mal alles beiseite! Hilde, sei so gut und erzähle der Frau Äbtissin, was du mir gerade erzählt hast! Und gleich, wenn ich bitten darf!«

Die drei warteten, während Hilde sich erst nach links, dann nach rechts drehte, das strohgefüllte Kissen auflockerte, hustete und sich dann bequem zurechtlegte. Sie hatte sichtlich vor, die kurze Frist der Aufmerksamkeit, die man ihr schenkte, nach Kräften auszukosten. »Ich hörte, daß Ihr diese Schwester sucht, die hübsche mit den blauen Augen und dem weißen Novizenschleier.«

»*Ja doch!*« sagte Schwester Euphemia gereizt. »Nun mal weiter!«

»Dürfte keine Nonne sein, die Kleine«, sagte Hilde. »Zu hübsch, sag ich. Müßte bei der Nacht einem Kerl das Bett wärmen, he, Herr Ritter?« Sie warf Josse einen Blick zu und lachte gackernd, was einen heftigen Hustenanfall auslöste.

Schwester Euphemia, im Nu wieder die treusorgende

Pflegerin, setzte sich zu ihr und stützte die mageren Schultern, während Hilde, nach Luft ringend, hustete. Als die Attacke abzuklingen begann, flößte sie ihr erst ein paar Schluck Wasser ein und dann eine Dosis hellen Sirup aus einer verstöpselten Glasflasche.

»Aaach«, sagte Hilde und legte sich wieder zurück, »ich bin sicher nicht mehr lange auf dieser Welt!« Sie schloß die Augen, öffnete aber gleich wieder eines, bloß einen schmalen Schlitz weit, um abzuschätzen, wie man ihre Darbietung aufnahm.

»Meinst du, du bleibst uns noch so lange erhalten, bis du uns diese wichtige Auskunft mitgeteilt hast?« fragte Helewise freundlich und lächelte auf die alte Frau hinab.

Hilde schlug die Augen wieder auf. Sie beantwortete Helewises Lächeln mit einem zahnlückigen Grinsen und sagte: »Doch, Frau Äbtissin. Ich glaub schon.« Sie gab nun ihre Verzögerungstaktik auf und verkündete bewundernswert knapp und bündig: »Wenn Ihr wissen wollt, wo Schwester Caliste hin ist, kann ich's Euch sagen. Sie ist in den Wald gegangen.«

»In den *Wald*?« Helewise und Josse sprachen wie aus einem Munde, gleichermaßen überrascht. Dabei weiß ich eigentlich nicht, dachte Helewise, warum zumindest ich mich wundern sollte. Nicht, seit ich Zeuge war, wie das Mädchen dieses unheimliche Summen von sich gegeben hat. Als riefe sie dem riesigen Waldgebiet etwas zu.

Oder – was noch entnervender war – als beantworte sie dessen Ruf an sie.

»Was hat Schwester Caliste genau gesagt?« fragte Josse Hilde.

»Sie sagte, sie geht nicht weit«, erklärte Hilde, was beruhigend war. »Hat etwas von der anderen Schwester gesagt, die da drin ist.«

»Eine andere Schwester?« fragte Helewise nach. »Bist du ganz sicher, Hilde?« Sie konnte sich an keine andere

Nonne erinnern, die jemals das geringste Interesse an den Tag gelegt hätte, in den Wald zu gehen; ganz im Gegenteil, sie empfand oft, sie hätten zu große Scheu vor dem Wald, es widerstrebe ihnen, auch nur den Schatten der Bäume auf sich zu spüren. Aberglaube! Unwissender, sturer Aberglaube, das war es, und der dürfte keinen Raum in der Seele von Frauen haben, die sich in Gottes heilige Obhut begeben hatten! Nach Helewises Meinung bewiesen solche Gefühle einen deutlichen Mangel an Vertrauen in die schützenden Kräfte des himmlischen Vaters.

Doch: »Ich bin ganz sicher, Äbtissin Helewise«, sagte Hilde fest. »Wie gesagt, ich hab nicht die ganze Geschichte verstanden, aber das über die andere Schwester hab ich das junge Ding sagen hören.«

»Kann sie Schwester Tiphaine gemeint haben?« raunte Josse Helewise zu. »Die vielleicht hineingegangen ist, um Fliegen- oder andere Pilze zu sammeln oder Belladonna?«

»Das ist möglich«, stimmte Helewise zu. »Immerhin hat Schwester Beata gesagt, daß man Caliste zu Schwester Tiphaine geschickt hatte, um Kräuter zu holen. Vielleicht hat Caliste geglaubt, Schwester Tiphaine sei im Wald.« Sie runzelte die Stirn. »Aber das ergibt keinen Sinn! Selbst wenn es so gewesen wäre, hätte Schwester Caliste doch gar nicht wissen können, daß Schwester Tiphaine im Wald war? Und mehr noch, Schwester Caliste wäre inzwischen schon zurück!«

Josse legte kurz die Hand auf Helewises Handrücken. Eine rasche, flüchtige Berührung, doch beruhigend, fand Helewise. »Macht Euch keine Sorgen«, sagte er. »Jetzt, wo wir einen Hinweis haben, wo sie hin wollte«, er blickte auf Hilde hinab und lächelte verschmitzt, »kann ich ihr nachgehen. Ich finde sie, Frau Äbtissin.«

Helewise und Hilde sahen ihm nach, als er den Spitalsaal entlangschritt, mit dumpf stapfenden schweren Stiefeln und melodisch klirrenden Sporen.

»Aaah!« sagte Hilde. »Ein stattlicher Mensch ist das, he, Frau Äbtissin?«

»Er ist ein ehrenhafter und mutiger Mann«, gab Helewise ein wenig steif zurück.

»Wünschte, ich wäre ein Dutzend Jährchen jünger«, seufzte die alte Frau. »Na ja, vielleicht zwanzig Jahre.« Sie seufzte wieder. »Was hätte ich mit einem solchen Mann nicht alles angestellt! Frau Äbtissin, habt Ihr nicht…«

Was immer Hilde sagen wollte, Helewise entschied, es sei vermutlich besser, es nicht zu hören. »Danke, Hilde«, fiel sie ihr ins Wort, »du hast uns sehr geholfen. Wenn du mich jetzt entschuldigst, ich muß mich um einiges kümmern.«

»Nur zu, Frau Äbtissin.«

Als Helewise sich zum Gehen wandte, konnte sie nicht umhin zu bemerken, daß die alte Frau mit übertriebener Miene und äußerst vielsagend ein Auge zukniff.

Als Josse in den Wald zurückging, auf denselben Wegen und Pfaden wie in der vorigen Nacht, kam ihm plötzlich ein Gedanke. Während er ihn im Geiste um und um wendete, wuchs seine Überzeugung, bis er versucht war, in die Abtei zurückzukehren und ihn mit der Äbtissin zu erörtern.

Er blieb stehen und überlegte scharf.

Hilde hatte gesagt, Caliste wollte zu einer anderen Schwester in den Wald. Aber angenommen, die alte Frau hätte wirklich nicht richtig hingehört? Hatte vielleicht voreilige Schlußfolgerungen gezogen – durchaus verständlich – und nur *geglaubt*, Caliste habe eine andere Nonne gemeint?

Vielleicht hatte Caliste wirklich gesagt, eine *andere* sei in den Wald vorausgegangen, und da alle anderen Nonnen waren, hatte sich Hilde die Bemerkung übersetzt und als »eine von den Schwestern« aufgefaßt?

Ich kenne eine aus der Gemeinschaft von Hawkenlye,

die in den Wald geht. Zumindest glaube ich, daß sie dort gewesen war, als ich sie auf ihrem Rückweg zur Abtei traf. Erst heute morgen.

War Esyllt jetzt dorthin zurückgekehrt? War sie es, der Caliste gefolgt war?

Ihm wurde ziemlich bald klar, daß er sich verlaufen hatte.

Er hatte sich eingebildet, am späten Nachmittag sei es viel leichter, sich zurechtzufinden, als in der vergangenen Nacht bei Mondlicht. Doch zu seinem Pech war von Westen her eine dicke Wolkenbank heraufgezogen, so daß er tief im Wald und ohne die Sonne als Wegweiser keinen Anhaltspunkt hatte, um sich zu orientieren. Und wie er sehr bald entdeckte, sah ein Weg so ziemlich wie der andere aus. Eine Gruppe uralter Eichen ließ sich nicht von der nächsten unterscheiden.

Es begann zu regnen.

Ohne klare Vorstellung, welcher Weg ihn tiefer in den Wald hinein- und welcher ihn in die Außenwelt zurückführen würde, kroch er unter eine schützende Eibe, lehnte sich gegen ihren Stamm und wartete darauf, daß der Regen aufhörte und der Himmel aufklarte.

Lange Zeit saß er unter seiner Eibe. Ihre dichten Nadeln hielten den größten Teil des Regens ab, doch das Stillsitzen bedeutete, daß ihm kalt wurde. Nachdem scheinbar Stunden verstrichen waren, merkte er, daß es ganz dunkel geworden war.

Und daß der Regen endlich aufgehört hatte.

Er kam unter seinem Baum hervor und spürte plötzlich einen unerklärlichen Drang, ihm für seinen Schutz zu danken. Er kehrte um, legte eine Hand an den Stamm und ertappte sich wahrhaftig dabei, Worte zu formulieren.

Dummkopf! dachte er, während er forteilte. Es ist doch nur ein Baum. Er kann doch nicht *hören*.

103

Wieder auf dem Weg, folgte er diesem, bis er an eine Lichtung kam. Als er nach oben sah, überraschte ihn ein Anblick, der in ihm eine Flut der Erleichterung auslöste: ein vollkommen wolkenloser Himmel. Der volle Mond stand hoch am Firmament, gab fast so viel Licht wie der Tag, und gen Norden konnte er ganz klar den Großen Bären erkennen.

Jetzt, da er wußte, welcher Weg aus dem Wald herausführte, fühlte er sich weniger geneigt, ihn sogleich einzuschlagen. Genaugenommen hatte er noch gar nichts erreicht; alles, was er bisher getan hatte, war, sich zu verlaufen und sich vor dem Regen unter einem Baum zu verkriechen. Er hatte weder Esyllt noch Schwester Caliste noch irgendeine Spur von ihnen gefunden.

Er machte sich klar, welche Richtung er in der vorigen Nacht eingeschlagen hatte, legte sich in Gedanken eine Übersichtskarte des Waldes zurecht, verließ das strahlend helle Mondlicht und lenkte seine Schritte zum Herzen des Waldes. Er trug an seiner Lederschnur immer noch den Talisman; er griff in seine Tunika, zog ihn hervor und hielt sich an ihm fest.

Niemand hatte Josse gesagt, daß Hamm Robinson in einer Vollmondnacht getötet worden war. Genau einen Mondmonat vorher war Hamm unbefugt in den Großen Wald eingedrungen, und jemand hatte ihn mit einem Speer durchbohrt.

Für Josses Gemütsruhe war es vielleicht ganz gut, daß er es nicht wußte.

Mehr durch Glück als durch Verstand fand Josse sich wieder auf der Lichtung mit den umgestürzten Bäumen. Während er sich noch zu seiner Tüchtigkeit beglückwünschte, überkam ihn mit einem Mal ein Drang, genauso stark, wenn nicht noch stärker als die sonderbare

Regung, die er unter der Eibe verspürt hatte. Ohne zu begreifen und mit dem Gefühl, außerhalb seiner selbst zu sein, ein Beobachter seiner eigenen Handlungen, schritt er langsam zu dem größeren der Bäume hinüber. Er streckte die Hände aus und hielt sie mit den Handflächen nach unten über den mächtigen Stamm.

Zunächst spürte er nichts. Dann begann er genau in der Mitte beider Handflächeln ein Kribbeln zu spüren. Es nahm rasch an Stärke zu, bis es beinahe brannte, eben noch erträglich. Und gleichzeitig überfiel ihn eine vernichtende Niedergeschlagenheit, geradezu wie Trauer um das riesige sterbende Wesen zu seinen Füßen.

Er schritt zu der kleineren Eiche hinüber und wiederholte seine Geste. Diesmal drang neben dem Leid auch Zorn durch.

Jemand hatte diesen Baum mit voller Absicht umgebracht.

Und der Wald war wütend.

Josse empfand diese Wut. Wie er da stand, von tiefem, abgründigem Grauen erfüllt, begann er vor Furcht zu beben.

Er nahm seinen Mut zusammen und trat von den gefallenen Bäumen zurück. Er straffte die Schultern, richtete sich gerade auf und sagte leise: »Und ob ich schon wanderte im finstern Tal, fürchte ich kein Unglück; denn du bist bei mir, dein Stecken und Stab trösten mich…«

Seine Stimme erstarb. Nein, nicht das Unglück fürchtete er. Er stand in Ehrfurcht vor einer mächtigen Naturkraft, doch es war keine böse Kraft. Dessen war er sich sicher.

Von den vertrauten Worten des Psalms getröstet, tat er ein paar tiefe Atemzüge, dann machte er sich auf, die gegenüberliegende Seite der Lichtung zu erforschen.

Jenseits der Stelle, wo nach Josses Theorie Hamm Robinson, Seth und Ewen nach einem Schatz gegraben hatten, schien sich auf dem Waldboden eine weitere Unregelmäßigkeit abzuzeichnen. Josse hatte sie in der vorigen Nacht nicht bemerkt, aber jetzt, während er darauf starrte, kam er ins Grübeln. Wenn er damit recht gehabt hatte, daß der Schatz römischen Ursprungs war, ließ das nicht darauf schließen, daß sich in diesem Teil des Waldes noch mehr Relikte aus der Römerzeit befanden?

Er ging vorsichtig zum Rand der Lichtung. Da lagen Steine, alte, behauene Steinplatten, die die groben Umrisse eines rechten Winkels bildeten… Die Überreste zweier Mauern eines Gebäudes?

Er zwängte sich durch das Unterholz und folgte der Linie der besser erhaltenen Mauer. Er kam an eine Lücke, überspannt von einer flachen Platte. Ein Türbogen?

Er trat zurück, um es besser überblicken zu können, und stolperte über etwas. Mit den Händen tastend, fand er eine runde Steinplatte, von der eine Ecke abgebrochen war.

Jetzt forschte er eilig erst nach rechts, dann nach links. Und rasch fand er noch fünf runde Steinplatten.

Es waren, davon war er überzeugt, die Sockel von Säulen. Was nach dem wenigen, das er über römische Gebäude wußte, deutlich darauf hinwies, daß dieses Bauwerk ein Tempel gewesen war.

Er umkreiste die Mauern und entdeckte die Überreste eines Steinfußbodens und, vom Eingang wegführend, einer gepflasterten Straße, arg beschädigt und überwachsen, nahezu verschwunden.

Doch der Beweis genügte. Die Römer – oder jemand – hatten hier, tief im Wald, einen Tempel errichtet. Sie hatten hier Erz geschürft, das wußte Josse bereits, hatten hier ihre Straßen angelegt. Nun, falls er recht hatte, mußte man schlußfolgern, daß sie hier draußen auch etwas sehr Wertvolles vergraben hatten.

Wir müssen mit einem ordentlichen Arbeitstrupp herkommen, dachte Josse, Stricke mitbringen und…

Er vernahm Stimmen.

Murmelnde Stimmen, leise sprechend, als wären sie ängstlich darauf bedacht, nicht gehört zu werden.

Ganz in der Nähe.

So leise er nur konnte, eilte Josse zu seinem Tempel zurück. Er kauerte sich hinter die zerstörte Mauer und zog einen Haselzweig zu sich herab, um seinen Kopf zu verbergen, dann spähte er auf die Lichtung hinaus.

Zwei Männer näherten sich den gefallenen Bäumen; wie es aussah, hatten sie einen Spaten und einen Sack bei sich. Sie murmelten immer noch, und Josse meinte aus der helleren Stimme Angst herauszuhören.

»...trotzdem noch nicht wohl, nicht nach du-weißt-schon«, sagte der eine.

»Halt's Maul und fang an zu graben«, sagte der andere.

Und Ewen und Seth kletterten in das Loch unter den Bäumen hinab und begannen Erde herauszuschaufeln.

Josse sah ihnen eine Weile zu. In Abständen kam der eine oder der andere herauf, steckte etwas in den Sack, dann verschwand er wieder in der Erde.

Als das Geräusch einsetzte, jagte es Josse genauso einen Schrecken ein wie Seth und Ewen.

Es war ein Summen, zu Anfang noch ganz angenehm. Sanft, wie Gesang. Oder vielleicht wie ein Psalmodieren.

Doch dann, als wäre die seltsame Musik in eine Tonart hinübergeglitten, die kein menschliches Wesen je verwendete, ließ sie die Seele förmlich zu Eis erstarren. In dem Maße, wie sie lauter wurde und die Nacht unter ihren Klangwellen vibrieren ließ, kauerte sich Josse tiefer hinter seine Mauern, versuchte sich möglichst klein zu machen. Versuchte sich unsichtbar zu machen. Denn war es auch unlogisch, ihn überfiel die Furcht, daß da draußen Menschen wären, die ihn von ihren Verstecken aus beobachteten, tiefliegende Augen, die die Schatten durchdrangen, ihn erfaßten, ihn *erkannten*...

Ihn überkam ein flüchtiges Mitgefühl mit Seth und Ewen,

da draußen mitten auf der Lichtung, ausgesetzt und verwundbar. Ewen hielt sich die Ohren zu, Seth drückte den halbvollen Sack an die Brust und versuchte herausfordernd dreinzublicken, vermochte aber nur angstvoll auszusehen.

»Wer ist da?« rief Seth. Seine Worte brachten kein Echo hervor: Ihr Klang riß sofort ab, als hätte jemand eine mächtige Tür geschlossen.

»Ich hau ab!« schluchzte Ewen und rannte stolpernd von der Lichtung. Seth setzte an, ihm zu folgen, doch genau in dem Augenblick riß das Summen ab.

Seth stand ganz still und sah sich nach allen Seiten um, als argwöhnte er eine Falle.

Doch es folgte kein weiteres Geräusch.

Er stieg noch einmal in das Erdloch hinab und kam, vor Anstrengung ächzend, wieder herauf, einen großen Gegenstand in den Händen. Er stopfte ihn mit einiger Mühe in den Sack, blickte sich ein letztes Mal auf der Lichtung um, dann warf er sich den prallgefüllten Sack über eine Schulter, hob mit der anderen Hand seinen Spaten auf und folgte Ewen.

Josse gab ihm ein paar Minuten Vorsprung, dann verließ er sein Versteck und schlich sich auf die Lichtung zurück. Als er erst den Weg entlangblickte, den die Männer eingeschlagen hatten, und dann den Kreis der am Rand stehenden Bäume musterte, begann er zu glauben, seine Augen spielten ihm einen Streich.

Entweder das, oder…

Nein. Die Alternative war gar nicht auszudenken.

Was Josse zu sehen *glaubte* war eine Gestalt.

Eine menschliche Gestalt und, nach ihren zarten Umrissen zu urteilen, eine weibliche. Weiß gekleidet, ein wenig gebeugt. Und in der Hand einen langen Stab.

Doch es mußten seine Augen gewesen sein, die eingebildete Dinge sahen. Denn als er sie kräftig rieb und wieder hinschaute, war sie nicht mehr da.

Josse umklammerte seinen Talisman. Er spürte, wie sich

die Schwertspitze in seine Handfläche bohrte, und der gelinde stechende Schmerz brachte ihn wieder zu sich.

Es war nur der Einfluß des Waldes, sagte er sich, der wachsamen, stummen Bäume, der alten Stollen, der verfallenen Bauten eines längst dahingegangenen Volkes. Und dieses Summen – dieses schreckliche, quälende Summen – war vermutlich nicht mehr als irgendein unheimlicher Effekt des Windes in den Zweigen.

Doch die Nacht war still und ruhig.

Es wehte überhaupt kein Wind.

Er bemühte sich, die Ruhe zu bewahren. Indem er sich sagte, seine Entscheidung sei allein von der Vernunft bestimmt und die dunklen, über ihn hereinbrechenden Wogen einer fremdartigen Kraft, die er aus dem dichten Wald rings um ihn hervorquellen spürte, hätten absolut nichts damit zu tun, kam er zu dem Schluß, eigentlich habe es keinen Zweck, noch länger hier draußen zu bleiben. Er könne genausogut zur Abtei zurückkehren, denn hier könne er doch nichts mehr ausrichten. Er war im Begriff, genau das zu tun, als ein neues, ganz anderes Geräusch durch den Wald drang.

Diesmal war es kein Summen. Es begann nicht einmal als lieblicher Klang, und es schwang durchaus nichts von Musik, von Gesang darin mit.

Es war ein Schrei.

Ein menschlicher Schrei, der kaum vernehmlich begann und sich rasch zu einem schrillen, bebenden Ton der reinen Todesangst steigerte.

Er endete abgerissen in einer Art Stöhnen.

Dann, als sein Echo erstarb, breitete sich erneut die grenzenlose Stille des unheilbrütenden Waldes aus.

Und Josse verlor endlich den geringen Rest Selbstbeherrschung, der ihm noch geblieben war, und raste, ohne auf das Dornengestrüpp und das wirre Unterholz zu achten, das ihn aufzuhalten suchte, von der Lichtung fort und den Weg entlang, der zur Außenwelt führte.

Zweiter Teil

Tod im Wald

NEUNTES KAPITEL

Josse kehrte in die Abtei zurück, wo er, obwohl es nach Mitternacht war, die Gemeinschaft hellwach im Hof vorfand, mit brennenden Fackeln, die die Schatten der Kreuzgänge erhellten.

Nach der beängstigenden Dunkelheit tief unter den Bäumen war es eine wahre Wohltat.

Er fand die Äbtissin in ihrem Zimmer, bei offener Tür; es war, dachte er flüchtig, als sollten ihre Nonnen in dieser Nacht der Sorge und Aufregung spüren, daß sie ganz in der Nähe war. Zugänglich.

Als er in das Zimmer kam, stand sie auf.

»Frau Äbtissin, ich habe sie nicht gefunden«, begann er, »aber ich glaube…«

Im selben Augenblick rief sie mit freudestrahlendem Gesicht: »Sie ist da! Schwester Caliste ist zurück und wohlauf! Es ist ihr nichts passiert!«

»Gott sei Dank«, sagte er leise.

»Amen«, fiel die Äbtissin ein, dann fuhr sie rasch fort: »Sir Josse, ist das zu glauben! Es tut ihr furchtbar leid, daß sie uns all diese Sorgen und Umstände gemacht hat, sagt sie, aber sie wollte einen kleinen Spaziergang unter den Bäumen machen und *hat die Zeit vergessen*! Meine Güte, habt Ihr schon einmal so etwas Dummes gehört?«

»Sie hat die Zeit vergessen«, wiederholte Josse. Er wollte es der Äbtissin gegenüber nicht zugeben, doch nachdem er jetzt den Wald ein ganz Teil besser kannte als sie, war ihm nur zu verständlich, wie so etwas passieren konnte. »Wo ist sie?« fragte er, seine Gedanken mit Mühe von dem mystischen Zauber des Waldes losreißend und dringlicheren Dingen zuwendend. »Ihr sagt, sie ist unverletzt, aber hat sie sich erkältet?«

»Es geht ihr gut.« An ihrem breiten Lächeln war die Erleichterung der Äbtissin Helewise sichtbar. »Sie liegt in der Kirche auf den Knien. Sie ist, wie gesagt, von Reue erfüllt und bittet Gott um Verzeihung, weil sie alle ihre Schwestern in solche Aufregung versetzt hat.«

Schwestern. Das erinnerte ihn an etwas. »Frau Äbtissin, die Frage klingt vielleicht seltsam, aber wißt Ihr, wo Esyllt ist?«

»*Esyllt*? Sie schläft in einer kleinen Kammer im Altenheim«, erklärte die Äbtissin stirnrunzelnd. »Man muß sich in der Nacht oft um die alten Mönche und Nonnen kümmern, versteht Ihr. Ich bin ganz sicher, daß sie dort ist.« Sie richtete den Blick auf Josse und fragte: »Warum?«

»Könnt Ihr jemanden hinschicken, um nachzusehen?« drängte er. »Frau Äbtissin, ich würde nicht fragen, wenn es nicht wichtig wäre!«

Sie schien sich zu fangen. »Nein, gewiß nicht. Wartet hier, ich gehe selbst.«

Er wartete. Ließ sich auf dem Holzschemel nieder, lehnte sich an die Wand und schloß die Augen.

Wenig später kam sie zurück. Ein Blick auf ihr Gesicht sagte ihm, daß er recht gehabt hatte.

»Nicht da?« fragte er.

»Nicht da.« Das Stirnrunzeln war wieder da, tiefer als vorher. »Wißt Ihr, wo sie ist, Sir Josse?«

»Wo sie jetzt ist? Nein, nicht genau. Aber ich habe eine Ahnung, wohin sie am Abend gegangen ist.« Mit knappen Worten umriß er der Äbtissin, welchen Gedanken er gehegt hatte, als er sich auf den Weg in den Wald machte.

Die Äbtissin nickte bedächtig. »Wie es scheint, hattet Ihr recht«, sagte sie. »Aber warum? Warum sollte Esyllt heimliche Besuche im Wald machen? Und bei Nacht!«

»Sie müssen sich nachts abspielen, wenn sie geheim bleiben sollen«, unterstrich er. Und obwohl sie nachts gegangen war, hatte sie es vor ihm nicht geheimhalten können; er hatte sie zurückkommen sehen, gestern früh.

»Ganz recht«, gab Helewise ungeduldig zurück. »Aber zu welchem Zweck? Und wieso wußte Schwester Caliste davon, worum immer es sich auch handelte, und fühlte sich veranlaßt, ihr zu folgen?«

»Frau Äbtissin, da ist noch etwas anderes«, sagte Josse. »Etwas, das, falls ich mich nicht sehr irre, schrecklicher ist, als daß eine junge Frau bei Nacht in den Wald geht.«

Jäh kam ihm ein furchtbarer Gedanke. Caliste befand sich wohlbehalten wieder in den Mauern der Abtei, aber Esyllt nicht.

O Gott, was, wenn jener grauenhafte, langgezogene Schrei der Todesangst von ihr gekommen war?

Was, wenn sie es war, die jetzt leblos im Wald lag, an einer Stelle abseits des Hauptweges verborgen?

»Was? Josse, *was*?« Die Äbtissin schüttelte ihn. »Sagt es mir! Du lieber Gott, Ihr seid ja aschfahl geworden!«

Er stand auf. »Frau Äbtissin, als ich noch tief im Wald war, habe ich einen furchtbaren Schrei gehört. Ich fürchte sehr, daß der Mörder wieder zugeschlagen hat. Und daß...«

»Esyllt!« Jetzt war auch sie aschfahl. »O nein! O lieber Herr Jesus, nein! Nicht...«

»Es waren noch andere unterwegs!« sagte er, ihre Hände ergreifend. »Ich fürchte, es besteht kein Zweifel, daß es wieder einen Angriff gegeben hat, aber Frau Äbtissin, es ist durchaus nicht sicher, daß Esyllt das Opfer gewesen ist!«

Sie starrte ihn mit aufgerissenen Augen an. »Wir müssen hingehen und nachsehen!« rief sie. »Wer immer das Opfer ist, wir müssen nach ihm suchen. Jetzt! Wir alle!«

Und bevor er auch nur dazu ansetzen konnte, sie aufzuhalten, war sie mit wehenden Röcken aus dem Zimmer gerannt und rief nach ihren leitenden Nonnen. Sehr bald darauf hatte sie ihre Anordnungen getroffen; tüchtig selbst in solch einer Krisensituation, hatte sie die Suchtrupps schneller aufgestellt und losgeschickt, als Josse es für möglich gehalten hätte.

Er wartete darauf, daß sie wiederkam und ihm sagte, was sie von ihm wollte, und endlich kehrte sie in ihr Zimmer zurück. Sie wischte sich den Schweiß von der Stirn – die Nacht war schwül – und fragte: »Sir Josse, wollt Ihr mitkommen und mit mir zusammen suchen?«

Mit einer Verneigung antwortete er: »Das will ich gern.«

Als sie in den Wald aufbrachen, war die Äbtissin Helewise heilfroh, wenn sie es auch nicht zugegeben hätte, Josses festen Schritt neben sich zu haben. Und sie hatte dafür gesorgt, daß Schwester Euphemia, Schwester Basilia und Schwester Martha in ihren Suchtrupps ebenfalls starke Männer mithatten; überdies war jeder Mann mit einem kräftigen Stock bewaffnet. In dieser Nacht, dachte sie, würden wenige Laienbrüder zu ihrem Schlaf kommen.

Das Dunkel unter den Bäumen war tiefer, als sie es erwartet hatte. Aber immerhin war die Nacht fortgeschritten, und der Mond stand nicht mehr so hoch am Himmel. Vollmond, sinnierte sie. Wieder Vollmond, und jetzt ein zweiter Mord.

Um ihre Gedanken von den Befürchtungen abzulenken, wer das Opfer sein mochte, wandte sie sich an Josse: »Sir Josse, ist Euch klar, daß…«

Doch sie brachte ihre Frage nicht zu Ende. Denn in diesem Augenblick kam jemand auf sie zugerast, die Röcke hoch über die bloßen Schenkel emporgerafft, Blut auf den ausgestreckten Händen, am Kinn und auf dem Gewand, mit wirrem Haar und totenbleichem Gesicht: Esyllt.

Als sie die beiden sah, rief sie schrill »Er ist tot! Und da ist so viel *Blut*!«

116

Dann stürzte sie sich in Helewises Arme.

In den ersten paar Sekunden konnte Helewise nichts weiter tun, als das Mädchen fest an die Brust zu drücken, zu wiegen und ihr heftiges Schluchzen zu beruhigen.

»Still, Kind«, flüsterte sie und drückte einen Kuß auf das zerzauste Haar, »du bist jetzt in Sicherheit. Wir lassen nicht zu, daß dir ein Leid geschieht.«

Esyllt löste sich von ihr und drehte den Kopf, um über die Schulter den Weg entlangzublicken, auf dem sie gerade gekommen war.

»Er ist da drin«, sagte sie erschauernd. »Weit da hinten. Liegt tief im Unterholz, und er ist tot, ich bin sicher, er ist tot, er *muß* tot sein!« Sie drohte wieder die Fassung zu verlieren.

Josse fragte behutsam: »Wer ist tot, Esyllt?«

Sie fuhr herum, um ihn anzusehen, starrte ihn mit großen Augen an, als erkenne sie ihn nicht. Doch dann verzog ein Schatten ihres gewohnten Lächelns ihre Lippen. »Herr Ritter«, sagte sie. »Kommt Ihr denn nun und besucht meine lieben Altchen?«

»Bald«, sagte Josse. »Ich verspreche es.«

Sie nickte. »Gut. Das wird ihnen gefallen.« Dann verzerrte sich ihr Gesicht, als wäre die Erkenntnis ihrer gegenwärtigen Not zurückgeflutet, nachdem sie sie vorübergehend beiseite geschoben hatte, und sie flüsterte etwas.

»Was war das?« fragte Helewise, ein wenig zu scharf.

Esyllt schüttelte den Kopf, Tränen flossen ihr übers Gesicht. »Nichts«, murmelte sie.

»Esyllt«, drängte Helewise, »etwas Furchtbares ist geschehen, und zunächst ist es unsere Christenpflicht, diesen armen Mann, den man überfallen hat, zu finden und für ihn zu tun, was wir können.«

»Ihr könnt nichts tun, er ist *tot*, sage ich doch immerzu, tot, tot!« ächzte Esyllt. Ein heftiger Schauer durchfuhr sie, und sie begann wieder zu schluchzen. »Und o Gott, es ist so schrecklich! Ich – er – versteht Ihr, wir…«

»Dann müssen wir ihn zur Abtei zurückbringen, damit er anständig unter die Erde kommt«, gab Helewise unerbittlich zurück und schnitt ab, was immer Esyllt hatte sagen wollen. »Dann – und erst dann – werden wir darangehen, herauszufinden, was hinter alledem steckt.« Sie schüttelte das Mädchen sanft. »Verstehst du, Esyllt? Du bist jetzt nicht in der Verfassung, Fragen zu beantworten; die stellen wir dir, wenn du dich erholt hast.«

Helewise hätte gern gewußt, ob Josse verstand, was sie zu tun versuchte. Sie hätte auch gern gewußt, ob er dasselbe bemerkt hatte wie Helewise, als Esyllt aus dem Wald auf sie zugerannt kam. Nein, sagte sie sich. Denke jetzt nicht darüber nach. Später war Zeit genug, der Sache auf den Grund zu gehen, wenn sie wohlbehalten wieder in den Mauern der Abtei zurück waren.

Die Äbtissin hoffte, indem sie in so festem Ton mit dem Mädchen sprach – sie genaugenommen zum Schweigen brachte –, könne sie erreichen, daß Esyllt nicht in ihrem Schock und ihrer Verwirrung mit etwas herausplatzte, das sie später bereuen würde.

Wenn sie jetzt sprach, bestand immer die Gefahr, daß sie sich irgendwie selbst belastete. Und einer Sache war sich Helewise ganz sicher, nämlich daß Esyllt keine Mörderin war, was sie sonst auch getan haben mochte.

Josse mußte sich dessen auch sicher sein. Denn er sagte: »Nein, Esyllt, vorläufig keine Fragen mehr. Wir rufen jetzt und machen einen der anderen Suchtrupps aufmerksam. Dann bringt man dich in die Abtei zurück, wo man sich um dich kümmert. Erkläre mir nur, wo wir das Opfer finden, dann kannst du ins Warme und ins Licht, dich waschen und umziehen und schlafen, bis du dich besser fühlst.«

Während er sprach, waren Esyllts Augen auf ihn geheftet, und als er geendet hatte, lächelte sie ihn an. »Ihr habt ein gutes Herz, Herr Ritter«, sagte sie. »Nicht wahr, Äbtissin Helewise?«

»Gewiß«, stimmte Helewise zu.

»Darf ich das tun?« fragte Esyllt sie. Wie es schien, war sie schon wieder soweit bei sich, um sich zu erinnern, daß es Helewise war, nicht Josse, die über ihre Handlungen zu bestimmen hatte.

»Du darfst«, sagte Helewise.

Josse war den Hauptweg entlanggetrabt und hatte dabei laut gerufen. Bald erhielt er Antwort, und kurz darauf kamen Bruder Saul, Schwester Euphemia und die zwei weiteren Laienbrüder ihres Trupps in Sicht.

Als sie damit fertig waren, ihre Überraschung kundzutun und Gott zu danken, daß man Esyllt lebend und wohlbehalten gefunden hatte, legte Schwester Euphemia den Arm um das Mädchen, und der Trupp machte sich mit ihr auf den Rückweg zur Abtei.

»Bruder Saul?« rief Josse ihm nach.

Der blieb stehen. »Sir Josse?«

»Wir haben eine unangenehme Pflicht zu erfüllen«, erklärte Josse. Er warf Helewise einen Blick zu, die sich recht gut denken konnte, was jetzt kam. »Esyllt hat uns gesagt, wo wir den Mann finden, der überfallen wurde«, fuhr Josse fort, »und ich wüßte gern, Bruder Saul, ob ihr mit mir kommen würdet, damit die Äbtissin umkehren kann und…«

Ja, genau das hatte Helewise erwartet. »Sir Josse«, unterbrach sie ihn, »ich führe dieses Unternehmen an, und ich kehre nicht zur Abtei zurück, bis wir erledigt haben, wozu wir ausgezogen sind.« Mit leiserer Stimme, damit Bruder Saul es nicht hörte, fügte sie an: »Und ich bitte nicht zu vergessen, daß ich es bin, nicht Ihr, die hier das Kommando führt.«

Er sah geziemend geknickt drein, und einen kurzen

Augenblick lang empfand sie tiefe Befriedigung. Dann dachte sie, aber er wollte doch nur helfen! Wollte mir einen womöglich – nein, sicherlich – furchtbaren Anblick ersparen. Ich hätte ihn für diesen Impuls der Nächstenliebe nicht so streng behandeln dürfen.

»Es tut mir leid«, flüsterte sie.

Doch Josse wandte sich bereits ab, um dem Pfad zu folgen, und sie glaubte nicht, daß er es gehört hatte.

Der Mond war inzwischen untergegangen, und sie mußten die Fackeln benutzen, die man hastig vorbereitet hatte, bevor die Suchtrupps aufgebrochen waren. Trotzdem dauerte es lange, bis sie ihn fanden.

Wo immer Esyllt sich durch das Unterholz gezwängt hatte, hatte sie einen recht deutlichen Pfad hinterlassen, dem sie nur zu folgen brauchten; es war verhältnismäßig leicht, die abgebrochenen Äste und Zweige, den niedergetretenen Farn zu finden, die Spuren ihrer fliehenden Füße. Doch wo sie Lichtungen überquert hatte, mußten sie minutenlang die Stelle suchen, wo sie ins Freie hinausgelaufen war.

Bruder Saul war es, der ihn zuerst erspähte.

»Sir Josse!« rief er, die Stimme seltsam unsicher. Auch er will mich schonen, dachte Helewise schnell, während sie voranstürmte, weil er nur nach Sir Josse ruft.

Sie und Josse trafen zusammen auf dem Schauplatz ein.

Und zu dritt starrten sie auf den Toten hinab.

Er war tot, daran bestand kein Zweifel – niemand konnte so viel Blut verlieren und am Leben bleiben. Außerdem hatte er an Hals und Brust tiefe Schnittwunden, und eine weitere verlief direkt durch sein linkes Auge. Jeder dieser Hiebe konnte bis ins Gehirn oder ins Herz oder in die Lunge gedrungen sein und unvermeidlich den Tod verursacht haben.

Helewise merkte allmählich, daß sie schrecklich fror.

Ihr klapperten die Zähne, und ihre Finger waren taub. Sie steckte die Hände in die Ärmel.

Sie nahm wahr, daß Bruder Saul sich zur Seite gedreht hatte und sich ins Unterholz erbrach.

Sie spürte, daß Josses Hand sich auf ihren Arm legte. Behutsam. Dann sagte er in einem sachlichen Ton, der viel dazu beitrug, daß sie ihre Kontrolle wiedergewann – und sie davon abhielt, dasselbe wie Bruder Saul zu tun –: »Kein Wunder, daß das Mädchen soviel Blut an sich hatte. Ich meine – Ihr nicht auch, Frau Äbtissin? –, sie muß niedergekniet sein, um ihn anzusehen, und das Blut ist in ihren Rock gesickert.«

Helewise schluckte. »Hm – ja, gewiß, Sir Josse. Vielleicht war im Dunkeln das Ausmaß seiner Verletzungen nicht so sichtbar wie jetzt für uns, und sie fühlte sich verpflichtet, nachzusehen, wie schwer verwundet er war.« Ach, auch nur daran zu denken! Dieses arme, arme Mädchen, wie es niederkniete, wie es spürte, daß das warme Naß in ihr Kleid sickerte bis auf die Haut der Beine! Wie sie dann die Hände ausstreckte, um ihn zu berühren, und auf diese furchtbaren Wunden stieß. »Sie – hm, sie muß sofort gewußt haben, daß er tot war.«

»Hm«, brummte Josse nachdenklich. Auch er kniete jetzt, aber vorsichtiger als Esyllt mied er soweit wie möglich die Blutlache. Er hielt die Fackel dicht über die Leiche. »Aha.«

»Ihr wißt, wer es ist«, sagte Helewise. »Nicht wahr?«

»Ja. Sein Name war Ewen. Er gehörte zu Hamm Robinsons Wilderer- und Diebsbande.«

»Ihr seid ganz sicher?«

»Ja.« Er zögerte und beugte sich hinab, um sich die Wunden in der Brust genauer anzuschauen. Dann fuhr er fort: »Ich habe ihn heute abend gesehen. Er und Hamms Cousin waren zu der Stelle zurückgekehrt, wo sie den Schatz ausgruben.«

Ein Schatz, dachte Helewise vage. Männer, die danach gruben. Josse mußte sie wohl beobachtet haben, zu einem früheren Zeitpunkt in dieser endlosen Nacht, als er in einer ganz anderen Angelegenheit unterwegs war.

In welcher eigentlich? Sie wunderte sich, wieso es ihr mit einem Mal so schwerfiel, sich zu erinnern. Weshalb war Josse in den Wald gegangen?

Caliste. Ja, selbstverständlich, er hatte Schwester Caliste gesucht.

Plötzlich schien ihr alles zuviel zu werden, sie konnte es nicht mehr aufnehmen. Helewise wurde es schwindlig, sie trat von der Leiche und dem Blutgeruch zurück und lehnte sich gegen den glatten Stamm einer Buche. Sie tat mehrere tiefe Atemzüge, dann sagte sie, hoffentlich bevor Josse oder Bruder Saul ihre vorübergehende Schwäche wahrgenommen hatten: »Wir müssen ihn in die Abtei bringen. Und ich glaube, Sir Josse, ich muß Sheriff Pelham mitteilen, daß ein weiterer Mord geschehen ist.«

Josse und Bruder Saul trugen gemeinsam die Leiche aus dem Wald. Es war keine angenehme Aufgabe, besonders da es jetzt, bei fortgeschrittener Morgendämmerung, sogar unter den Bäumen hell genug wurde, um den Toten nur zu deutlich zu sehen.

Die Äbtissin, bemerkte Josse, hatte nicht, wie es ihr möglich gewesen wäre, den Vorschlag gemacht, vorauszulaufen und die Schwestern in der Abtei darauf vorzubereiten, was sie sogleich zu erwarten hatten. Statt dessen schritt sie neben der Leiche her, ihren Rosenkranz in der Hand, und ihre Lippen bewegten sich im stummen Gebet.

Ach, war das eine entschlossene Frau! dachte Josse, teils bewundernd, teils enttäuscht. Es war nicht nötig gewesen, daß sie sich diesem Grauen aussetzte, nicht, wo er und Saul da waren, bereit und willens, allein nach der Leiche zu suchen!

Trotzdem, sie führte hier das Kommando, worauf sie ja ausdrücklich hingewiesen hatte. Und wie jeder gute Befehlshaber ließ sie ihre Truppen nichts tun, was sie nicht selbst zu tun bereit war.

»Dickköpfiges Weib«, knurrte Josse vor sich hin.

Die Äbtissin, die leise ihre Gebete sprach, hörte es nicht. Aber Bruder Saul, der vor Josse herging und die Füße des Toten trug, drehte sich um und grinste Josse ganz kurz an.

Sie legten ihn in die Krypta, eine eiskalte, aus Stein gemauerte Kammer unter der Klosterkirche. Die massiven Steinsäulen, die das unvorstellbare Gewicht darüber trugen, teilten den Raum; es war ein kalter und düsterer Ort.

Es war nicht das erste Mal, daß er einen Toten beherbergte.

Mehrere Fackeln gaben hier ein besseres Licht, und das bestätigte Josse, was er hinsichtlich Ewens Todesart bereits vermutet hatte.

Dann machten sich die Schwestern Euphemia und Beata an die grausige Aufgabe, die Leiche zur Beerdigung herzurichten, und Josse ging in das Zimmer der Äbtissin hinauf, um auf die Ankunft des Sheriffs zu warten.

»Hatte er Familie?« fragte Josse die Äbtissin und setzte sich wieder auf den Holzschemel.

»Hm?« Sie wandte sich ihm zu, und er fragte sich flüchtig, woran sie wohl gedacht hatte, als er sie unterbrach. »Familie? Ewen Asher? Ich glaube... Er lebte allein, glaube ich. Er wohnte früher bei seiner verwitweten Mutter, wenn es sich wirklich um denselben Mann handelt. Aber sie ist voriges Jahr gestorben. Soweit ich weiß, hatte er keine Frau und keine Kinder.«

»Jetzt ist das um so besser«, bemerkte Josse.

Ein kurzes, nachdenkliches Schweigen trat ein. Dann

sagte die Äbtissin: »Haben auch ihn die Waldleute getötet?«

»Nein«, antwortete Josse sofort.

»Wieso seid Ihr so sicher?«

»Weil – nun ja, ich möchte nicht näher darauf eingehen.«

»Aber…«

Er fuhr fort, ihren Einwurf bewußt ignorierend: »Ich habe mir überlegt, Frau Äbtissin, daß der wahrscheinlichste Mörder Seth ist, denn allem Anschein nach ist er der einzige, der von Ewens Tod irgendeinen Nutzen hat.«

»Einen größeren Anteil dessen, was immer es auch ist, was sie im Wald gefunden haben, meint Ihr.«

»Ja. Wo nun Hamm und Ewen tot sind, fällt das Ganze an Seth. Nur…« Seine Brauen trafen sich, so finster runzelte er die Stirn.

»Nur was?«

»Nur stimmt das irgendwie auch nicht.«

»Wie meint Ihr das?«

Josse hob den Kopf. Er begegnete ihrem Blick und sagte: »So unwahrscheinlich es auch klingt, Frau Äbtissin, heute nacht muß noch eine vierte Person im Wald unterwegs gewesen sein. Ich meine, außer den Wilderern und Esyllt. Nun ja, genaugenommen eine fünfte Person, wenn Ihr mich mitzählt. Und da weder die Waldleute noch Seth noch ich Ewen umgebracht haben und wir uns doch gewiß einig sind, daß Esyllt es auch nicht war, können wir nur schlußfolgern, daß diese geheimnisvolle fünfte Person es getan hat.«

ZEHNTES KAPITEL

Sheriff Harry Pelham, beobachtete Helewise, hatte auf Josse einen ungefähr genauso günstigen Eindruck gemacht wie auf sie.

Josse hatte dem Sheriff seinen Platz überlassen, als der Beamte ins Zimmer gekommen war; oberflächlich gesehen eine höfliche Geste, doch ihr war klar geworden – wie sicherlich auch Josse –, wenn der Sheriff auf einem niedrigen, leichten Schemel hockte, während Josse ihn, lässig an die Wand gelehnt, stehend überragte, wirkte sich das deutlich zum Nachteil des Sheriffs aus.

»Das waren wieder diese verdammten gottlosen Waldleute, denkt an meine Worte«, sagte Harry Pelham gerade und richtete aggressiv seinen Zeigefinger auf Josse. »Erst ein Mord, dann noch einer. Und beide in der Nacht des Vollmonds! Ich frage Euch, braucht Ihr noch mehr Beweise?«

»Hm«, sagte Josse. Er streifte Helewise mit einem Blick, und sie dachte, er frage sich wahrscheinlich genau wie sie, ob Sheriff Pelham selbst auf den Mond aufmerksam geworden war oder ob ihn jemand darauf hingewiesen hatte, daß in der vorigen Nacht wieder Vollmond gewesen war.

Vermutlich das letztere, schlußfolgerte sie.

»Versteht Ihr«, fuhr Harry Pelham fort, »sie treiben allerlei Sachen, wenn Vollmond ist.«

»Sie treiben allerlei Sachen«, wiederholte Josse ausdruckslos. »Was für Sachen denn, Sheriff?«

»Ach, Ihr wißt schon. Zeremonien und so.«

»Aha, ich verstehe. Ihr macht es so klar mit Euren Worten, Sheriff.«

Harry Pelham mußte doch gewiß die Ironie heraushören, dachte Helewise.

Offenbar nicht. Der Sheriff fuhr fort: »Versteht Ihr, Sir

Josse, sie sind ein alter – hm – Volksstamm, wenn Ihr so wollt. Leben nach ihren eigenen Gesetzen, leben in der freien Natur ein wunderliches Leben nach der Art, wo so Sachen wie der Mond wichtig sind. Und wie ich vor genau einem Monat der guten Schwester hier sagte, als dieser Dingsda ermordet wurde...«

»Hamm Robinson«, half Helewise aus.

»Danke, Schwester.«

»Frau Äbtissin«, berichtigte Josse ihn mit unbewegter Miene.

Harry Pelham warf ihm einen Blick zu. »Hä?«

»Die Äbtissin Helewise hat hier Befehlsgewalt«, erläuterte Josse in einem Ton, der, wie Helewise fand, in bewundernswerter Weise nicht im geringsten etwas verriet, was als Herablassung hätte gedeutet werden können. »Wir sollten ihr die Höflichkeit erweisen, Sheriff, sie mit dem ihr zukommenden Titel anzureden.«

»Oh. Ach so.« Harry Pelham blickte von Helewise zu Josse und wieder zurück, und Zorn wie auch Groll überflogen sein Gesicht. »Wo war ich?« fauchte er. »Jetzt habe ich Euretwegen den Faden verloren, Sir Josse.«

»O je«, sagte Josse.

»Ihr spracht von den Waldleuten«, sagte Helewise freundlich, von Mitgefühl mit dem erbärmlichen Mann angerührt. »Ihr habt uns erklärt, daß sie ein Leben unter freiem Himmel führen, das Elemente der Naturverehrung einschließt, wie etwa die Beachtung des Mondes und seiner Zyklen.«

Harry Pelham sah aus, als könne er kaum glauben, daß er all das gesagt hatte. »So?« Rasch fing er sich und fuhr fort: »Ja, na, wie gesagt, sie – die Waldleute – mögen keinen in ihrem Gebiet, sie sehen ihn wahrscheinlich als unbefugten Eindringling an. Besonders bei Vollmond. Da könnten sie wütend werden, ganz bestimmt. Es könnte sie dazu bringen, grausam gegen solche Eindringlinge vorzugehen.« Er verschränkte finster lächelnd die Arme, als wollte er sagen: Na bitte! Fall gelöst!

»Ich verstehe«, sagte Josse nachdenklich. »Ihr behauptet, Sheriff, es gebe zuverlässig nachgewiesene Riten dieser Leute, die mit ihrer Anbetung des Vollmondes in Zusammenhang stehen und die so geheim sind, daß man Außenstehende, wenn sie sie beobachtet haben, töten muß?«

»Äh...« Harry Pelham kratzte sich den Kopf. »Ja«, sagte er fest. »Ja, das behaupte ich.«

»Worin bestehen diese Riten?« Josse trat näher an den Sheriff heran, beugte sich zu ihm herab und schob das Gesicht dicht an das des anderen. »Könnt Ihr sie beschreiben?«

»Ich – na ja, nicht ganz genau, ich...« Der Sheriff machte eine dringend benötigte Pause, um nachzudenken. »Freilich kann ich sie nicht im einzelnen beschreiben«, sagte er und grinste Josse triumphierend an. »Sie sind doch geheim.«

»Ah, wie scharfsinnig, Sheriff«, bemerkte Josse leise.

Harry Pelham wollte sich gerade mit stolzgeschwellter Brust zurechtsetzen, als endlich Josses milde Ironie zu ihm durchdrang. »Na, scharfsinnig oder nicht, ich hab für Euch Euren Mord gelöst«, stieß er gereizt hervor.

»*Meinen* Mord?« wiederholte Josse ruhig.

»Die müssen es gewesen sein, das dreckige Pack da drüben.« Er wies mit dem Kopf in Richtung Wald. »Zwei sind schon tot, und ich schätze, ich sollte da raufgehen und die ganze Bande zusammentreiben, ein paar aufhängen und dem Rest eine ordentliche Lektion erteilen.«

»Wenn ich Ihr wäre, würde ich das nicht tun«, sagte Josse.

»Und bitte, warum nicht?«

Er wirkt so zuversichtlich, dachte Helewise, die den Sheriff beobachtete. Es ist beinahe ein Jammer, wo er doch gleich ziemlich unsanft auseinandergenommen werden soll.

»Weil«, Josse warf ihr einen Blick zu, dann richtete er die Augen wieder auf den Sheriff. »Weil es zwar möglich ist, daß die Waldleute Hamm Robinson getötet haben – obwohl ich noch irgend etwas zu sehen oder zu hören bekommen muß, das auch nur entfernt einen Beweis darstellt, und ohne den könnt Ihr wohl kaum einen Mann hängen, ganz zu schweigen von einem ganzen Stamm –, und weil ich Euch sicher sagen kann, daß die Waldleute Ewen Asher nicht getötet haben.«

Der Sheriff stieß einen Fluch aus, den Helewise seit Jahren nicht mehr gehört hatte. Normalerweise gebrauchte man in den Mauern eines Klosters solche Ausdrücke nicht. »Ihr redet Stuß!« schrie er weiter, stand auf und taumelte auf Josse zu. »Wie könnt Ihr *sicher* sein?« Mit der Wiederholung des Wortes verhöhnte er Josse. »Sagt mir das bitte!«

»Weil Ewen mit einem Dolch getötet wurde und weil sein Mörder ein ganz anderer Mann war und in einer ganz anderen Gemütsverfassung als derjenige, der Hamm Robinson umgebracht hat, wer immer das auch war«, setzte ihm Josse kühl auseinander. »Hamms Mord geschah sauber und rasch, mit erheblichem Sachverstand, von jemandem ausgeführt, der ein ausgezeichneter Schütze ist und mit der gewählten Waffe völlig vertraut. Die Speerspitze hat, wie ich höre, das Herz durchbohrt.«

»Ja, hat sie«, räumte der Sheriff ein. »Na, und?«

»Der Mann, der Ewen getötet hat, war in Panik – und ich bin ganz sicher, daß es ein Mann war, wegen der Kraft, die hinter manchen Wunden steckt. Möglich, daß auch er versucht hat, sauber zu töten, aber egal, welches der erste Stoß war, er ging nicht tief genug und drang nicht bis zu einem lebenswichtigen Organ vor. Während sich Ewen schreiend zu seinen Füßen wand, fühlte sich der Mörder vielleicht der ganzen grausigen Sache nicht mehr gewachsen und stieß immer wieder zu, auf Kehle, Brust, Gesicht, bis er endlich merkte, daß der Mann ganz tot war, und von ihm abließ.«

Der Sheriff starrte Josse offenen Mundes an. »Woher wollt Ihr das alles so genau wissen?« fragte er, einen höhnischen Ton in der Stimme.

»Zunächst einmal deuten die Wunden darauf hin«, gab Josse zurück. »Und außerdem…«

»Na?«

Josse blickte flüchtig zur Äbtissin hinüber. »Lassen wir das.«

Der Sheriff sah aus, als wolle er ihn noch weiter bedrängen, schien es sich aber anders zu überlegen. »Na, wenn es nicht die Waldleute waren, dann war es dieser Wilderer. Dieser andere Kerl, der immer mit Hamm Robinson herumzog. Sein Cousin.«

»Seth?« half Josse ihm aus.

»Ja. Seth Miller.«

»Ich glaube auch nicht, daß Seth ihn getötet hat«, sagte Josse. »Obwohl ich zugebe, daß er ein Motiv hatte.«

»Na, wollt Ihr uns nicht darüber aufklären, wieso es nicht Seth war?« Jetzt war der Sheriff an der Reihe, sich ironisch zu geben. »Ist er vielleicht nicht der Typ, der in Panik gerät? Sind seine Arme zu schwach, um solche Wunden zu schlagen?«

»Ich habe keine Ahnung«, antwortete Josse mild, ohne auf den Köder anzubeißen, wie Helewise bemerkte. »Der Grund, weshalb ich bezweifle, daß Seth der Täter ist, besteht darin, daß er ein Messer mit einer ziemlich kurzen Klinge bei sich trägt. Die Wunden an dem Toten stammen von einem Dolch.«

»Messer oder Dolch, was ist der Unterschied?«

Josse schüttelte leicht den Kopf. »O je«, brummte er. Dann fuhr er fort, bevor der Zorn des Sheriffs aufwallen und sich Luft machen konnte: »Ein Messer hat eine

129

scharfe Schneide und ein Dolch hat zwei. Seth gebraucht ein ganz gewöhnliches Messer, das er vermutlich für alles benutzt, vom Ausnehmen von Kaninchen bis zum Zahnstochern. Die Wunden an Ewen Asher zeigen ganz deutlich, daß sie von einer Waffe mit zwei scharfen Schneiden stammen. Deshalb ist es nicht wahrscheinlich, daß Seth der Mörder ist. Es sei denn, Ihr glaubt, daß Seth gestern abend einen speziellen Dolch bei sich hatte, nur um Ewen damit umzubringen, was durchaus möglich ist, zugegeben. Bloß wurde Ewen in einem jähen Anfall von Panik, oder auch Wut, umgebracht, und wenn Seth sich schon vorher mit diesem hypothetischen Dolch bewaffnet hätte, würde das bedeuten, der Mord sei vorsätzlich geschehen.«

Helewise, gar nicht sicher, ob der Sheriff das alles begriffen hatte, verbiß sich ein Lächeln, als Harry Pelham sich wieder auf seinen Schemel fallen ließ und brummte: »Hypothetischer Dolch. Vorsätzlich. Panik.« Nach kurzem Nachdenken faßte er sich aber wieder.

»Ich werde Seth Miller verhaften«, kündigte er an. »Gleich jetzt. Ob er geplant hat, Ewen zu ermorden, oder nicht, ich glaube, er hat's getan. Er kann eine Weile in meinem Gefängnis schwitzen und über seine Sünden nachdenken. Dann will ich ihm ein paar Fragen stellen.«

Harry Pelham stand auf, tat ein paar Schritte auf Josse zu und knurrte ihn abschließend an, als wünschte er, lieber Josse als Ewen verhören zu müssen: »Und Gott steh ihm bei, er sollte lieber ein paar gute Antworten parat haben.«

Helewise und Josse lauschten dem mehrfachen Echo der zugeschlagenen Tür nach. Als die zornigen Schritte des Sheriffs verklungen waren, sagte Josse: »Netter Kerl.«

Helewise lächelte. »Gewiß. Ich möchte nicht in der Haut seiner liebedienernden Untergebenen stecken, zumindest nicht in den nächsten Stunden.«

»Hat er eine Ehefrau?«

»Ich habe keine Ahnung. Hoffentlich nicht.«

»Der Mann ist ein Dummkopf«, erklärte Josse. »Die Sorte, die sich auf die erste einleuchtende Lösung stürzt, um sich die Mühe zu ersparen, die Wahrheit herauszufinden.«

»Ihr habt leider recht«, stimmte sie zu. »Oder in diesem Fall, auf die zweite einleuchtende Lösung. Das bedeutet, daß er wahrscheinlich Seth für den Mord an Ewen hängen wird.«

»Und wenn Seth auch ein Wilderer und Dieb ist und dieser und anderer Verbrechen wegen gehängt zu werden verdient, glaube ich nicht, daß er Ewen getötet hat«, erklärte Josse bedächtig.

»Ihr seid Euch sicher? Diese Äußerungen über das Messer und den Dolch entsprachen den Tatsachen?«

Josse grinste sie an. »Ihr dachtet, ich hätte all diese Argumente nur vorgebracht, um Sheriff Pelhalm zu ärgern?«

Sie lächelte. »Nein, das habe ich nicht gedacht. Wenn ich es Euch auch hätte nachfühlen können.«

»Nein«, sagte Josse, »es stimmt so. Die Schnittwunden des armen Ewen stammten zweifellos von einem Dolch, noch dazu von einem sehr scharfen. Die Ränder der Schnitte waren ganz glatt, und ich bezweifle, daß das der Fall gewesen wäre, wenn sie von Seths Messer gestammt hätten. Übrigens von jedem beliebigen Messer – es ist nicht zweckmäßig, etwas mit zwei so scharfen Schneiden im Gürtel zu tragen, Frau Äbtissin, meint Ihr nicht?«

»Nein.« Sie sah ihn nachdenklich an. »Wie kommt es, daß Ihr soviel wißt, Sir Josse?« fragte sie. Das war etwas, worüber sie sich schon vorher gewundert hatte. »Hattet Ihr ein so wildes Leben, daß Ihr Euch in Dingen gewaltsamen Todes so gut auskennt?«

Einige Sekunden lang erwiderte er ihren Blick, ohne etwas zu sagen, als dächte er zurück. Dann sagte er: »Ich habe lange aktiv als Kriegsmann gedient, Frau Äbtissin.

Wie es auch kam, ich tat, was man mir befahl. Damals habe ich viele Tote gesehen. Auch wenn es mir nicht klar war, muß mehr bei mir hängengeblieben sein, als ich dachte.«

»Ich...«, setzte sie an.

Doch er hatte die Hände auf ihren Tisch gestemmt, beugte sich zu ihr hinüber und fuhr fort: »Es wäre mir nicht recht, wenn Ihr glaubtet, ich hätte meine kriegerischen Jahre damit verbracht, um die Verwundeten und die Toten herumzulungern und wie ein leichenfleddernder Dämon in ihren Wunden herumzustochern.«

»Das habe ich keine Sekunde geglaubt!« protestierte sie. »Ich habe mich nur dazu geäußert, weil es, wie andere Dinge, ein Beweis ist, daß Ihr ein Mann seid, der die Augen offenhält. Der beobachtet, der seinen Verstand gebraucht. Wie es nach Gottes Absicht alle Menschen tun sollten.« Sie seufzte. »Eine Absicht, die in Sheriff Harry Pelhams Kopf eindeutig nicht Eingang gefunden hat.«

»Bei dem ist eine zu dicke Knochenschicht im Weg«, behauptete Josse finster. »Frau Äbtissin, wie kommt es, daß so ein Mann Sheriff ist? Wer hat ihn ernannt? Und merkt derjenige nicht, daß er ein Dummkopf ist?«

»Für das Amt des Sheriffs von Tonbridge sind, glaube ich, die Clares zuständig«, gab sie zurück. »Und – aber das ist nur Klatsch, Sir Josse, also nehmt es als solchen – es laufen Gerüchte um, daß den Clares ein fügsamer Mann am liebsten ist, und wenn möglich einer ohne allzuviel Mutterwitz, damit die wahre Autorität weiter bei ihnen verbleibt.«

Josse nickte. »Ich verstehe.«

Und obwohl er keine weiteren Fragen stellte und nichts mehr zu der Sache sagte, war sie ganz sicher, daß er verstand.

Sie erhob sich. »Sir Josse, wenn Ihr mich entschuldigen wollt, ich möchte mit Schwester Caliste und auch mit Esyllt sprechen.« Sie zögerte, beobachtete ihn. »Ich weiß, daß Ihr das auch möchtet, aber erlaubt Ihr mir, sie zunächst allein zu befragen?«

»Selbstverständlich!« Er blickte überrascht. »Ich hatte nichts anderes erwartet, Frau Äbtissin. Abgesehen von anderen Überlegungen«, fuhr er schmunzelnd fort, »bekommt Ihr wahrscheinlich viel mehr aus ihnen heraus, als wenn ich dabei bedrohlich hinter Euch aufrage.«

Helewise ging in Richtung des Altenheims davon und überließ es Josse, sein Pferd zu holen und sich aufzumachen, um, wenn möglich, etwas mehr über Ewen herauszufinden. Er sagte, er wolle auf dem Weg durch den Wald zurückkommen und sich den Schauplatz des Mordes gründlich bei Tageslicht ansehen.

Helewise sammelte ihre Gedanken und versetzte sich in die richtige Verfassung, um Esyllt zu befragen.

Als sie das Altenheim betrat, beeindruckten sie, wie immer, die ruhige, zufriedene Atmosphäre und der Blumenduft. Nach ihrer Erfahrung gab es das selten, daß die Alten eine Bleibe hatten, wo eine dieser Bedingungen herrschte, geschweige denn alle beide.

Aber schließlich hatten andere alte Menschen nicht das Glück, von Schwester Emanuel versorgt zu werden. Diese hatte das unauffällige Kommen ihrer Vorgesetzten bemerkt, huschte jetzt herbei und erwies ihr mit schlichter Würde die übliche Reverenz.

»Guten Morgen, Schwester Emanuel«, sagte Helewise leise.

»Guten Morgen, Frau Äbtissin.« Schwester Emanuels Stimme war gedämpft und sanft, und selbst wenn sie Weisungen erteilte oder lauter sprach, damit eine taube alte Seele sie verstehen konnte, wurde sie nie schrill. Nicht etwa, daß sie darauf bestanden hätte, daß auch andere leise sprachen, wenn sie ihr Reich betraten, vielmehr übernahm man automatisch Schwester Emanuels Umgangston, weil er rücksichtsvoll und freundlich war. Und zweckmäßig war er auch.

»Paßt es jetzt, daß ich mit Esyllt spreche?« fragte die Äbtissin, als sie und die Schwester nebeneinander langsam den langgestreckten Raum entlangschritten. Zu beiden Seiten standen schmale Betten mit reichlich Decken für kalte alte Körper, jedes mit einem eigenen Tischchen, um in Ehren gehaltene Andenken unterzubringen. Die Betten waren mit Vorhängen abgeteilt, um in gewissem Umfang einen persönlichem Freiraum zu gewähren, doch um die meisten Betten hatte man die Vorhänge jetzt ordentlich zurückgerafft. Mit wenigen Ausnahmen waren die alten Leute auf, angezogen und saßen entweder an dem großen Tisch am anderen Ende des Zimmers oder gingen draußen im warmen Sonnenschein ein paar Schritte spazieren.

»Esyllt«, sagte Schwester Emanuel nach einer Pause, »ist vollkommen bereit, mit Euch zu sprechen, Frau Äbtissin. Als Schwester Euphemia sie heute nacht zurückbrachte – na ja, genaugenommen war es ganz früh heute morgen, zwei Stunden vor der Prima –, hatte sich das Mädchen dank ihres Beistands weitgehend erholt. Auf jeden Fall hatte man sie gesäubert und frisch angezogen.« Unvermittelt stieß sie einen kummervollen Laut aus. »Wie ich höre, hatte sich Esyllt zu der Leiche niedergekniet und war mit Blut bedeckt. Furchtbar.«

»Wirklich furchtbar«, stimmte Helewise zu. »Hat sie schlafen können?«

»Ja, ich glaube. Ich habe auf dem Weg zur Prima bei ihr hineingeschaut, und da schien sie zu schlafen.«

»Du hattest eine unruhige Nacht«, bemerkte Helewise.

»Daran bin ich längst gewöhnt, danke, Frau Äbtissin.«

»Was macht Esyllt jetzt?«

»Sie wäscht Bettzeug. Obwohl sie es mit den alten Leuten sehr gut versteht, immer geduldig und freundlich ist und für diejenigen, die auf solche Dinge reagieren, stets ein Lächeln und ein Scherzchen bereit hat, meinte ich, daß es heute bei allem, was ihr auf der Seele lasten muß, besser wäre, sie ein wenig abseits zu halten.«

»Ganz recht.« Diese Rücksichtnahme, dessen war sich Helewise sicher, galt mehr den alten Leuten als Esyllt. »Sie ist draußen in der Waschküche?«

»Ja.« Stumm, mit einer leichten Verneigung, ging Schwester Emanuel der Äbtissin voraus und öffnete die Tür eines kleinen Anbaus, in dem große Steinwannen zum Waschen von Kleidung und Bettzeug und kleinere Krüge mit frischem Wasser standen. In der Feuerstelle brannte ein helles Feuer, über dem ein Topf mit heißem Wasser hing.

Schwester Emanuel wies zu dem Mädchen, das sich mit aufgerollten Ärmeln und entblößten, muskulösen Armen über die Waschwanne beugte und kräftig rubbelte. Helewise nickte dankend, und Schwester Emanuel ging und schloß die Tür hinter sich.

In dem kleinen Raum war es sehr heiß. Es war ein warmer Vormittag, und das Feuer im Verein mit dem Dampf des kochenden Wassers hatte die Temperatur um viele Grad hochgetrieben. Wie zu erwarten war, lief Esyllt bei ihrer Arbeit der Schweiß in Strömen herab. Und was für sie ungewöhnlich war, sie sang nicht.

»Hallo, Esyllt«, sagte Helewise.

Das Mädchen zuckte zusammen, ließ ihr Wäschestück in die Wanne fallen und fuhr herum. Ihr Ausdruck war schwer zu deuten, doch bevor sie ihn fortwischte und durch ein Willkommenslächeln ersetzte, hatte Helewise das Gefühl gehabt, sie sehe schuldbewußt aus.

»Guten Morgen, Frau Äbtissin.« Esyllt hob ihre nasse Hand und strich sich die Haare aus den Augen.

»Wollen wir hinausgehen?« schlug Helewise vor.

Esyllt lächelte flüchtig. »Ja. Hier drin ist es ein bißchen drückend, nicht?«

»Du hast hart gearbeitet«, bemerkte Helewise, als sie

135

draußen vor dem Anbau mehrere zum Trocknen aufgehängte, frisch gewaschene Wäschestücke bemerkte.

»Ja.« Esyllt ging voran zu einer Bank, die sonst die alten Leute benutzten, wartete, bis Helewise sich gesetzt hatte, dann setzte sie sich dazu. »Schwester Emanuel ist weise, sie glaubt, schwere Arbeit ist eine gute Medizin gegen – nun ja, woran ich jetzt gerade leide.«

Das kam ohne Selbstmitleid heraus. Aber dennoch geschah es nicht ohne Besorgnis, als Helewise behutsam fragte: »Und was ist das, Esyllt?«

Esyllts dunkle Augen begegneten den ihren. »Ich kann es Euch nicht genau sagen, Frau Äbtissin.«

»Aber Esyllt, du…«

Esyllt streckte abwehrend die Hand aus. »Frau Äbtissin, Ihr wollt mich jetzt fragen, was ich heute nacht draußen im Wald zu schaffen hatte, denn wenn ich hier im Bett gelegen hätte, wie es sich gehört, dann hätte dieser arme Mann nicht…, ich will sagen, er hätte nicht gesehen…, was ich gesehen habe.« Mit angespannter Miene drehte sie sich zur Seite, um der Äbtissin ins Gesicht zu sehen. »Ich war gerade dabei, mir eine Geschichte zurechtzulegen, die ich Euch erzählen wollte – ich wollte behaupten, ich hatte vor, Wildblumen zu pflücken, um für die alten Frauen Sträußchen zu binden, ich wollte mich sogar hinausschleichen und welche holen, damit meine Geschichte überzeugend klingt.« Sie blickte auf ihre Hände hinab, die jetzt vom heißen Wasser gerötet und aufgesprungen waren. »Aber ich merke, daß ich es nicht kann. Ich kann Euch nicht anlügen, wo Ihr so gut zu mir gewesen seid.«

Helewise saß da wie betäubt. Sie bemühte sich, alles zu verarbeiten, was Esyllt soeben gesagt und angedeutet hatte; wie es schien, war sie in der vorigen Nacht aus einem Grunde, den sie nicht preiszugeben bereit war, draußen im Wald gewesen.

Was in aller Welt konnte das sein?

»Esyllt«, sagte Helewise schließlich, »du bist keine Nonne, die Profeß abgelegt hat, du bist nicht einmal Postulantin. Wir haben hier für dich Arbeit gefunden, wo du andernfalls hättest gehen und dich den Gefahren der Welt da draußen stellen müssen, aber du erledigst diese Arbeit gewissenhaft und gut. Schwester Emanuel sagt, du hast die Gabe, stets zu wissen, wie du mit deinen alten Patienten umzugehen hast, und sie ist mit dir zufrieden. Mehr als zufrieden!« Schwester Emanuel ging mit ihrem Lob ein wenig sparsam um, aber Helewise, die selbst beobachtet hatte, wie Esyllt ihre Pflichten erfüllte, war damit großzügiger. »Was ich damit sagen will, ist, daß deine Stellung als Mitglied der Abtei, das nicht die heiligen Weihen empfangen hat, ein wenig anders ist. Selbstverständlich schuldest du Schwester Emanuel Gehorsam, und selbstverständlich würden wir dir eine Missetat, die du begangen hättest, nicht nachsehen. Aber wenn es dir beliebt, bei Nacht im Wald spazierenzugehen, dann können wir dich kaum davon abhalten, außer aus Gründen, die dein eigenes Wohl betreffen.«

Esyllt hatte Kopf und Schultern gesenkt, und sie schien ganz auf den Fingernagel konzentriert, an dem sie zupfte. Helewise wartete ab, doch sie antwortete nicht.

»Esyllt?« half Helewise nach.

Endlich hob Esyllt die Augen und stellte sich Helewises Blick. »Frau Äbtissin, ich sehe ihn immer vor mir«, flüsterte sie. »Das viele Blut! O Gott!« Sie verhüllte das Gesicht mit den Händen.

»Es war ein schrecklicher Anblick«, sagte Helewise und legte den Arm um die bebenden Schultern des Mädchens. »Es ist besser, nicht gegen die Reaktion anzukämpfen, Esyllt – die furchtbaren Bilder werden dich noch eine Zeitlang verfolgen, aber glaube mir, wenn du versuchst, sie zu unterdrücken, brauchst du viel länger, um darüber hinwegzukommen.« Sie drückte Esyllt kurz an sich. »Du bist stark, das weiß ich. Du kommst darüber hinweg.«

Einen flüchtigen Augenblick lang lehnte sich Esyllt gegen die Äbtissin und ließ sich trösten. Doch dann machte sie sich los.

Sie starrte in Helewises Augen und sagte: »Seid nicht so gut zu mir, Frau Äbtissin!«

»Aber…«

Esyllt begann zu weinen. Sie wischte sich die Tränen ab und stand auf. Sie war auf halbem Weg zu ihrer Waschküche, als sie sich umdrehte, den tapferen Versuch unternahm, Helewise ein Lächeln zu zeigen, und sagte: »Spart Euch Eure Güte für andere auf. So sehr ich wünschte, ich könnte sie annehmen, ich kann es nicht.«

Das Lächeln erstarb, als sie flüsternd anfügte: »Ich bin nicht würdig.«

Dann ging sie hinein und schloß die Tür.

Helewise blieb noch eine Weile im Sonnenschein sitzen und dachte scharf nach. Sie fühlte sich verleitet, Esyllt auf der Stelle zurückzurufen und dem Mädchen eine oder zwei sehr gezielte Fragen zu stellen.

Aber würde das etwas nützen?

Wäre es nicht besser, Esyllt Gelegenheit zu geben, sich zu beruhigen, zur Besinnung zu kommen? Du liebe Güte, das Kind litt vermutlich noch am Schock!

Bei Helewise wuchs immer mehr die Überzeugung, sie wisse, weshalb das Mädchen im Wald gewesen war und warum sie sich nicht erklären konnte oder wollte. Sie war, bedachte die Äbtissin, ein ehrenhaftes Mädchen, auf ihre Art.

Seufzend stand Helewise auf und machte sich auf die Suche nach Schwester Caliste.

Kurze Zeit später ging Helewise eine gute halbe Stunde vor der Sext in die Klosterkirche, um sich Zeit für ein privates Gebet zu gönnen, und gab sich Mühe, ihren Ärger über Schwester Caliste zu unterdrücken.

Denn ungeachtet Helewises eindringlicher Befragung, ungeachtet dessen, daß sie ihr die Dürftigkeit ihrer Version der Ereignisse vorhielt, blieb Caliste hartnäckig bei ihrer Geschichte.

Sie sei am Tag vorher zu einem kurzen Spaziergang in den Wald gegangen. Die Blumen und die Bäume hätten sie so verzaubert, daß sie die Zeit vergessen habe.

Helewise fiel auf die Knie und begann still: »Lieber Gott, bitte hilf mir die Wahrheit zu finden.«

Des einen war sie sich ganz sicher, nämlich, daß sie der Wahrheit noch nicht einmal nahegekommen war.

ELFTES KAPITEL

Josse erfuhr so wenig Hilfsbereitschaft bei seinen Nachforschungen nach Ewens Mörder wie neulich, als er herauszufinden versuchte, wer Hamm getötet hatte. Ewen hatte wirklich mit seiner niederträchtigen und ewig jammernden Mutter zusammengelebt, bis sie starb, dem alten Mann zufolge, der Josses einziger auch nur halbwegs brauchbarer Informant war: »Ein wahrer Segen für das alte Klageweib, wo Ewen nun mal so ein Taugenichts war und ihr nichts als Sorgen machte.«

Ein Bild entstand von einem jungen Mann, der ohne Vater bei seiner ewig nörgelnden, engstirnigen Mutter gelebt, soweit wie möglich sein Heim gemieden, nie weder körperlich noch symbolisch auch nur bei leichten Aufgaben zugepackt und seinen mageren Lebensunterhalt mit unregelmäßiger Wilddieberei und Diebstahl verdient hatte. Der, laut demselben alten Mann, »keinen Handschlag tat, wenn er es auf einen anderen abschieben konnte«.

Bis das Leben eine neue Wende nahm, dachte Josse, sich die vielen Lücken selbst ausfüllend. Als Ewen sich mit

Hamm Robinson und Seth Miller zu der Unternehmung zusammentat, die zu seinem Tode führte. Übrigens auch zu Hamms Tod.

Und wie Hamm war allem Anschein nach auch Ewen Asher kein großer Verlust für die Welt.

Doch das, sagte sich Josse eindringlich, hieße denken wie Sheriff Pelham. Ewen ist tot, bei einem brutalen Angriff zu Tode gekommen.

Josse hatte selbst die Schreie des Mannes gehört. Und dessen war sich Josse nur zu klar bewußt, es war weder ein rascher noch ein schmerzloser Tod gewesen.

Zuletzt sprach er mit zwei Männern, die ihre Schweine zu ihren recht elend aussehenden Hütten trieben, eine halbe Meile weiter die Straße entlang, wo Hamms Witwe wohnte. Sie konnten wenig mehr zu Josses Erkenntnissen zu Ewen beitragen, außer der Bemerkung, »durchaus möglich, daß ihn Seth Miller umgebracht hat, der war schon immer jähzornig«. Und: »Wir können froh sein, daß wir ihn los sind, und diesen Hamm Robinson auch.«

Josse dankte den Männern und ritt davon, während er dachte, wenn Sheriff Pelham mit diesen beiden spricht, wird Seth gleich am Tag darauf am nächstbesten Galgen aufgehängt.

Er ritt den Pfad zum Wald hinauf und konzentrierte sich bereits darauf, wonach er am Schauplatz des Mordes zu suchen hätte, als er einen Reiter herannahen sah.

Er kam aus dem Wald.

»Guten Tag, Sir Josse!« grüßte der Mann, als er in Rufweite war. Er war jung, nicht mehr als dreißig, und barhäuptig. Er war gut gekleidet und ritt ein prächtiges Pferd mit sichtlich neuem Zaumzeug, schön gearbeitet. An einer Hand trug er einen schweren Lederhandschuh, auf dem, mit einem Fußband befestigt und mit einer Haube über dem Kopf, ein Jagdfalke saß.

Josse sagte: »Auch Euch einen guten Tag, Tobias.«

»Ein schöner Morgen für die Beize!« rief Tobias. Er blickte auf den Vogel. »Er hat ein Kaninchen und zwei Wühlmäuse geschlagen, und wir sind noch nicht länger als eine Stunde unterwegs!«

»Er ist wunderschön«, sagte Josse. »Wie heißt die Art?«

»Wanderfalke.« Tobias hatte angehalten, und jetzt, als sein Pferd geduldig dastand, streichelte er mit der freien Hand den Kopf des Vogels. »Wißt Ihr, warum man sie so nennt?«

»Nein.«

»Es bedeutet eigentlich Pilgerfalke. Weil man sie fängt, wenn sie von ihren Brutplätzen durchgezogen kommen.«

»Ach.« Ging der junge Mann bewußt darauf aus, ihn von der Frage abzulenken, was er hier machte? Wenn ja, sollte es ihm nicht ganz gelingen. »Ihr seid heute morgen von zu Hause gekommen?«

»Heute morgen?« Ein winziges Zögern. Dann mit breitem Lächeln: »O nein! Ich habe hier herum Freunde, nette Kerle, die meine – meine Interessen teilen und die mir freundlicherweise Quartier anbieten, wenn ich in dieser Gegend bin.«

»Männer, mit denen Ihr auf die Jagd geht?«

Wieder ein strahlendes Lächeln. »Auf die Jagd? Gewiß, Sir Josse.« Mit rücksichtsloser Geschwindigkeit, die Josse beinahe überrumpelte, verwandelte er sich vom Befragten zum Befrager: »Und Ihr, Herr Ritter? Wo wollt Ihr hin?«

Da der Pfad geradenwegs in den Wald führte, gab es wirklich nur eine Antwort. Josse sagte: »In den Wald. Heute nacht ist da ein Mann getötet worden. Ermordet. Als Repräsentant des Königs untersuche ich den Fall.«

König Richard, das war Josse durchaus klar, hatte keine Ahnung, daß hier ein Verbrechen geschehen war oder daß Josse sich auch nur in der Nähe aufhielt. Doch das brauchte man Tobias Durand ja nicht zu verraten.

Der junge Mann reagierte jedoch nicht, oder doch nicht auf die Weise, wie Josse es erwartet hatte. Nicht einmal ein Ausdruck leichter Besorgnis zeichnete sich ab. Statt dessen wendete Tobias sein Pferd, während er mit lebhafter Miene sagte: »Wie schrecklich! Ihr müßt mir erlauben, Euch zu helfen, Sir Josse! Zunächst sind zwei Köpfe besser als einer, und dann, wenn sich hier ein Mörder herumtreibt, dürftet Ihr nicht allein in die Wälder gehen!«

Gesellschaft war das allerletzte, wonach es Josse verlangte. Mit ausgestrecktem Arm hielt er den jungen Mann entschlossen zurück. »Das ist freundlich von Euch, Tobias, aber ich arbeite lieber allein. Wer in solchen Dingen unerfahren ist, kann unabsichtlich wichtige Spuren verwischen, wenn Ihr mir verzeiht, daß ich so unverblümt spreche. Fußabdrücke, versteht Ihr, und solche Sachen.«

Tobias nickte verstehend. »Ja, ich verstehe. Ihr wollt nicht, daß meine großen plumpen Füße die Beweise zertrampeln.« Er lachte. »Dann wünsche ich Euch einen guten Tag und gute Jagd und lasse Euch Eures Weges ziehen.« Er neigte grüßend den Kopf, lächelte, ließ sein Pferd wieder eine Wendung machen und setzte seinen Weg auf dem Pfad fort, der von den Bäumen wegführte.

Als Josse weiter in den Wald hineinritt, überlegte er, es wäre schade gewesen, dem jungen Mann die gute Laune zu verderben, indem er ihm den Ort vor Augen geführt hätte, wo Ewen zu Tode gekommen war. Die Leiche war zwar fort, aber das Blut war noch da.

Am Ende war für Josse am Schauplatz des Mordes nur ganz wenig Beweismaterial zu finden. Das Blut war freilich noch da, und das, was nicht in die Erde eingesickert war, war geronnen. Es waren Spuren eines Kampfes vorhanden – abgebrochene Äste, zertrampeltes Unterholz –, und Josse glaubte erkennen zu können, aus welcher Richtung Ewen gekommen war. Doch das hatte er schon gewußt, weil er den Mann hatte die Lichtung verlassen sehen, wo die gefallenen Bäume lagen.

Und das war ungefähr alles.

Unter angestrengtem Nachdenken umschritt Josse den Tatort. Ewen kam von hier, dachte er, ging ein paar Schritte zurück und kehrte dann um, und jemand sprang ihn an. Aber woher? Von hinten? Oder von vorn?

Wenn es wirklich Seth gewesen war und Josse sich hinsichtlich des Messers irrte, dann mußte er ihn von hinten angesprungen haben, da Josse gesehen hatte, daß er nach Ewen die Lichtung verließ. Es war ausgeschlossen, daß Seth Ewen hätte überholen und von vorn angreifen können. Um Objektivität bemüht, untersuchte Josse den Boden noch einmal. Von keiner der beiden Seiten näherten sich Spuren der Stelle, wo Ewen getötet worden war; das Unterholz war ganz unversehrt. Und die Spuren, die von der Stelle wegführten, hatten die Leute, die die Leiche fanden und fortbrachten, verbreitert, wenn nicht sogar erst erzeugt.

In welche Richtung ging also der Mörder?

Ewen war niedergestoßen worden, als er einen schmalen Pfad entlang floh, wenig mehr als die Spur eines Tieres. Josse zog die Landkarte in seinem Kopf zu Rate und erkannte, daß Ewen nach Hause strebte und durchs Dickicht gebrochen war, weil er den kürzesten Weg nehmen wollte. Es war aber nicht der bequemste Weg und daher nicht die Route, mit der jemand hätte rechnen können, der ihm auflauern wollte.

Seth hätte es aber gewußt. Denn Seth war ja hinter ihm.

Josse setzte sich grübelnd auf einen umgestürzten Stamm. Und je mehr er rätselte, desto wahrscheinlicher schien es, so ungern er es auch zugab, daß die geschwinde und wenig durchdachte Schlußfolgerung des Sheriffs doch die richtige war.

Seth und Ewen waren am Abend vorher beim Licht des Vollmonds zurückgekommen, um die letzten Wertgegenstände zu holen, die sie in der Lichtung entdeckt hatten, welcher Art sie auch sein mochten. Nachdem es sich so günstig getroffen hatte, daß Hamm Robinson tot war, konnten sie den Schatz jetzt unter sich aufteilen. Ewen bekam Angst und rannte davon, und Seth, der mutigere von beiden, blieb zurück. Er fand noch etwas – etwas Großes und Sperriges, erinnerte sich Josse, der noch vor Augen hatte, wie Seth es in den Sack stopfte.

Ja! entschied er unvermittelt. Das ist es! Seth fand den letzten Gegenstand, vielleicht den kostbarsten des ganzen Schatzes, und wollte ihn nicht mit Ewen teilen. Warum sollte er das auch, wo Ewen bereits aus Angst geflohen war? Es gehörte Seth und nur Seth! hätte der sicher argumentiert. Also machte Seth sich an die Verfolgung, holte Ewen, der nach Hause rannte, ein und brachte ihn mit dem Messer um.

Womit Seth als einziger im Besitz dessen übrigblieb, was immer sie da ausgegraben hatten.

Langsam stand Josse auf und klopfte sich Laub von der Tunika. Er band Horaces Zügel von dem Ast los, um den er sie geschlungen hatte, und saß auf, bemüht, seinen Ärger zu unterdrücken.

Ein Mann wurde getötet, ermahnte er sich streng. Sein Mörder gehört vor Gericht. Wenn es tatsächlich Seth ist, dann handelt der Sheriff richtig, und ich muß ihm sagen, daß ich seiner Meinung bin, so sehr es mir gegen den Strich geht.

Als er in die Richtung von Hawkenlye und der Abtei davonritt, überlegte Josse, daß er das Ergebnis seiner Suche auch der Äbtissin beibringen mußte.

Also das, dachte er bedrückt, das würde wirklich weh tun.

Sie musterte ihn mit einer Spur von Mitgefühl in den grauen Augen.

144

»Es ist tapfer von Euch, zuzugeben, daß Ihr Euch geirrt habt«, sagte sie, als er seinen Bericht beendet hatte.

»Nun ja, ich nehme an, sogar ein so beschränkter Mensch wie Sheriff Pelham trifft manchmal das Richtige«, gab er zurück, um ein Lächeln bemüht.

»Ihr seid sicher, daß er es in diesem Fall getroffen hat?« fragte die Äbtissin nach.

»Sicher?« Josse starrte hinaus auf den sonnendurchfluteten Innenhof der Abtei. »Nein, sicher bin ich nicht. Aber es ist logisch, daß Seth der Mörder ist. Ich kann nur schließen, daß er eine Waffe benutzt hat, die er normalerweise nicht trug. Und die er hinterher fortgeworfen hat, nehme ich an.« Er streifte den Blick der Äbtissin. »Ich bin ganz sicher, daß Sheriff Pelham es uns mitgeteilt hätte, wenn er in Seths Besitz einen blutverschmierten Dolch gefunden hätte. Ihr nicht?«

»Doch.« Sie sah ihn an. »Er wäre vermutlich heraufgeprescht gekommen, um es Euch persönlich zu erzählen.«

Es entstand eine kurze Pause. Dann fuhr die Äbtissin fort: »Wie ich höre, haben seine Leute in Seths Kate zwar keinen Dolch gefunden, aber verschiedene andere Gegenstände. Nach dem wenigen, was ich erfahren habe, scheint es sich um eine Sammlung von Münzen und Metallgegenständen zu handeln; flache Schüsseln, glaube ich. Seth beteuert seine Unschuld und behauptet, er hätte sie unter seinem Hühnerauslauf gefunden.«

»Römische Münzen?« fragte er.

»Ich habe keine Ahnung.« Sie sah ihn flüchtig an. »Ich vermute, daß die wenigen Leute, die bisher die Sachen gesehen haben, eine römische Münze auch nicht erkennen würden, wenn sie sie aufs Auge gedrückt bekämen.«

»Hm.« Er hätte zu gern einen Blick auf den Schatz geworfen, auch wenn es für die Untersuchung nicht wesentlich war.

Ihm machte immer noch sein verletzter Stolz zu schaffen, weil er zugeben mußte, daß der Sheriff recht gehabt hatte, als die Äbtissin behutsam sagte: »Sir Josse?«

»Hm? Ja?«

»Vielleicht sind wir uns alle einig, daß Seth Ewen getötet hat. Aber was meint Ihr, kann er auch Hamm getötet haben?«

Josse stand auf, wanderte bis zum Ende des Kreuzgangs, dann kehrte er dahin zurück, wo sie bisher gesessen hatten. Nein, selbstverständlich nicht, dachte er. Und warum bin ich nicht von selbst darauf gekommen?

»Nein, Frau Äbtissin«, sagte er. »Auch wenn ich zugeben muß, daß ich mich geirrt habe und Seth einen Dolch besessen haben kann, so bin ich doch ganz sicher, daß er weder über einen Speer verfügte noch über die Fähigkeit, ihn so zielsicher zu schleudern. Eine Spitze aus Feuerstein«, sinnierte er. »Die hätte ich gern gesehen.«

Die Äbtissin stand auf und eilte ohne ein Wort zu ihrem Zimmer. Bald kehrte sie zurück.

In den Händen hielt sie einen Speer mit langem Schaft und einer Spitze aus Feuerstein.

»Ich habe ihn gründlich gesäubert«, murmelte sie, als er ihn an sich nahm.

Nach einiger Zeit fragte er: »Warum habt Ihr ihn aufgehoben?«

Sie zuckte die Achseln. »Ach – ich weiß es gar nicht so recht. Wahrscheinlich dachte ich, er könnte noch nützliche Dienste als Beweisstück leisten, obwohl das ziemlich sinnlos ist.« Sie blickte ihn an, und ihr Ausdruck wirkte befangen, beinahe verschämt. »Nein. Das ist nicht die Wahrheit.« Sie holte tief Luft, dann gestand sie: »Ich habe ihn behalten, weil er so vorzüglich gearbeitet ist. Obwohl dieses Ding einen grausamen Tod verursacht hat« – sie fuhr vorsichtig mit dem Finger über den Mittelgrat der Speerspitze –, »ist es so ausnehmend schön gemacht.«

Josse musterte es. »Ja«, sagte er leise. »Das stimmt.«
Ihm entfuhr ein kurzes, schnaubendes Lachen, das er im
selben Augenblick als unpassend empfand.

Sie blickte fragend zu ihm auf. »Sir Josse?«

»Ich dachte gerade, ich kann mir Seth Miller nicht dabei
vorstellen, wie er ein solches Stück anfertigt.«

Der Schatten eines Lächelns verzog ihre Lippen. »Ich
auch nicht.«

Etwas später stand Josse widerstrebend auf und erklärte,
er müsse sich auf den Weg machen; zwar hatte er mit der
Äbtissin die verschiedenen Vor- und Nachteile möglicher
Schritte, Seth Miller betreffend, erörtert, doch waren sie
zu keinem Beschluß gekommen.

Josse war sich dessen bewußt, daß er etwas zurückhielt.
Doch er wußte nicht, daß für sie das gleiche zutraf.

Als er sein Pferd holen ging, sagte er zu der Äbtissin,
die ihn begleitete: »Ich überlege, ob es Sinn hat, an Seths
Kate eine Wache aufzustellen, falls das unauffällig zu machen ist.«

»Das wäre wahrscheinlich möglich«, sagte sie nach einer kurzen Pause. »Aber weshalb? Zu welchem Zweck?«

»Ich habe so eine Idee…« Er zögerte. »Weil es«, erklärte
er statt dessen, »aufschlußreich sein könnte, zu erfahren,
ob jemand dort hinkommt, um nach dem Schatz zu suchen. Es würde uns sagen, ob Hamm, Ewen und Seth jemandem das Geheimnis verraten haben.«

»Aber…«

»Frau Äbtissin, ich habe nachgedacht«, fuhr er drängend fort. »Welchen Nutzen können römische Münzen
und Tafelgeschirr für eine Bande kleiner Diebe haben? Sie
sind einfaches Landvolk, alle drei keine Meile weit weg geboren und aufgewachsen. Wie sollten sie eine realistische
Hoffnung hegen, aus ihrem Fund Gewinn zu ziehen,
wenn sie nicht jemanden kennen, der ihnen den Schatz

abkaufen würde?« Jemanden mit erheblich besserer Bildung, fügte er stumm hinzu. Jemanden, der sich unter den Reichen und Kultivierten dieser Welt auskennt. Der etwa genau weiß, welcher heimliche Patron der antiken Kunst bereit sein wird, ein kleines Vermögen für echtes römisches Silber und Gold zu bezahlen. Und noch wichtiger, der vor Recht und Gesetz nicht genügend Respekt hegt, um sich Kopfschmerzen darüber zu machen, daß bei dem Vorgang, die kostbare Ware an sich zu bringen, allerlei passieren kann.

Die Äbtissin nickte. »Ich verstehe«, sagte sie. »Und im Prinzip ist Eure Idee gut. Aber, Sir Josse, der Schatz befindet sich in Sheriff Pelhams Obhut. Und bevor Ihr fragt, nein, ich bezweifle sehr, daß er bereit wäre, ein oder zwei Stücke als Köder für Eure Falle herauszugeben.«

»Ach.« Über sich selbst verärgert, weil er den Plan überhaupt erwähnt hatte, überlegte Josse, jemand, der raffiniert genug war, um antike Schätze zu verhökern, dürfte auch in praktischen Dingen der Welt genügend erfahren sein, um sich zu sagen, daß in Seth Millers elender kleiner Kate nichts mehr zu finden sei.

»Ihr habt, glaube ich, für diese fragwürdige Rolle des Mittelsmannes jemanden im Sinn«, sagte die Äbtissin leise.

»Das stimmt.«

Charakteristischerweise drang sie nicht in ihn. Er fragte sich, wieso er sogar ihr gegenüber den Mann nicht mit diesem Verbrechen in Beziehung setzen wollte, denn er konnte durchaus unschuldig sein. Jedenfalls äußerte er sich nicht weiter dazu.

Erst als er einen Fuß im Steigbügel hatte und im Begriff war, sich aufs Pferd zu schwingen, fiel ihm ein, sie zu fragen: »Frau Äbtissin, das hätte ich beinahe vergessen. Ihr habt von dem Mädchen Esyllt nichts erfahren?«

»Nein«, bestätigte sie und sah zu, wie er sich im Sattel

zurechtsetzte. »Aber wie könnt Ihr dessen so sicher sein, Sir Josse?«

»Wenn Ihr etwas Brauchbares herausbekommen hättet, hättet Ihr es gesagt.«

»Allerdings«, murmelte sie.

»Keine unheimliche Erklärung für ihre Anwesenheit im Wald gestern abend?«

»Überhaupt keine Erklärung.« Die Äbtissin wirkte besorgt. Sie hob den Kopf, um zu ihm hinaufzusehen, und fügte an: »Aber etwas lastet ihr schwer auf dem Gewissen.«

Er stellte sich Esyllt vor. Gut gebaut, kräftig – kräftig genug, um diese grausamen Wunden verursacht zu haben?

Die Augen noch auf die der Äbtissin gerichtet, glaubte er zu wissen, daß sie dasselbe dachte. »Nein«, sagte er ruhig. »Nein, Frau Äbtissin, das kann ich mir nicht vorstellen. Das Mädchen hat ein liebevolles Herz, darauf setze ich meinen guten Ruf.«

»Selbst das liebevollste Herz kann man bis zur blinden Wut reizen«, hauchte sie. »Wenn...« Sie sprach nicht weiter.

»Wenn was?« drängte er.

Jetzt sah sie ihn mit einem, wie ihm schien, beinahe bittenden Ausdruck in den grauen Augen an. Nach einer kleinen Ewigkeit sagte sie: »Nichts. Ich bin sicher – ich bete darum –, Ihr habt recht.«

Er griff hinab und berührte flüchtig ihren Ärmel: »Verlaßt Euch darauf.«

Doch sie sah immer noch besorgt aus. »Ich glaube...«, begann sie.

»Was?«

Sie hob das Kinn, als habe sie eine schwierige Entscheidung getroffen, und sagte: »In diese Sache ist noch jemand anders verwickelt, Sir Josse.«

Dachte sie etwa an Tobias, fragte er sich. Doch wohl

nicht, denn sie konnte keinesfalls wissen, daß er ihn am Morgen in der Nähe gesehen hatte. Oder doch? »Fahrt fort«, sagte er.

»Schwester Caliste«, sagte sie nur.

»Caliste!« Die hatte er ganz vergessen. Als er kurz nach Mitternacht in die Abtei zurückkehrte, hatte er erfahren, die Novizin sei wieder da. Mehr wußte er nicht. »Wann ist sie denn zurückgekommen?«

»Als wir nach der Mette die Kirche verließen, wartete sie davor.«

Also war sie etwa drei Stunden vor Josse zurückgekehrt.

»Und sie hatte auch keine Erklärung für ihre Abwesenheit?«

»Nur diese lächerliche Geschichte, daß sie zwischen den Bäumen spazierengegangen sei und die Zeit vergessen habe.«

Josse schüttelte langsam den Kopf. Caliste, Seth, Ewen, Esyllt. Und falls er recht hatte, Tobias, der in der Nähe wartete, um den Schatz in Empfang zu nehmen. Der hoffte, seine Arbeitskräfte rasch auszuzahlen und sich auf den Weg zu seinem vermögenden Abnehmer zu machen.

Caliste, Seth, Ewen und Esyllt waren vorige Nacht alle im Wald gewesen, tief drin. Etwa nicht? Wie hingen die bloß zusammen?

Mit einem ungeduldigen Laut riß er Horaces Kopf hoch und sagte zur Äbtissin: »Hier handelt es sich um eine ganz komplizierte Geschichte, das ist klar, aber ich bin völlig ratlos, werde einfach nicht daraus klug.«

Sie murmelte etwas wie: »…schon befürchtet…« und noch mehr Worte, die er nicht verstand.

»Frau Äbtissin?«

»Nichts.«

»Ich reite nach Hause«, verkündete er, nicht ohne eine gewisse Schärfe in der Stimme; wenn die Äbtissin sich

150

nicht dazu überwinden konnte, ihre Gedanken mit ihm zu teilen, hatte es wenig Sinn, die Sache weiter zu verfolgen. »Laßt Ihr es mich wissen, wenn sich eine neue Entwicklung ergibt?«

Ihr Gesicht wandte sich wieder ihm zu, und sie ließ ihn ein schmales Lächeln sehen. »Selbstverständlich.«

»Bis dahin…« Er ließ den Satz unvollendet, trieb Horace zu einem Trab an und schlug die Straße nach Neu Winnowlands ein.

Helewise, der Qual ihrer unausgesprochenen Befürchtungen überlassen, schritt langsam zu ihrem Zimmer zurück.

Dann überlegte sie es sich anders und ging statt dessen in die Kirche.

Doch diesmal nicht, um zu beten, es sei denn um Gottes Führung in dieser Angelegenheit. Vielmehr ließ sie sich auf einer schmalen Bank im rückwärtigen Teil des großen Bauwerks nieder, in einer Atmosphäre, in der sich so anrührend Macht und Frieden verbanden, und suchte das Gewirr ihrer Gedanken und Empfindungen zu ordnen.

Sie hatte bemerkt – was Josse offensichtlich nicht bemerkt hatte –, daß an Esyllt, als sie am vorigen Abend zwischen den Bäumen auf sie zugestürzt war, blutverschmiert und in blinder Todesangst, noch etwas anderes auffällig gewesen war.

Sie hatte den langen, weiten Rock ihres Kleides hochgerafft, um besser durch den Wald rennen zu können.

Und unter diesem Kleid, das hatte Helewise gesehen, war Esyllt von der Taille abwärts nackt.

Ach, lieber Gott, das bedeutete doch wohl nicht, daß Ewen auf sie gestoßen war und über sie hergefallen war? Ihr die Unterkleidung vom Leibe gerissen und versucht hatte, sie zu vergewaltigen? Mit Erfolg?

Und daß sich Esyllt in ihrer Angst und Verzweiflung

seiner eigenen Waffe bemächtigt und ihn getötet hatte? Sie war, weiß der Himmel, kräftig genug, mit diesen muskulösen Armen, diesen starken Schultern...

Den Kopf über die gefalteten Hände gesenkt, betete Helewise jetzt im Ernst. »Lieber Gott, wenn es so geschehen ist, dann, bitte, schenke Esyllt aus deiner Gnade den Mut, frei herauszusprechen. Wenn sie sich verteidigt hat, dann war es doch gewiß keine Todsünde, ihn umzubringen?«

Das war es – das Urteil, das Esyllt treffen würde –, was Helewise zurückhielt. Denn falls sie sich irrte und eine solche Tötung als Todsünde anzusehen war, dann würde Esyllt wegen Mordes hängen.

Und wenn sie tot war, würde ihre Seele zur Hölle fahren.

In der Stille der Klosterkirche bedeckte Helewise das Gesicht mit den Händen und bemühte sich, herauszufinden, was sie zu tun hatte.

ZWÖLFTES KAPITEL

Als Josse wieder in seinem neuen Heim eintraf, war er nicht überrascht, das Geräusch von Hämmern zu hören. Sicherlich, dachte er müde, hat es eine neue Verzögerung gegeben. Eben jetzt überlegte der Vorarbeiter vermutlich, wie er Josse am besten klarmachen könnte, daß die Arbeiten an Neu Winnowlands nicht vor Weihnachten beendet sein würden.

Doch davon abgesehen – tatsächlich lagen die Dinge nicht ganz so schlimm, denn der Vorarbeiter versprach, alles werde in einer Woche, höchstens zwei, fertig sein –, war Josses Empfang daheim so gut, wie ein Mann ihn sich nur wünschen konnte. Will kam heraus, um Horace zu

152

übernehmen, und wie Josse sehr wohl wußte, würde er das Pferd so gewissenhaft versorgen, wie Josse selbst es getan hätte. Überdies genügte Josse ein rascher, aber gründlicher Blick rund um den Hof und die Nebengebäude seines neuen Herrschaftsbereiches, um sich zu vergewissern, daß alles ordentlich und sauber war.

Im Innern des Hauses war es genauso. Ella hatte offensichtlich fleißig hinter den Arbeitern her saubergemacht, und nicht das kleinste Häufchen Sägemehl verunzierte den blanken Schimmer der Steinplatten in der Halle. Das feine Holz von Josses Tisch, Stuhl und Bänken hatte sie mit Bienenwachs poliert, und in den tiefen steinernen Fensterbänken standen Krüge mit Blumen.

Sie begrüßte ihn und fragte: »Wollt Ihr essen, Sir? Ich habe einen Topf Geschmortes auf dem Feuer, Ente ist es, und Will hat schöne junge Zwiebeln gezogen, weiß und glatt.«

Josse lief das Wasser im Mund zusammen. »Das klingt wunderbar. Ja, bitte, Ella.«

Er ruhte in der Hitze des Nachmittags – er wollte nicht schlafen, sagte er sich fest, ruhte nur mit geschlossenen Augen –, als er jemanden in den Hof reiten hörte. Er stand auf, durchquerte die Halle zur offenen Tür und blickte die Treppe hinab auf den Hof. Will war mit einem berittenen Boten im Gespräch.

Josse dachte sofort an die Äbtissin, doch da er den Boten nicht kannte, war es nicht wahrscheinlich, daß der Mann von Hawkenlye kam. Er wartete ab, während Will eilig die Stufen zu ihm hinauflief.

»Sir Josse, dieser Mann bringt Nachricht von jemand, der sich Tobias Durand nennt«, berichtete Will. »Er sagt, Ihr kennt seinen Herrn, und daß er – sein Herr – Euch einlädt, ihn und seine gnädige Frau zu besuchen.«

»So, einladen tut er mich?« brummte Josse vor sich hin. »Sir?«

»Danke, Will, ich spreche selbst mit dem Mann.«

Er ging die Stufen hinab zu dem Berittenen, der sich wohlerzogen von seinem Pferd gleiten ließ und sich höflich vor Josse verneigte.

»Richte deinem Herrn und seiner gnädigen Frau aus, daß ich ihre Einladung annehme«, sagte Josse.

Der Mann – genaugenommen war es kaum mehr als ein Halbwüchsiger – hob den Kopf. »Was soll ich ausrichten, wann Ihr kommt, Sir?«

»Sage…« Josse überlegte. »Sage am Ende der Woche.«

»Am Ende der Woche«, wiederholte der Junge. Dann fuhr er fort: »Ich erkläre Euch am besten den Weg.«

Josse machte sich am Vormittag des folgenden Freitags auf den Weg: Für den Ritt zum Haus des Tobias Durand würde er eine reichliche Stunde brauchen, hatte der Junge gesagt.

Unterwegs schweifte er ab von seinem vorherrschenden Gedankengang – wieso Tobias plötzlich den Wunsch nach Josses Gesellschaft entwickelt hatte –, und rief sich ins Gedächtnis zurück, was die Äbtissin ihm von dem Mann erzählt hatte. Bei Licht betrachtet war das herzlich wenig.

Nun ja, er würde eben selbst sehen müssen.

Das Haus war herrschaftlich. Nicht übermäßig groß, aber kostspielig gebaut und, wie Josse entdeckte, als ein hochgewachsener und würdevoller Bedienter ihn hineingeleitete, sehr schön im neuesten Stil möbliert.

Man hatte keine Kosten gescheut, das war klar.

Nicht ganz so klar war, wo Tobias das Geld herhatte, um das alles zu bezahlen…

Tobias kam mit großen Schritten durch die Halle, um seinen Gast zu begrüßen.

»Sir Josse, wie wunderbar, Euch zu sehen!« rief er überschwenglich. »Wir sind auf der Terrasse und genießen den Sonnenschein. Setzt Euch doch zu uns, Paul!« rief er dem Diener zu. »Bring uns Wein – zapfe einen Krug von dem neuen Faß, das wir gestern abend angestochen haben.«

Josse folgte Tobias quer durch die Halle und eine Wendeltreppe hinauf. Oben mündete die Treppe in ein sonniges Zimmer, dessen anspruchsloses Fenster, wie Josse mit gelinder Überraschung wahrnahm, verglast war.

Glas!

Vor dem Fenster saß eine Frau und arbeitete mit allen Anzeichen der Seelenruhe an einem Stickrahmen.

Als die Frau ihnen den Kopf zudrehte, sagte Tobias: »Liebste, darf ich dir Sir Josse d'Acquin vorstellen, Ritter des Königs und Herr des Gutes Neu Winnowlands?« Und an Josse gewandt: »Sir Josse, meine Frau, Petronilla.«

Bloß gut, dachte Josse sofort, als er herantrat und sich verneigte, um die ausgestreckte Hand der Frau zu küssen, daß Tobias sie gleich unzweideutig vorgestellt hatte.

Denn sonst hätte Josse sie für Tobias' Mutter gehalten und nicht für seine Frau.

»Bitte, Sir Josse, setzt Euch«, sagte Petronilla und wies auf einen Stuhl mit Ledersitz. »In den Sonnenschein, neben mich.«

»Ich danke Euch, Lady.«

Tobias schenkte den Wein ein, den der Diener gerade gebracht hatte, und während Josse den heiteren Bemerkungen lauschte, die er dabei mit seiner Frau wechselte, nutzte er die Gelegenheit, um Petronilla Durand zu mustern.

Sie hatte ein schmales Gesicht und machte einen knochigen Eindruck, so daß sie nur aus Ecken zu bestehen schien. Sie mußte, dachte er, um eine wohlwollende Schätzung bemüht, mindestens fünfundvierzig sein. *Mindestens*. Das ergrauende Haar, das unter dem glattgestärkten Leinen ihrer Haube an den Schläfen zu sehen war, ließ sie älter erscheinen, ebenso die schmalen, von einem Netzwerk feiner Linien umgebenen Lippen. Linien, die nach Josses Eindruck alle nach unten zu verlaufen schienen. Wenn sie einen weniger strengen Ausdruck zustande brächte, ein wenig Fleisch auf die Rippen bekäme, dachte er, könnte sie das vielleicht ein paar Jahre jünger machen. Aber so...

Wenn er Tobias' Alter richtig geschätzt hatte, war Petronilla etwa fünfzehn Jahre älter. Vielleicht nicht ganz alt genug, um seine Mutter zu sein, aber doch knapp daran.

»...macht sie eine Stickerei zur Feier unserer ersten drei Monate in diesem hübschen Haus«, sagte Tobias gerade. »Seht Ihr, Sir Josse, welch feine Arbeit das ist?« Er wies auf das bestickte Leinen in Petronillas Hand; offenbar arbeitete sie an einem Stiefmütterchenmuster, wobei das Violett und das Dottergelb einen starken, aber angenehmen Kontrast bildeten.

»Wirklich fein, gnädige Frau.« Josse hob den Blick zu dem blassen Gesicht und nahm das Gewirr feiner Fältchen um die tiefliegenden Augen wahr. »Welch schöne Stickerei! Das muß Euch Stunden gekostet haben.«

»Ich sticke gern«, sagte sie. Ihre Stimme war angenehm gedämpft. Ihre Lippen machten eine Bewegung, die typisch für sie war, wie Josse noch merken sollte, sozusagen ein Zusammenfalten, das sie nahezu verschwinden ließ. Es war eine Angewohnheit, dachte er mit einigem Mitgefühl, die ihrer Erscheinung nicht gerade half. »Es ist ein Zeitvertreib, an dem ich immer Freude hatte.«

»Ich verstehe. Ich...«

»Petronilla war Hofdame bei Königin Eleanor«, mischte Tobias sich ein. »Sie sind alte Freundinnen, meine Frau und die Königin.« *Alt* war vielleicht taktlos gewesen, ebenso wie die damit verknüpfte Andeutung, Petronilla und die Königin seien gleichaltrig. »Petronilla gehörte dem Hofstaat der Königin an, sowohl hier in England wie in Frankreich.«

Ein mattes Rot hatte Petronillas weiße und etwas fettig aussehende Wangen getönt. »Ich glaube kaum...«, begann sie.

»O Liebste, sei doch nicht so bescheiden!« Wieder unterbrach sie ihr Mann. »Sir Josse würde nur zu gern von deiner Zeit in höfischen Kreisen hören, ist er doch König Richards Mann! Stimmt's, Sir Josse?«

»Aber ja, sehr gern«, sagte Josse mit soviel Begeisterung, wie er nur aufbringen konnte.

»Ihr werdet wahrscheinlich entdecken, daß ihr ein, zwei gemeinsame Freunde habt«, fuhr Tobias fort. »Ich möchte so angenehmen Erinnerungen keinesfalls im Wege stehen!«

Streckte er etwa prüfende Fühler aus? fragte sich Josse. Um sich zu vergewissern, daß Josse wirklich war, was er behauptete? Hatte Tobias seine Frau instruiert, ein paar bohrende Fragen zu stellen?

Wenn ja, war Josse mehr als bereit, den Ball aufzunehmen.

Petronilla hatte sich ihm zugewandt und sagte höflich: »Sir Josse, mein Mann übertreibt. Ich hatte wirklich die Ehre, der Königin zu dienen, und ich möchte gern glauben, daß wir Freundinnen wurden. Jedoch war meine Zeit an ihrem Hof sehr bemessen und belief sich auf die verhältnismäßig kurzen Jahre von der Beendigung des Aufenthalts der Königin in Winchester bis zum Tod meines Vaters.«

»Mein Beileid für Euren Verlust«, sagte Josse aufrichtig. »Ich vermute, er ist kürzlich eingetreten?«

»Ja«, sagte sie still. »Vor etwa sechs Monaten.«

Es entstand eine kurze und, wie Josse fand, peinliche Pause. Vielleicht, dachte er, läßt nur mein schlechtes Gewissen sie peinlich erscheinen.

Er fühlte sich allerdings ein wenig schuldig. Weil er den womöglich ungerechten Gedanken nicht unterdrücken konnte, jetzt wisse er genau, warum ein junger, lebhafter und sehr gutaussehender Mann wie Tobias Durand eine schmallippige, fünfzehn Jahre ältere Frau geheiratet hatte.

Weil sie – es mußte so sein – eine reiche Erbschaft von ihrem verstorbenen Vater gemacht hatte.

Als sei Tobias vollkommen klar, was Josse dachte, brachte er geschmeidig vor: »Bei mir suchte Petronilla Trost nach ihrem Verlust, ich schätze mich glücklich, das in aller Bescheidenheit sagen zu können.« Er lächelte seiner Frau warm zu. »Und seit wir Mann und Frau wurden, haben wir uns gemeinsam daran gemacht, ihres Vaters Haus zu unserem eigenen Heim umzugestalten.«

Wie schön für dich, dachte Josse. Doch wider Willen fühlte er seinen Zynismus schwinden. Er beobachtete heimlich Petronilla und sah, wie ihr Gesicht auf das Lächeln ihres Mannes hin aufstrahlte.

Und als er einen raschen Blick auf Tobias warf, konnte er nichts als Zuneigung erkennen. Und blinkte da eine schwache Spur von Naß in den Augen des jungen Mannes? Konnte es wirklich sein, daß seine Gefühle für seine ältliche Frau so stark waren?

Dann traf es vielleicht zu. Vielleicht liebte er seine neu Anvermählte, trotz ihres Alters.

Josse entschied, sein Urteil noch aufzuschieben.

Doch ob nun Tobias seine Frau aus Liebe zu ihr oder zu ihrem Reichtum geheiratet hatte, in jedem Fall tat es Josses Verdacht gegen den Mann Abbruch. Denn wenn Tobias die Verfügungsgewalt über ein Vermögen von solchem Umfang besaß, wie man es offensichtlich für dieses Haus ausgegeben hatte, brauchte er wohl kaum seine Freiheit – sogar sein Leben – dadurch zu riskieren, daß er sich auf die fragwürdigen Diebereien von Leuten wie Hamm, Ewen und Seth einließ.

Es sei denn, eine Art Ehrenkodex erweckte in Tobias das Verlangen, ein eigenes Vermögen zu erwerben.

War das wahrscheinlich? Josse war sich nicht sicher.

Er dachte immer noch darüber nach, während er gleichzeitig mit Petronilla eine oberflächliche Konversation über verschiedene gemeinsame Bekannte am Hof der Plantagenets führte, als bald darauf der Diener zurückkehrte, um sie zu Tisch zu rufen.

Das Essen war vorzüglich, und der Diener Paul ging ihnen weiter zur Hand, führte Petronillas leise Befehle aus und schenkte immer wieder süßen Wein in Josses und Tobias' Pokale nach. Petronilla, bemerkte Josse, trank nur wenig.

Als sie die letzten kleinen, runden Honigkuchen gegessen hatten, die auf Fisch und Wild folgten, stand Petronilla auf und kündigte an, sie wolle sich jetzt zu einer kurzen Mittagsruhe in ihre Kammer zurückziehen. Da auch der Diener verschwunden war, blieb es Tobias überlassen, den Rest im Weinkrug zwischen Josse und sich aufzuteilen.

»Ein ausgezeichnetes Mahl, Tobias«, sagte Josse, sich streckend, um seinem vollen Bauch Erleichterung zu verschaffen. »Ihr und Eure Gemahlin haltet auf eine feine Küche.«

»Wir leben gut«, stimmte Tobias zu.

Josse bemühte sich gerade, seinen etwas benebelten Verstand streng zur Ordnung zu rufen und einen diplomatischen Weg zu finden, etliche bohrende Fragen über Tobias' Haushalt zu stellen, als der junge Mann, als sei er mit einem Mal des Stillsitzens überdrüssig, den Rest Wein in seinem Pokal hinunterstürzte, aufsprang und sagte: »Kommt, Sir Josse! Laßt uns ein wenig draußen im Sonnenschein spazierengehen!«

Josse brachte die nötigen bewundernden Bemerkungen zuwege, als Tobias mit fast kindlichem Stolz seinen Besitz vorführte, von Scheunen und Koppeln bis zu Jagdfalken und schönen Pferden. Als die beiden im Begriff waren, in die Halle zurückzukehren, rief jemand nach Tobias – nach seiner Kleidung und dem Schlamm an seinen Füßen und Waden zu urteilen, war es ein Landarbeiter –, und mit einer kurzen Entschuldigung ging Tobias über den Hof zurück, um mit ihm zu sprechen.

Josse betrat allein die leere Halle.

Er sah sich um. An einer Wand hing ein Teppich mit so frischen und leuchtenden Farben, daß er wohl noch nicht lange dort gehangen hatte. Und auf einem langen Holztisch an der gegenüberliegenden Wand standen mehrere Ziergegenstände – eine geschnitzte Elfenbeinstatue der Heiligen Jungfrau und ein hölzernes Triptychon, das auf seiner mittleren Tafel die Kreuzigung abbildete und Engel und Cherubim auf den zwei seitlichen Tafeln. Die Malerei schien Josses geübten Augen recht gelungen und war, angesichts der kräftigen satten Blau- und Goldtöne, vermutlich teuer gewesen.

Er warf einen Blick über die Schulter. Tobias sprach noch mit dem Arbeiter. Er hatte ein paar Augenblicke zur Verfügung…

Er öffnete die erste der hölzernen Truhen, die unter dem Tisch aufgereiht waren; sie enthielt weiße Stoffe, vermutlich Haushaltwäsche. Kein verdächtiger römischer Schatz darin. Er machte sich an die nächste Truhe und war gerade dabei, den Deckel anzuheben, als eine ruhige Stimme sagte: »Was macht Ihr da, Sir Josse?«

Er fuhr herum. Petronilla stand wenige Schritt hinter ihm.

Es gab für ihn nichts zu sagen, er hatte keine denkbare Entschuldigung anzubieten; er senkte den Kopf und bat: »Lady, verzeiht mir.«

Mehrere Sekunden lang erwiderte sie nichts. Als sie dann endlich ihr Schweigen brach, geschah das nicht, um die anklagenden Worte zu sprechen, die Josse zugleich erwartet und verdient hatte.

Vielmehr sagte sie: »Wir haben eine Abmachung, mein Tobias und ich.« Sie war zur Tür getreten, wo sie zu ihrem jungen Ehemann hinabschauen konnte, der auf dem Hof stand. »Ich weiß, Sir Josse, was Ihr denkt. Was sie alle denken. Daß nur mein Reichtum einen stattlichen Mann wie Tobias angezogen haben kann.«

Sie drehte sich um und suchte Josses Blick; der Ausdruck in ihren Augen war überraschend gelassen. »Es stimmt, daß ihm seine Ehe mit mir einen Reichtum beschert, den er sich nie hätte erhoffen können. Er wurde nämlich schon in jungen Jahren Waise, und eine ältliche Tante zog ihn auf, die Schwester seiner Mutter, die mit knappen Mitteln einen Haushalt ohne jeden Anspruch auf Stil oder Bequemlichkeit führte.« Mit jäher Leidenschaft stieß sie hervor: »Ist es da überraschend, daß Tobias auf die schiefe Bahn geraten ist? Meine Güte, Sir Josse, ein junger Mann braucht doch etwas Abwechslung im Leben!«

»Ich…«, setzte Josse an.

Doch Petronilla war noch nicht am Ende. »Nein, Herr Ritter, laßt mich reden. Es entspricht der Wahrheit, als Tobias Euch vorhin sagte, daß er es war, der mich beim Verlust meines lieben Vaters tröstete, und da ich nicht die beschränkte Person bin, für die Ihr und die Welt mich haltet, beargwöhnte ich natürlich seine Motive. Doch während er freimütig zugab, daß es ihm unendliche Freude machen würde, mir bei der Verwaltung meines Vermögens zu helfen, versprach er auch, mir ein anhänglicher, wenn schon nicht leidenschaftlich liebender Gatte zu sein.« Sie trat einen oder zwei Schritt näher an Josse heran, so daß er die Inbrunst in ihren dunklen Augen erkennen konnte. »Er *versprach* mir, versprach es, Sir Josse, wenn ich einwilligte, ihn zu heiraten, mit allem, was ein solches Vorhaben einschließt, wolle er sein… wolle er den Lebenswandel seiner

161

vertanen Jugend aufgeben.« Ein leichtes Lächeln verzog flüchtig die schmalen Lippen. »Und ich nahm an.«

Josse öffnete den Mund, um etwas zu sagen, doch vermochte er keine Worte zu finden, die auch nur annähernd seine Gefühle ausdrücken konnten, und so schloß er ihn wieder.

»Ihr dürft mein Haus durchsuchen, wenn Ihr möchtet«, fuhr Petronilla jetzt mit kühler Stimme fort. »Ihr werdet viele kostbare Gegenstände finden, und alle sind Geschenke von mir an meinen Gatten. Oder, da es ihm natürlich freisteht, Geld auszugeben, wie er es für richtig hält, Geschenke von ihm an mich.«

Während Josses Scham sich allmählich legte, merkte er, daß ihn jetzt ein anderes Gefühl erfüllte: die ersten Regungen des Zorns. Petronilla war vielleicht bereit, Tobias abzunehmen, daß er sich gebessert habe, doch Josse hatte nur zu deutlich das Bild des freudig erregten jungen Mannes vor sich, der am Morgen nach Ewen Ashers Ermordung aus dem Wald getreten war. Konnte man wirklich glauben, daß Tobias seine Diebereien aufgegeben hatte?

»Gnädige Frau«, sagte Josse und verlieh dabei seiner Stimme einen so milden Klang, wie er nur konnte, »Ihr habt das Wort Eures Gatten, daß er jetzt ein Muster an Achtbarkeit ist. Aber...«

»Aber woher ich weiß, daß ich ihm glauben kann?« setzte sie für ihn den Satz fort. Zu Josses Überraschung lachte sie. Es war nur ein kurzes Auflachen mit mehr als einer Spur Ironie, doch immerhin ein Lachen. »Herr Ritter, ich habe ihn beobachten lassen. Wenn er ankündigte, er wolle ganz früh auf Beizjagd gehen, bat ich anfangs meinen getreuen Paul, ihm zu folgen.« Sie schob das Gesicht dicht an Josses heran. »Ihm *nachzuspionieren*. Nicht schön, wenn eine frisch verheiratete Frau zu einer solchen Maßnahme greift, nicht wahr?«

»Vielleicht nicht schön«, gab Josse knapp zurück, »aber notwendig.«

»*Nicht* notwendig!« rief sie. »Diese Ausflüge, jeder einzelne – sogar wenn er einen Tag und eine Nacht hintereinander ausblieb –, waren so unschuldig, als hätte ich ihn dabei begleitet! Er war, genau wie er gesagt hatte, auf Beizjagd.«

»Ihr laßt ihn jetzt nicht mehr beobachten?« fragte Josse, obwohl er glaubte, die Antwort bereits zu kennen.

Sie musterte ihn mehrere Sekunden lang. Dann sagte sie: »Selten.«

War das die Wahrheit? Oder hatte sie diese Antwort nur gegeben, um Josse glauben zu machen, sie sei nicht die verblendete, genarrte Ehefrau, für die er sie hielt?

Es gab keine Möglichkeit, das zu erfahren, das wurde ihm klar.

Er beobachtete, wie sich Tobias, nachdem er sein Gespräch beendet hatte, zum Haus zurückwandte. Als er Petronilla oben auf der Treppe erblickte, winkte er und warf ihr eine Kußhand zu. Mit einem tiefen Atemzug winkte Petronilla zurück.

Dann raffte sie ihre langen Röcke mit einer Hand und rannte ihm, ein strahlendes Lächeln auf dem blassen, welken Gesicht, die Stufen hinab entgegen.

Es ist Zeit für mich zu gehen, dachte Josse.

Er folgte Petronilla in den Hof hinunter und setzte zu seiner Dank- und Abschiedsrede an.

DREIZEHNTES KAPITEL

Helewise vergaß nicht ihre Zusage, Josse zu benachrichtigen, falls sich neue Entwicklungen abzeichneten. Doch außer, daß man Seth Miller des Mordes an Ewen Asher anklagte und den Prozeß auf einen Termin in rund sechs Wochen ansetzte, geschah nichts.

Sie versuchte wieder, Esyllt zum Sprechen zu bewegen, versucht sie zu überreden, zur Messe zu gehen, doch die Augen des Mädchens hatten sich bei dem Gedanken vor Entsetzen geweitet. »Ich kann nicht!« hauchte sie.

Kannst du nicht, weil du dich im Zustand der Todsünde befindest? hatte sich Helewise zutiefst besorgt gefragt. »Lege deine Beichte ab, mein Kind!« hatte sie gedrängt. »Was immer du getan hast, der Herr hat Verständnis!«

Doch Esyllt hatte mit einem Ausdruck, der der Äbtissin fast das Herz abdrückte, den Kopf geschüttelt und sich abgewandt.

Helewise suchte Seth Miller in der stinkenden Zelle auf, in die ihn der Sheriff gesteckt hatte. Sheriff Pelham, anscheinend überrascht, eine Nonne in seinem Gefängnis zu sehen, versuchte sie davon abzubringen. »Da drin ist es für eine Dame und auch für eine Nonne ungeeignet, Schwes…, ich meine, Frau Äbtissin!« sagte er, doch sie beharrte auf ihrem Wunsch.

»Ihr wißt, Sheriff, unser Herr macht es uns zur Pflicht«, setzte sie ihm auseinander, »die Kranken und Gefangenen zu besuchen. Hat nicht Jesus selbst gesagt, was man für eines seiner Kinder tut, hat man für ihn getan?«

»Ja, aber… Na gut, Frau Äbtissin, aber nur einen kurzen Augenblick.« Er beugte sich vertraulich zu ihr. »Er ist gefährlich, versteht Ihr. Hat einen umgebracht.«

Doch Helewise, der man erlaubte, bis zu der hölzernen, mit festen Stangen versehenen Tür zu gehen, die Seth in seiner Zelle von der übrigen Welt fernhielt, hatte nicht den Eindruck, daß er gefährlich aussah. Er saß zusammengesunken an einer steinernen Mauer, an der die Feuchtigkeit und eine schleimige Substanz herunterrannen, und seine Fußfesseln hatten böse rote Striemen hervorgerufen. Das faulige Stroh, das den Steinboden bedeckte, roch muffig und verbreitete noch einen anderen üblen Gestank; offensichtlich mußte Seth seine Bedürfnisse verrichten, wo er saß.

»Seth?« rief sie.

Er hob den Kopf. »Wer ist da?«

»Äbtissin Helewise von Hawkenlye«, sagte sie. »Willst du mit mir beten?«

»O ja, Lady.« Er erhob sich mühsam auf die Knie und folgte ihr im Gebet, wobei er die Antworten, wenn erfordert, mit tiefer Inbrunst vorbrachte.

Als sie ihr Gebet beendet hatten, fragte sie: »Seth, möchtest du, daß ich einen Priester zu dir schicke?«

»Einen Priester?«

»Um dir die Beichte abzunehmen«, sagte sie behutsam.

»Die Beichte?« Es dämmerte ihm. »Ich hab ihn nicht umgebracht, Frau Äbtissin, er war tot, als ich zu ihm hinkam! Das ist Gottes reine Wahrheit, ich schwöre es!«

»Ich verstehe.« Sagte er die Wahrheit? Es klang ernst genug, doch ein Mann, der darauf gefaßt sein mußte, wegen Mordes gehängt zu werden, war darauf angewiesen, das Verbrechen so überzeugend wie möglich abzustreiten. »Aber Seth, was ist mit deiner Dieberei?« fuhr sie fort. »Du, Hamm und Ewen, ihr wart alle daran beteiligt, unter der umgestürzten Eiche im Wald zu graben, nicht wahr? Und ihr habt auch einen gesunden Baum gefällt, um euch eure Schatzsuche zu erleichtern. Das stimmt doch, oder nicht?«

»Doch, doch«, brummte Seth. »Ich wünschte bei Gott, ich hätte Hamm gesagt, wohin er sich seine Münzen stecken kann, wahrhaftig! Entschuldigung, Lady«, fügte er an.

»Hamm war es, der den Schatz gefunden hat?«

»Ja. Er war beim Schlingenlegen, für Wild und so. Er grub unter dem gefallenen Baum, weil er etwas blinken sah. Es war eine Münze, und sowie er ein bißchen tiefer grub, sah er, daß da noch mehr waren, viel mehr. Er hat mich und Ewen mit reingezogen, weil es für einen Mann zuviel war – den zweiten Baum haben wir zu dritt umgelegt, weil er genau im Weg stand, und es war keine leichte Arbeit. Ich bin sein Vetter – Hamms Vetter – versteht Ihr, wir haben immer zusammen gearbeitet.«

»Nein, Seth, ihr habt immer zusammen *gestohlen*«, verbesserte sie ihn.

Er sah sie mit kläglicher Miene an. »Ja«, seufzte er. »Und jetzt haben sie mich für etwas gegriffen, was ich gar nicht getan habe, und ich muß hängen.« Er schluchzte auf. »Oder?«

Sie wünschte, sie könnte es verneinen, doch sie mußte ihm beipflichten; es sah unbedingt danach aus. Langsam nickte sie.

Seth sank wieder zu Boden und lehnte sein hoffnungsloses, schmutziges Gesicht an die Wand. »Dann glaube ich, ich lasse doch lieber diesen Priester kommen.«

Als beinahe ein Monat vergangen war und der Mond einmal mehr kurz vor seiner vollen Rundung stand, erwachte Helewise aus tiefem Schlaf.

Sie setzte sich in ihrem schmalen Bett auf und fragte sich, warum sie aufgewacht war. Ringsherum hörte sie die Geräusche schlafender Frauen: leises Murmeln, regelmäßige Atemzüge, ein paar Schnarcher.

Lauter Geräusche, die sie längst gewohnt war.

Was also hatte sie aufgestört?

Sie stand auf und glitt leise durch die Vorhänge um ihr Schlafabteil. Alles war still, niemand schlich umher, und...

Doch. Da war jemand.

Jemand stand an der Tür des Schlafsaals, und während Helewise zusah, stieg die schlanke Gestalt die ersten zwei Stufen hinab.

Barfuß eilte Helewise durch den Raum, blieb in der Tür stehen und hielt sich am Türpfosten fest. Die Gestalt hatte jetzt die drittletzte Stufe erreicht, schlanke Hände hielten das Geländer umklammert, der Körper war vorgeneigt, angespannt, als strebte sie mit ihrem ganzen Wesen dem Ziel ihrer konzentriertesten Aufmerksamkeit zu.

Als strebte sie dem Wald zu.

Und während Helewise sie beobachtete, begann Caliste wieder mit ihrem schauerlichen, geisterhaften Summen.

Es war beim zweiten Mal keineswegs weniger aufwühlend, dachte Helewise, tatsächlich eher noch stärker. Der unheimliche Anblick des hellen Mondlichts über der bedrohlichen Finsternis der Bäume, verbunden mit der noch lebhaften Erinnerung an die kürzlichen Geschehnisse, weckten in der Äbtissin eine tiefe Furcht.

Doch ob Furcht oder nicht, es war eine recht kalte Nacht, und es konnte weder Caliste noch ihr guttun, da draußen auf den Stufen zu stehen.

Nachdem der gesunde Menschenverstand ihre phantastischen Gedanken verjagt hatte, nahm Helewise sich energisch zusammen und stieg die Stufen hinab, bis sie Caliste sanft beim Arm ergreifen konnte. »Komm, Kind«, sagte sie leise, »komm in dein Bett zurück. Es ist zu kalt, um nur im Hemd hier draußen zu stehen.«

Calistes Summen stockte, dann verstummte es. Sie wandte sich mit weit aufgerissenen Augen Helewise zu und schien durch sie hindurchzublicken.

»Schwester Caliste, bist du wach?« flüsterte Helewise. Es kam keine Antwort. Das Mädchen stetig am Arm ziehend, führte Helewise sie in den Schlafsaal zurück und durch den ganzen Raum zu ihrem Bett. Dort legte sich die Novizin wie ein gehorsames Kind nieder und schloß die Augen. Helewise deckte sie gut zu, dann zog sie den Vorhang vor und überließ das Mädchen dem Schlaf.

Helewise bemerkte, daß sie die Schlafsaaltür offengelassen hatte; mit einem ärgerlichen Seufzer über ihre Nachlässigkeit ging sie zurück, um sie zu schließen.

Dabei hörte sie erneut das Summen.

Jetzt war es leiser und womöglich noch beunruhigender.

Denn obwohl es dieselbe verwirrende Melodie war, die Caliste gesummt hatte, und in derselben überirdischen Tonart, kam sie vom Wald herüber.

Irgendwo da draußen in jener unendlichen Finsternis hatte jemand Calistes seltsames Lied gehört. Und jetzt sandten sie eine Antwort zurück.

Am nächsten Tag war die Fähigkeit der Äbtissin, sich auf ihre Gebete und ihre Pflichten zu konzentrieren, stark eingeschränkt. Zum einen hatte sie sich vorgenommen, ein wachsames Auge auf Schwester Caliste zu halten, was an sich schon beunruhigend war, denn das Mädchen zeigte einen völlig geistesabwesenden Ausdruck; mit weit aufgerissenen Augen und ängstlich, war sie alles andere als ihr gewohntes ausgeglichenes und lächelndes Ich.

Als Helewise sie freundlich fragte, ob sie sich gut fühle – und, noch wichtiger, ob sie gut geschlafen habe, blickte das Mädchen sie mit einem verwirrten Stirnrunzeln an und antwortete: »Mir geht es gut, danke, Frau Äbtissin. Und ja, ich habe tief geschlafen. Warum?«

»Ach, ich dachte, du siehst ein bißchen blaß aus«, improvisierte Helewise.

Caliste lächelte sie herzlich an. »Wie gut Ihr für uns sorgt«, sagte sie leise.

Helewise brachte keine Antwort zustande. Gerade jetzt hatte sie das Gefühl, mindestens eine aus ihrer kleinen Gemeinschaft ziemlich schlimm zu vernachlässigen. Sie ließ Caliste bei ihrer Arbeit zurück – sie wusch schmutzige Verbände aus und hängte sie zum Trocknen in den kräftigen Sonnenschein, was laut Schwester Euphemia das beste war, um sie zur erneuten Verwendung tauglich zu machen – und ging wieder in ihr Zimmer. Wie es schien, überlegte sie, während sie den Hof überquerte, hatte Caliste keine Erinnerung an ihr Schlafwandeln.

Wodurch es irgendwie nur um so seltsamer wurde.

Daß Helewise sich so mit Caliste beschäftigte, bedeutete, daß sie trotz besten Bemühens nicht imstande war, sich die Erinnerung an die unheimliche Szene aus dem Kopf zu schlagen, die sie am Abend vorher miterlebt hatte. Zeitweise glaubte sie sogar, noch das Echo jenes alles andere als menschlichen Summens zu hören…

Und als wäre das noch nicht genug der Sorge, war da auch noch Esyllt. Eine gänzlich veränderte Esyllt seit dem Mord im Wald, und Helewises Gewissen plagte sie unaufhörlich, endlich den Grund herauszufinden.

Als Helewise sie noch einmal im Altenheim besuchte, merkte sie, daß Esyllt abgenommen hatte. Sie war immer noch eine stattliche, kräftige junge Frau, doch ihr Gesicht war schmaler geworden. Und da war noch etwas… Ja. Helewise, die beobachtete, wie Esyllt zur Begrüßung auf sie zukam, nickte leicht.

Esyllt hatte die stolze Haltung verloren, die ihre Schultern aufgerichtet und ihre prächtige Figur zur Schau gestellt hatte. Jetzt bewegte sie sich, als läge ein Joch auf ihrem Rücken. Zudem ein Joch, das eine schwere Last trug.

»Frau Äbtissin?« sagte Esyllt, nachdem sie ihren Knicks gemacht hatte. »Wolltet Ihr mit Schwester Emanuel sprechen? Sie ist eben mit dem alten Bruder Josiah hinausgegangen, und…«

Helewise hob abwehrend die Hand. »Nein, Esyllt. Dich wollte ich aufsuchen.«

»Oh.«

Es war erstaunlich, dachte Helewise flüchtig, wie man so viel Gefühl in diese kurze Antwort legen konnte. »Ich habe mich gefragt, ob du vielleicht reden möchtest, über…«, begann sie.

Dann stockte sie. Sie hatte diesen Weg der Annäherung schon einmal versucht und keinen Erfolg damit gehabt. Warum hätte sie erwarten sollen, daß er diesmal zum Ziel führte? Statt dessen trat Helewise näher an Esyllt heran, breitete die Arme aus und drückte das Mädchen fest an sich.

Einen Augenblick lang schien Esyllt darauf zu reagieren. Sie ließ sich an Helewises Brust sinken und schluchzte auf.

»Schon gut, mein Kind«, sprach Helewise leise auf sie ein. »Schon gut.« Sie hob die Hand und strich dem Mädchen über das Haar. »Ich will dir doch helfen«, fuhr sie immer noch mit leiser Stimme fort. »Es ist mir schrecklich, dich so leiden zu sehen, und…«

Doch Esyllts kurzer Moment der Schwäche war vorüber.

Sie richtete sich auf, machte sich von Helewise los, fuhr sich mit der Hand über die Augen und sagte: »Ich danke Euch, Frau Äbtissin, aber Ihr könnt da nichts machen.« Sie drehte sich um und fügte für sich an: »*Niemand* kann da was machen.«

Helewise sah ihr nach, als sie forteilte.

Dann ging sie hinaus, um Schwester Emanuel zu suchen.

Die Nonne saß auf einer Bank neben einem sehr alten Mann in Mönchskutte. Sie hielt seine Hand und wischte ihm hin und wieder mit einem fleckenlosen Stück Leinen Tränen von den Wangen.

Als sie die Äbtissin sah, machte sie Anstalten, sich von dem Greis zu lösen und aufzustehen. Helewise hieß sie mit einer Geste, zu bleiben, wo sie war; der alte Mönch schien sie nicht bemerkt zu haben.

Sie setzte sich an Schwester Emanuels andere Seite. »Was hat er denn?« fragte sie leise.

Schwester Emanuel streifte den alten Mann mit einem

liebevollen Blick. »Eigentlich nichts«, antwortete sie mit ihrer normalen Stimme. »Keine Sorge«, fuhr sie fort, »Bruder Josiah hört nicht gut. Übrigens sieht er auch nicht gut.« Sie seufzte. »In dem hellen Licht tränen ihm die Augen, Frau Äbtissin, das ist alles.«

Helewise nickte. Ihr fiel im Moment nichts zu sagen ein.

»Er spürt gern den Sonnenschein auf dem Gesicht«, bemerkte Schwester Emanuel. »Das ist genaugenommen die einzige Freude, die ihm noch bleibt, deshalb lasse ich sie ihn so oft genießen, wie es sich einrichten läßt.«

Es entstand eine kurze Pause. Dann sagte Schwester Emanuel: »Habt Ihr mich gesucht, Frau Äbtissin?«

Auch Helewise genoß die Sonne auf ihrem Gesicht. Mit Mühe kehrte sie zu dem gegenwärtigen Problem zurück.

»Ja, Schwester. Ich bin um Esyllt besorgt.«

»Wie ich«, bestätigte Schwester Emanuel. »Sie ist…« Sie runzelte die Stirn, als sei sie sich nicht sicher, wie sie sich ausdrücken sollte. Nach mehreren Sekunden fuhr sie fort: »Es ist, als schmachte sie dahin. Sie ißt nicht, schläft auch nicht gut, glaube ich. Über ihre Arbeitsleistung kann ich nicht klagen; ja, sie rackert sich fast zu sehr ab. Aber die Qualität hat sich verändert.« Schwester Emanuel seufzte leise auf. »Es spricht nicht für meine Nächstenliebe, daß ich jemand kritisiere, der gewiß in tiefer Not ist, aber Frau Äbtissin, ich muß Euch alle Beobachtungen mitteilen, die ich gemacht habe.«

»Ja, ich bitte darum«, drängte Helewise. »Fahre fort.«

»Esyllt hat ihre besondere Gabe verloren«, stellte Schwester Emanuel bekümmert fest. »Sie strahlte immer soviel Freude aus, daß sie sich sogar Menschen wie ihm mitteilte, die kaum sehen noch hören können.« Sie wies auf Bruder Josiah, der vor sich hin mümmelnd neben ihr saß. »Aber jetzt…« Sie vollendete ihren Satz nicht.

»Als schmachte sie dahin«, wiederholte Helewise.

»Frau Äbtissin?«

»Das hast du doch gesagt. Aber wonach schmachtet sie, Schwester Emanuel?«

Schwester Emanuel warf ihr einen traurigen Blick zu. »Frau Äbtissin, ich weiß es wirklich nicht.«

Bei der Sext, nach einem Vormittag, an dem sie nach ihrem Eindruck absolut nichts erreicht hatte, außer Kopfschmerzen zu bekommen, versuchte die Äbtissin nun sich zusammenzureißen. Um Weisheit und Seelenstärke betend, verdrängte sie ihre eigenen Probleme aus ihren Gedanken und öffnete sich dem Herrn. Mit dem Erfolg, daß sie, als sie die Klosterkirche verließ, endlich wußte, was sie zu tun hatte.

Vielleicht war noch Zeit…

Josse, mitten an einem warmen und faulen Nachmittag gestört, war überrascht, Bruder Saul in den Hof von Neu Winnowlands einreiten zu sehen. Noch überraschter war er, als Saul seine Botschaft ausrichtete.

»Jetzt?« rief Josse.

»Ja«, sagte Bruder Saul. »Na ja, wenn es nicht ungelegen kommt.«

»Warum die Eile?«

Bruder Saul zuckte mit den Achseln. »Das hat sie nicht gesagt.«

»Hm.« Sonderbar, dachte Josse, als er Saul vorgeschickt hatte, um zu melden, daß er unterwegs sei, und jetzt die paar Habseligkeiten einpackte, die er für ein, zwei Nächte außer Haus benötigen würde. Immer noch darüber rätselnd – und nicht wenig neugierig –, rief er Will zu, sein Pferd zu satteln, und nicht lange, nachdem Saul aufgebrochen war, folgte er ihm auf dem Weg.

Josse hatte nicht mehr und nicht weniger Interesse für die Mondphasen als jeder beliebige andere Mensch. Vor zwei

Nächten war ihm aufgefallen, daß nicht viel an Vollmond fehlte, doch da seine Beobachtung nur flüchtig gewesen war, hätte er nicht sagen können, ob es ein zunehmender oder abnehmender Mond war.

Während Josse nach Hawkenlye ritt und unterwegs Bruder Saul einholte, so daß sie die letzten Meilen in geselligem Gespräch zurücklegten, wandte er keinen einzigen Gedanken an die Mondphasen.

Doch ob Josse sich dessen bewußt war oder nicht, heute Nacht würde Vollmond sein.

Und auch wenn Josse es nicht wußte, andere wußten es.

VIERZEHNTES KAPITEL

»Ihr schlagt vor, daß wir was machen?«

Josse konnte es kaum glauben. War die Äbtissin Helewise krank? Litt sie an irgendeiner sonderbaren Geistesverwirrung? Er starrte sie an, ob er ein Anzeichen dafür erkennen könne, doch sie sah so ziemlich wie immer aus. Ein leichtes Stirnrunzeln schien sich zwischen den weit auseinanderstehenden Augen eingenistet zu haben, doch davon abgesehen, wirkte sie gelassen, durchaus Herrin der Situation.

»Ich habe die Absicht, heute nacht in den Wald zu gehen«, sagte sie, »und wie ich soeben bemerkt habe, halte ich es für eine gute Idee, daß Ihr mich begleitet.« Ihre Augen richteten sich auf die seinen, und flüchtig offenbarten sie den Schatten eines Lächelns. »Das heißt, sofern Ihr dazu bereit seid, Sir Josse, in Anbetracht der jüngsten gewalttätigen Vorkommnisse. Ich hätte natürlich durchaus Verständnis dafür, wenn Ihr ablehnt, und ich…«

»Ich habe nicht abgelehnt!« Mit unterdrücktem Zorn schlug er mit der Faust an die Wand ihres Zimmers.

Großer Gott, hier übernahm sie sich wahrhaftig! »Selbstverständlich lasse ich Euch nicht allein gehen, Frau Äbtissin, aber…«

»Ach, das ist gut«, sagte sie mild.

»Was ist gut?«

Sie hob ihre unschuldige Miene zu ihm auf. »Nun, daß Ihr eingewilligt habt, mit mir zu kommen!«

»Frau Äbtissin, wartet nur einen Augenblick!« Er bemühte sich, schnell zu überlegen, sich zurechtzulegen, wie er am besten seine abgrundtiefe Mißbilligung ihres Vorhabens in Worte fassen könnte, die sie womöglich von ihrem törichten Unternehmen abhalten würden.

Er durchmaß das Zimmer, stützte sich mit den Händen auf ihren Tisch und sagte: «Äbtissin Helewise, im Wald ist es äußerst gefährlich. Zwei Männer sind da getötet worden, und wenn Sheriff Pelham auch glaubt, daß er einen Mörder sicher hinter Schloß und Riegel hat, bleibt immer noch das Problem des ersten Todesfalls!«

»Das ist mir klar«, sagte sie mit einer ungewohnten Kälte in der Stimme. »Jedoch ich…«

»Und trotzdem erklärt Ihr mir, all dessen ungeachtet sollen wir zwei heute nacht einen Ausflug in den Wald machen!« brach sein Zorn hervor. »Zu welchem Zweck denn, bitte? Um gründlich herumzuschnüffeln und zu sehen, wie lange es dauert, bis wir einen Speer in den Rücken bekommen?«

»Vor ein paar Wochen habt Ihr nicht auf mich gehört, als ich Euch mit demselben Argument davon abzuhalten versuchte, in den Wald zu gehen«, bemerkte sie. »Ihr sagtet, wenn ich mich recht erinnere, daß Ihr bewaffnet sein würdet und auf der Hut und deshalb vollkommen in Sicherheit.«

»Und das war ich auch!« gab er hitzig zurück.

»Warum seid Ihr jetzt also nicht sicher?« wollte sie wissen.

174

»Weil…«

Er stockte. Ja, natürlich. Das war der springende Punkt. Und da sie das bereits erkannt hatte, stellte das den Grund dar, weshalb sie so streitlustig war.

»*Ich* wäre genauso sicher«, sagte er nach einer Pause. »Aber ich bin nicht bereit, *Euer* Wohlergehen aufs Spiel zu setzen.«

»Es kommt Euch nicht zu, diese Entscheidung zu treffen«, entgegnete sie kühl. »Als Äbtissin von Hawkenlye habe ich die Verantwortung für meine Nonnen und meine Laiendiener. Zwei meiner Frauen leiden, sie leiden tief, und es ist meine Pflicht, zu tun, was ich kann, um ihre Not zu lindern.«

»Indem Ihr einen schlecht vorbereiteten und tollkühnen nächtlichen Vorstoß in den Wald unternehmt?« schrie er.

»Jawohl!« schrie sie zurück. »Versteht Ihr denn nicht, daß sich der Schlüssel zu alledem im Wald befindet?«

Er war sich gar nicht sicher, daß es so war. Und selbst wenn sie recht hätte, mußte er sie von diesem unsinnigen Vorhaben abhalten. Lieber Gott, es war unmöglich! »Es wird Euren jungen Frauen nicht helfen, wenn Ihr umgebracht werdet!« rief er.

»Ich habe absolut nicht die Absicht, mich umbringen zu lassen«, sagte sie. »Warum sollte mich überhaupt jemand umbringen?«

»Sie haben Hamm Robinson umgebracht.« Gegen den selbstgerechten Beiklang in seiner Stimme konnte er nichts machen.

Sie stieß einen gereizten Seufzer aus. »Hamm Robinson war ein anderer Fall.«

»Wieso, bitte?«

»Er…« Sie unterbrach sich. Dann folgte in versöhnlicherem Ton: »Kommt heute nacht mit mir, Sir Josse, und ich zeige es Euch.«

Kommt mit mir! Lieber Gott, wie war sie doch entschlossen! Wenn er nicht aufpaßte, würde er sich heute nacht im sicheren Schutz der Abtei Hawkenlye befinden, während sie ganz allein in den Wald ging.

»Kann ich nichts sagen, was Euch davon abbringt?« fragte er ruhig.

»Nichts.«

Er fuhr sich mit den Händen übers Gesicht. »Also gut.«

»Ihr kommt mit?« Es klang, als könne sie es kaum glauben.

Er ließ die Hände sinken und sah sie an. »Ja.«

Ganz sicher war er sich nicht, aber ihm war, als entspannte sie sich in ihrer Erleichterung ein klein wenig.

Helewise hatte angenommen, er werde nicht nachgeben, bevor er einen letzten Versuch gemacht hätte, sie von ihrem Vorhaben abzubringen, und sie hatte recht gehabt. Er verhielt sich still, während sie zu Abend aßen – eingedenk der nächtlichen Aufgabe, die ihnen bevorstand, hatte es ihr keine Gewissensnöte bereitet, für sich und Josse reichliche Portionen des Hasenragouts mit Gemüse zu bestellen –, und als sie, wieder in der Zurückgezogenheit ihres Zimmers, einen belebenden Becher Wein tranken, war es ihm gelungen, sich auf Bemerkungen der Art zu beschränken, wie sie höfliche Fremde austauschen, wenn sie sich auf der Landstraße treffen.

Sie entschuldigte sich und suchte zur Mette die Klosterkirche auf, wo sie sich angestrengt bemühte, den Kopf von allen Gedanken an das bevorstehende Abenteuer frei zu machen. Inmitten der machtvollen Atmosphäre der Kirche am späten Abend spürte sie sich mit einem Mal von einer Woge von Mut durchströmt; wäre sie nicht bereits unzweideutig zu dem Schluß gekommen, daß das, was sie vorhatte, richtig sei, hätte dieses Zeichen göttlicher Zustimmung sie gewiß überzeugt.

»In Deiner Weisheit hast Du diese gequälten Frauen meiner Obhut anvertraut, o Herr«, betete sie leise. »Lieber Gott, laß es nicht zu, daß ich sie jetzt enttäusche.« Nach einer sekundenlangen Pause fügte sie an: »Laß es nicht zu, daß ich Dich enttäusche.«

Als sie etwas später zu Josse zurückkehrte, stellte sie fest, daß er in den Kreuzgang herausgetreten war, um auf sie zu warten. Und als sie näher kam, sprach er bereits die Worte, die er wohl inzwischen einstudiert hatte: »Frau Äbtissin, wollt Ihr es Euch bitte nicht noch einmal überlegen?«

Sie ließ ihn tapfer anfangen, dann hob sie freundlich eine Hand, um ihn zu unterbrechen. »Sir Josse«, sagte sie ruhig, »es ist nutzlos.«

»Aber…«

Er starrte erbost auf sie herab, das Gesicht nahe dem ihren. Als hätte er ihr endlich die Entschlossenheit von den Augen abgelesen, zuckte er leicht mit den Achseln. »Also gut«, sagte er seufzend. »Ich lehne die Verantwortung für Euch ab.«

»O nein, Sir Josse«, gab sie zurück. »Das tut Ihr ganz bestimmt nicht.« Sie fuhr fort, wohl wissend, daß sie ihn neckte: »Wenn Ihr noch eine Moralpredigt daranhängen müßt, wie wäre es mit: Das habt Ihr selbst zu verantworten?«

Seine einzige Erwiderung war ein Knurren.

Wie sie feststellte, hatte er sich betätigt, während sie bei der Andacht war. Er hatte ein Bündel geschnürt, darin zwei Decken, etwas Brot und Wasser, und ganz unten lag eingewickelt ein Gegenstand, der ihrer Meinung nach sehr nach einer kleinen Waffe aussah; vielleicht ein Dolch. Sie starrte ihn ein oder zwei Sekunden lang an. Doch jetzt, das sah sie ein, war nicht der richtige Augenblick, ihn an die Regel zu erinnern, keine Waffen in die Abtei mitzubringen.

177

»Ihr seid warm angezogen?« fragte er, als sie bei inzwischen völliger Dunkelheit und gerade aufgehendem Vollmond endlich aufbrachen. »Jetzt ist die Luft noch warm, aber später kühlt es ab.«

»Ganz sicher«, sagte sie. Sie hatte denselben Gedanken gehabt und sich die Zeit genommen, ihr Schlafabteil aufzusuchen und unter ihrem Nonnengewand ein warmes wollenes Hemd anzuziehen.

Er nickte.

Sie verließen die Abtei durch das Haupttor. Der Wald, in dessen seltsame und geheimnisvolle Tiefen sie sehr bald ihre zaghaften Schritte lenken würden, zeichnete sich bedrohlich vor ihnen ab. Helewise bemerkte, daß Josse in die jetzt unbesetzte Loge der Pförtnerin glitt; als er zurückkam, hing sein schweres Schwert an seiner linken Seite.

Noch mehr als der im Bündel versteckte Dolch löste dieser Anblick bei ihr einen Schauder von Furcht aus.

Er schien den Weg zu kennen.

Sie folgte dicht hinter ihm – eine günstige Position, denn abgesehen von allem anderen bedeutete es, daß es ihr hinter seinem Rücken möglich war, die Röcke hochzuraffen und dennoch der Schicklichkeit genüge zu tun – und war bald beeindruckt, wie vertraut er mit den Pfaden und Wegen des Großen Waldes war.

Der Mond stand jetzt schon höher und gab genügend Licht, so daß ihre Wanderung einigermaßen bequem vor sich ging; diese Unternehmung wäre in einer dunklen oder wolkenverhangenen Nacht unmöglich gewesen, dachte sie, während sie Josse vorsichtig eine gefährliche Brombeerranke aus der Hand nahm, deren Dornen eine Wange hätten aufschlitzen können. Es war erstaunlich, überlegte sie, wie sich die Augen an die Dunkelheit anpaßten, denn während sie gleich nach dem Verlassen der

Abtei nur undeutliche Umrisse hatte erkennen können, sah sie jetzt sogar Einzelheiten. Diesen kleinen ins Unterholz auslaufenden Tierpfad zum Beispiel und dort die riesige Buche, deren Wurzelgewirr an der Böschung halb frei lag, und...

Josse war ohne Warnung stehengeblieben, und sie prallte gegen ihn.

»Verzeihung!« sagte sie, »aber...«

»Pst!« Er sah sie rasch an, ein wenig schuldbewußt, weil er sie so abrupt zum Schweigen gebracht hatte.

»Schon gut.« Auch sie sprach jetzt leise. »Was ist?«

Er stand ganz still und drehte den Kopf erst in die eine, dann in die andere Richtung. Sie wartete. Nach einigen Augenblicken zuckte er leicht mit den Achseln und sagte: »Ich weiß nicht. Wahrscheinlich nichts. Gehen wir weiter?«

»Ja.«

Sie merkte, daß er sich jetzt vorsichtiger bewegte, obwohl er vorher nicht eben leichtsinnig oder laut gewesen war. Er blieb oft stehen, drehte wieder den Kopf, und ihr wurde klar, das er horchte.

Worauf?

Ach, lieber Gott, nicht auf den Gesang! Bitte nicht!

Für einen Augenblick in größter Angst, umklammerte sie das hölzerne Kreuz, das ihr um den Hals hing.

Doch dann sprach eine ruhige Stimme in ihrem Kopf, was hast du denn erwartet? Du hast den Gesang gehört, und du weißt, daß er aus diesem Wald kam. Ist es nicht mehr als wahrscheinlich, daß du ihn bald wieder hörst?

Sie tat einen tiefen Atemzug, dann noch einen.

Es half. Sie hatte immer noch Angst, doch zumindest fühlte sie, daß sie sich in der Gewalt hatte.

Flüchtig fragte sie sich, als sie sich wieder hinter Josse in Bewegung setzte, ob er seinen Talisman trug. Irgendwie hielt sie es für möglich.

Sie befanden sich jetzt tief im Wald. Nach ihrer Schätzung waren sie etwa zwei Meilen oder etwas mehr vorangekommen. Vermutlich mehr; es war schwer zu sagen, weil sie so oft stehenblieben, doch wenn sie sich bewegten, waren sie rasch ausgeschritten. Trotz allem hatte sie mit einem Teil ihres Wesens das reine Vergnügen harter körperlicher Ausarbeitung genossen. Es mußte Jahre her sein, dachte sie, seit sie so dahingewandert war, tief atmend, mit schwingenden Armen und ausgreifenden Schritten. Nonnen in einem Kloster gingen nicht so.

Das erinnert mich, dachte sie fröhlich, an Ausflüge mit dem lieben alten Ivo.

Ihr verstorbener Mann war auch gern straff gewandert. Oft, wenn die Anforderungen ihres vielbeschäftigten Lebens für ein paar Stunden nachgelassen hatten, waren sie zu zweit losgezogen und...

»Horcht!« sagte Josses leise Stimme direkt neben ihr. »Was?«

Er war wieder stehengeblieben, offenbar am Ende eines langen und gewundenen schmalen Pfades tief zwischen den Bäumen; sie waren schon einige Zeit seinem gut getarnten Verlauf gefolgt. Er zog sie in den Mondschatten einer großen Eiche zurück und sagte, den Mund an ihrem Ohr: »Könnt Ihr es auch hören, oder bilde ich es mir ein?«

Sie hielt den Atem an und lauschte, bemüht, Josses Geräusche neben sich auszugrenzen.

Zunächst war da nichts. Der Wind in den Wipfeln hoch oben und ein leises fernes Rascheln, rasch abgebrochen, als wäre ein kleines Tier schutzsuchend dahingehuscht und hätte seinen Bau erreicht.

Sie wollte gerade verneinend den Kopf schütteln, als sie es hörte.

Nur einen kurzen, abgerissenen Klang, den auch das tanzende Laub über ihnen hätte hervorbringen können.

Doch dann kam es wieder. Dieselbe Tonfolge wiederholte sich, wieder und noch einmal, jedes Mal eine Idee lauter.

Und dann, in einer makabren und verfrühten Parodie des Chores zum Tagesanbruch, der noch viele Stunden entfernt war, nahmen weitere Kehlen den Gesang auf. Die ursprüngliche Tonfolge wiederholte sich, aber jetzt erweitert, ausgearbeitet, kompliziert, zum Anfang umkehrend und höher, höher steigend, so hoch, daß sie beinahe den Bereich des menschlichen Hörvermögens verließ, nur um in einen tiefen, dröhnenden Bariton abzustürzen, der wie eine ferne Trommel pulsierte.

Dann riß es ab.

Helewise spürte, wie ihr der Angstschweiß den Rücken hinunterlief, begleitet von einem heftigen Schauder, bei dem sich ihr Haar zu sträuben schien. In atavistischer Furcht wollte sie sich auf die Erde kauern, sich zusammenrollen, sich in einer kleinen dunklen Nische verkriechen, wo sie sicher wäre, wo man sie nicht finden würde. Doch gerade als der Drang, sich zu verstecken, unwiderstehlich wurde, beugte sich Josse dicht zu ihr und sagte ruhig: »Frau Äbtissin, anscheinend hattet Ihr doch recht, und die Antworten auf alle unsere Fragen liegen womöglich direkt vor uns.«

Es gelang ihr, in annähernd ihrem gewohnten Ton zu sagen: »Gewiß.«

Hatte er es gewußt? Hatte er ihre ungeheure Furcht bemerkt und so zu ihr gesprochen, um ihr zu helfen, sie zu überwinden?

Daß er sie mit ihrem Titel anredete, hatte gewirkt, dachte sie und spürte, wie mit jeder Sekunde ihre Kraft zurückkehrte. Es hatte sie in jenem Moment der Schwäche daran erinnert, wer und was sie war. An ihre Verantwortlichkeiten. Und, noch wichtiger, daran, was sie da mitten im Wald tat, wo sie eigentlich sicher in ihrem Bett liegen müßte.

Es gilt, Antworten zu finden, sagte sie sich fest. Und Sir Josse und ich werden das tun.

Sie flüsterte: »Was machen wir jetzt?«

Nach angestrengter Konzentration auf die freie Fläche, die vor ihnen lag, wandte er sich wieder zu ihr und flüsterte zurück: »Wir sind nahe bei dem Hain, wo die zwei gefallenen Eichen liegen und wo Hamm den Schatz entdeckt hat. Ich glaube, er hat hier im Wald einige Bedeutung, und ich meine, wir sollten versuchen, näher heranzukommen.«

»Gut. Ich wollte Euch gerade sagen, ich...« Doch jetzt war nicht der richtige Augenblick, und als Antwort auf seine fragend hochgezogenen Augenbrauen schüttelte sie den Kopf.

Er rückte das Bündel auf dem Rücken höher und wollte gerade weitergehen, als er zögerte. Er sah sich rasch zu ihr um und warnte: »Sie – wer immer es auch ist – könnten in dem Eichenhain sein. Wir müssen uns vollkommen stumm verhalten.«

Sie lächelte im Dunkeln. »Das ist mir klar. Ich will still sein wie das Grab.«

Erst als sie hinter ihm herzuschleichen begann, wünschte sie, sie hätte ein anderes Wort als »Grab« gebraucht.

Die nächste Meile schien sich furchtbar langsam hinzuziehen. Sie richtete sich nach seinem Beispiel, ging ganz behutsam, prüfte jeden Schritt, bevor sie ihn wirklich ausführte, vergewisserte sich, daß kein knackender Zweig sie verriet. Es war nervenzermürbend.

Endlich blieb er erneut stehen. Wieder befanden sie sich am Rand einer freien Fläche, doch diesmal einer viel größeren. Und als Helewise um die beruhigend massigen Schultern Josses herum lugte, konnte sie auf dem kurzen Rasen zwei mächtige gefällte Eichen liegen sehen.

Doch von den Bäumen abgesehen, war die Lichtung leer.

Josse ging weiter voran und spähte in die Schatten, die

die mondbeschienene Fläche umringten. Plötzlich stieß er einen leisen Ruf aus, und als er zu ihr zurückkam, sah sie ihn grinsen.

»Sie sind vor uns«, sagte er leise, als er wieder direkt neben ihr stand. »Auf einer zweiten Lichtung, hier entlang.« Er wies ihr die Richtung.

Sie hielt Ausschau, konnte aber nichts sehen. »Wo?«

Er packte sie bei den Schultern und schob sie sanft in Richtung der offenen Fläche. »Geht dahin, wo die Bäume lichter werden, und schaut nach links«, wies er sie an.

Sie folgte seinem Hinweis. Als sie in das Dunkel eines scheinbar undurchdringlichen Dickichts aus alten Bäumen, jungen Bäumen und dichtem, struppigem Unterholz starrte, sah sie, was er gesehen hatte.

Einen Lichtschein.

Schwach, als hätte man eine einzelne Kerze entzündet oder vielleicht ein kleines und mit Bedacht klein gehaltenes Feuer. Doch in der menschenleeren Dunkelheit ein seltsamer Anblick.

Sie wollte gerade zu ihm zurückkehren, ihn fragen, wie sie seiner Meinung nach nun vorgehen sollten, als ihr etwas auffiel.

Dieses Licht… Es war, als hätte man es für den Bruchteil einer Sekunde gelöscht und dann genauso schnell wieder angezündet. Während sie mit angestrengt zusammengekniffenen Augen hinstarrte, geschah es wieder.

Was war das? Konnte es sein…

Dann wußte sie Bescheid.

Wenn man darüber nachdachte, lag die Ursache für den Blinkeffekt auf der Hand. Eine Ursache, die auch erklärte, warum er sich dauernd wiederholte.

Jemand bewegte sich zwischen Helewise und der Lichtquelle.

Dort in jenem verborgenen Hain waren noch mehr Menschen unterwegs.

Sie hatte gewußt, daß sie da draußen sein mußten – was war sonst der Zweck dieses ganzen Unternehmens, als sie zu finden? –, trotzdem bekam sie angesichts menschlicher Bewegungen in solcher Nähe heftiges Herzklopfen.

Erneut brach eine Welle von Angst über sie herein, mit der Geschwindigkeit und der unwiderstehlichen Kraft der Flut an einem flachen Sandstrand. Und Helewise vergaß darüber, daß sie sich still verhalten sollte, und stürzte die paar Schritt zurück an Josses Seite, als wäre sie selbst in Gefahr, davongeschwemmt zu werden.

Fünfzehntes Kapitel

Leise wie Geister bewegten sie sich um die Lichtung, hielten sich im Schatten, drückten sich eng an die am Rand stehenden Eichen.

Als sie an der Stelle vorbeikamen, wo Josse die alte Tempelruine entdeckt hatte, überfiel ihn der Gedanke, ich bin noch nie tiefer im Wald gewesen als bis hierher.

Neben allem anderen war das ein ganz neuer Anlaß zur Besorgnis. Und war es auch unlogisch, irgendwie ängstigte ihn gerade der am meisten.

Die Äbtissin, dachte er, mehr um seine Gedanken von seinen Befürchtungen abzulenken als aus jedem anderen Grund, folgte seinem Befehl, sich noch lautloser zu bewegen. Hätte er nicht ganz genau gewußt, daß sie hinter ihm herschlich, hätte er es nie erraten. Sie bewegte sich, als hätte sie eine Spezialausbildung für lautlose nächtliche Operationen hinter sich, und verursachte keinerlei Geräusch. Ein- oder zweimal mußte er der Versuchung widerstehen, sich umzudrehen und sich zu vergewissern, daß sie noch bei ihm war.

Er hätte auch nie geglaubt, daß eine Nonne sich so gut

auf anstrengende körperliche Bewegung einstellen konnte; bei dem Tempo, das er angeschlagen hatte, machte er keinerlei Zugeständnisse an die Tatsache, daß er eine Frau bei sich hatte, nicht so sehr aus bewußter Rücksichtslosigkeit, sondern eher, weil er gar nicht auf den Gedanken gekommen war. Nach seiner Erfahrung neigten Angst und angespannte Konzentration dazu, einem die Höflichkeiten und feinen Manieren aus dem Kopf zu schlagen.

Hatte sie Angst? Er würde nicht weniger von ihr halten, wenn es so wäre. Wie könnte er das, wo er doch selbst Furcht empfand? Falls sie Angst hatte, ließ sie es sich nicht anmerken, was an sich schon tapfer war. Wie ein vorgesetzter Befehlshaber vor langer Zeit Josse einmal erklärt hatte, wo keine Angst ist, gibt es keinen Mut.

Sie hatten beinahe die gegenüberliegende Seite der Lichtung zwischen den Eichen erreicht. Josse drang in das dichte Unterholz ein und hielt angestrengt Ausschau nach noch so geringfügigen Hinweisen auf einen Pfad. Wenn sich zwischen den Bäumen überhaupt keine Lücke fand, wie sollten sie vorankommen?

Doch da war eine Lücke. Kaum der Bezeichnung Pfad würdig, führte eine dünne Spur in das Dickicht. Josse zwängte sich durch hohes, üppiges Farnkraut, das, wie er bald entdeckte, ebenso dichtes Dorngestrüpp verbarg, immer weiter in Richtung des Lichtscheins.

Nach quälend langer Zeit, während sie sich mühsam voranarbeiteten, immer mit dem Gedanken an das zwingende Gebot der Lautlosigkeit, begann sich endlich das Unterholz zu lichten. Als Josse vorausblickte, konnte er helles Mondlicht sehen; sie näherten sich wieder einer Lichtung.

Die Bäume, die darauf zuführten und sie umgaben, waren uralt und hochgewachsen und standen weit genug auseinander, um zwischen sich zahlreichen jungen Bäumen Raum zu lassen. Josse dachte verwundert: Man kann geradezu ein Muster darin entdecken, als hätte sie vor Urzeiten jemand mit der Absicht gepflanzt, eine Allee anzulegen. Als hätte jemand den Wunsch gehegt, diesem Weg, der zu dem heiligen Hain führte, eine besondere Ehre zu erweisen, indem er ihn mit einer Doppelreihe des heiligsten aller Bäume markierte...

Denn die Bäume, die die Lichtung vom übrigen Wald trennten, waren ohne Ausnahme Eichen.

Josse wählte einen Baum aus, der einen dickeren Stamm als seine Gefährten hatte, schlich sich heran, und die Äbtissin folgte. Sie drückten sich an die rauhe Rinde und starrten auf die mondbeschienene Fläche vor ihnen.

Eine, wie ihnen schien, lange Zeit über geschah nichts.

Das Feuer – auf einer Steinplatte genau in der Mitte der Lichtung – brannte hell, und das gelegentliche Prasseln ließ sie beide zusammenzucken. Daneben lag das dicke, schwere Rumpfstück eines Baumstamms, etwa so lang wie ein Mann, vielleicht der Überrest eines vor langer Zeit gefallenen Baumes. Als Josse daraufstarrte, kam ihm die sonderbare Vorstellung, der Stamm liege nicht infolge eines natürlichen Vorgangs da, sondern jemand habe ihn da *hingelegt*, nachdem man ihn nach der Vorschrift irgendeines uralten Rituals zugeschnitten und in Form gebracht hatte.

Unwillkürlich fielen ihm Sheriff Pelhams Worte ein. *Sie treiben allerlei Sachen, wenn Vollmond ist.* Und noch beunruhigender, *die Waldleute mögen keine unbefugten Eindringlinge, besonders nicht bei Vollmond.*

Waren sie das etwa, er und die Äbtissin? Unbefugte Eindringlinge, die im Begriff waren, Zeugen eines furchterregenden Ritus zu werden? Die im Begriff waren, die verbotene Übertretung zu begehen, derentwegen ein anderer Mann getötet worden war?

Bei dem Gedanken, wie leichtsinnig es war, was sie da taten – wozu er sich von der Äbtissin hatte überreden lassen –, fühlte sich Josse wie vor den Kopf geschlagen. Er drehte sich um und flüsterte: »Frau Äbtissin, wir dürften nicht hier sein, es ist…«

Doch was immer es sein mochte, es war zu spät.

Jemand war auf die Lichtung getreten.

Zu irgendeinem Zeitpunkt, während sie das folgende Geschehen beobachteten, mußte die Äbtissin Helewise seinen Arm ergriffen haben. Er hätte nicht genau sagen können, wann; sein einziger Gedanke, damals wie hinterher, war, wie heilfroh er war, daß sie es getan hatte. Hätte er nicht jene kleine menschliche Berührung gespürt, hätte er vielleicht sogar den geringen Rest von Verstand verloren, der ihn von einer Dummheit abzuhalten vermochte.

Eine Dummheit in der Art, auf das durch seinen Körper brausende Blut zu reagieren und als Antwort auf den machtvollen Ruf all dessen, was er sah, in die monderhellte Lichtung hinauszustürzen und darum zu bitten, mitmachen zu dürfen.

Sheriff Pelham, so absurd es auch war, hatte ganz recht gehabt.

Vor den verblüfften Augen Josses und der Äbtissin spielten sich, genau wie er gesagt hatte, unter dem Vollmond tatsächlich Dinge ab…

Es begann damit, daß eine einzelne, in ein Gewand gehüllte Gestalt die Lichtung einmal ganz umrundete. Es war unzweifelhaft eine Frau, denn abgesehen von dem langen grauweißen Haar, das ihr bis zur Leibesmitte den Rücken hinunterhing, hatte sie auch einen zierlichen, weiblichen Körperbau. Sie hielt einen Strauß irgendwelcher Kräuter oder samentragender Gräser in der Hand, und sie entzündete das getrocknete, spröde Blattwerk, indem sie es ins Feuer hielt. Während sie langsam dahinschritt, schwenkte sie den glimmenden Strauß hin und her und ließ Wolken von Rauch in die Nachtluft aufsteigen. Duftender Rauch – von starkem, beißendem Aroma.

Dreimal umrundete sie die Lichtung.

Dann legte sie den Rest ihres Kräuterbündels ins Feuer und ergriff einen langen, geraden Stab. Wie bei einem Tanz schreitend, umkreiste sie das Feuer und den Baumstamm, wobei sie irgendein Muster in die Erde ritzte.

Als sie damit fertig war, ging sie zum Rand der Lichtung und verschwand einen Augenblick zwischen den Bäumen. Als sie wieder ins Mondlicht hinaustrat, war sie nicht mehr allein.

Sie führte eine junge Frau an der Hand. In ein langes, fließendes Gewand aus durchsichtigem Stoff gekleidet, hatte das Mädchen, wie leicht zu sehen war, unter dessen Faltenwurf nichts weiter an. Auf dem Kopf, in das schimmernde Haar gedrückt, trug sie einen dicken geflochtenen Kranz aus Blättern, Gräsern und Blüten.

Als die Frau das Mädchen in die Mitte der Lichtung führte, blieb das Mädchen kurz stehen und hob das Gesicht zum nächtlichen Himmel auf. Die Strahlen des Vollmondes schienen auf sie herab, und im selben Augenblick fuhren Josse und die Äbtissin in Staunen und Entsetzen auf.

Es war Caliste.

Josse spürte die Anspannung der Äbtissin; ohne daß sie die geringste Bewegung gemacht hätte, war ihm klar, daß ein Beschützerinstinkt sie sogleich zum Handeln treiben würde. Er neigte den Kopf, so daß er leise in ihr rechtes Ohr sprechen konnte, und sagte so nachdrücklich er konnte: »*Nein.*«

Sie verstand. Und unmittelbar, nachdem er gesprochen hatte, spürte er, wie sie sich entspannte.

Sie winkte ihn wieder dicht zu sich heran und hauchte: »Das ist nicht…«

Nicht was? Er sollte es nicht erfahren, denn auf der Lichtung spielte sich etwas Neues ab.

Das Summen hatte wieder eingesetzt, begleitet von einem gleichmäßigen dumpfen Trommelschlag. Nach der Art, wie der Klang sich in sein Bewußtsein einschlich, vermutete Josse, er setze sich schon seit einer Weile leise fort. Die Lautstärke nahm rasch zu, und im selben Maße wandelte sich der Charakter der Musik. Jetzt weniger wie ein frommer Sprechgesang, mehr ein Singen, rein und lieblich, während die Melodie, zuerst im Widerstreit mit dem skandierenden Hintergrund und ihn dann überwindend, hervorbrach, als sänge der vollkommenste aller himmlischen Chöre.

Man hatte wohl das Feuer nachgelegt, denn der Rauch war jetzt dick, seine blassen Wolken breiteten sich über die ganze Lichtung aus und drangen unter die Bäume bis zu der Stelle, wo Josse und die Äbtissin standen. Er roch nach – wonach? Salbei und Rosen und etwas, das an Salböl erinnerte. Um die Feuerstelle herum erschienen und verschwanden in dem Maße, wie der Rauchvorhang sich verdichtete und wieder verzog, mit Gras umwundene Blumensträuße: Mohn, Tollkirsche und ein laubreiches Gewächs mit kleinen weißen Blüten, die Josse für Schierling hielt.

Der Gesang war jetzt viel lauter. Irgendwo außer Sicht zwischen den Bäumen mußte sich eine große Menschenmenge befinden, und...

Die Musik erreichte einen ohrenbetäubenden Höhepunkt und erstickte geradezu das Denkvermögen. Dann, mit einer Schroffheit, die den Ohren weh tat, brach sie ab.

In der völligen Stille der vom Mondlicht überströmten Lichtung führte die Frau das Mädchen zu dem Baumstamm. Auch ihn hatte man mit Blumen geschmückt, und am Kopfende stand ein Paar hohe Kerzen, die mit ruhiger Flamme brannten.

Es sah unverwechselbar nach einem Altar aus.

Die Frau half dem Mädchen, sich hinzulegen, und richtete ihr ein Blütenpolster her. Danach trat sie an das

Kopfende und faßte die ausgestreckten Hände des Mädchens mit einer Geste, die nach wohlmeinendem Beistand aussah.

Zu Anfang.

Dann, als der Griff der Frau zu den Handgelenken des Mädchens hinaufglitt, wollte sie eindeutig sichergehen, daß das Mädchen nicht entkommen konnte.

Der Gesang begann wieder. Jetzt war es nur eine einzelne Stimme, eine Frauenstimme, und sie kam vom Altar her.

Mit geschlossenen Augen brach das Mädchen in einen Sprechgesang aus.

Während ihre Stimme lauter und sicherer wurde, begann sie ihren Körper zu bewegen, wand sich mit angezogenen Knien und kreisenden Hüften von einer Seite zur anderen. Dann wölbte sie mit einem mächtigen Schrei den Rücken und spreizte die Beine weit auseinander.

Eine weitere Person war ins Mondlicht hinausgetreten. In Kutte und Kapuze gehüllt, verrieten nur die Größe und die breiten Schultern, daß sie männlich war; das Gesicht war tief in der Kapuze verborgen.

Er stellte sich an das Fußende des Altars.

Das Mädchen war auf diesem nach unten geglitten, und da die Frau immer noch ihre Handgelenke festhielt, waren ihre Arme voll ausgestreckt. Durch die Bewegung war ihr Gewand nach oben gerutscht, so daß sie von den vollen Brüsten bis zu den bloßen Füßen nackt war. Ihre gespreizten Beine hingen über den Rand des Baumstamms, auf dem sie lag, und ihr entblößter Unterleib befand sich für den stehenden Mann auf Höhe der Leibesmitte.

Selbst als offenkundig wurde, was gleich geschehen würde, schien es bereits begonnen zu haben. Der Mann hatte den Saum seiner weiten Kutte angehoben, so daß sie sich über den Bauch des Mädchens legte und verbarg, was er mit ihr tat, doch ob sichtbar oder nicht, es war klar, welche Handlung er vollführte. Sie nahm ihren Sprechgesang wieder auf, aber jetzt wie abgelenkt, mit häufigen Pausen, während sie sich ihm entgegenhob. Ihre Bewegungen wurden rasch frenetisch, und plötzlich war es vorbei.

Der Mann trat von ihr zurück, bedeckte sich mit seiner Kutte, drehte sich um; dicker Rauch wirbelte um ihn herum auf, und er schien zu verschwinden.

Das Mädchen stieß einen leisen Schrei aus, einen Laut, der, so kurz er war, doch ein schreckliches, verzweifeltes Verlangen ausdrückte. Wie als Antwort darauf erschien ein zweiter Mann und nahm den Platz des ersten ein. Er ließ sich ein wenig mehr Zeit, auch er erreichte einen Höhepunkt, und wie sein Vorgänger verließ er sie.

Es folgte noch einer und noch einer.

Während der fünfte – ein höhergewachsener, kräftig wirkender Mann – in sie eindrang und dem zügellosen aufwärtsgerichteten Schub ihrer Hüften mit gleichem Nachdruck begegnete, fand ihr Verlangen endlich Erfüllung. Indes die Frau am Kopfende des Altars immer noch ihre Handgelenke festhielt, bäumte das Mädchen sich auf, warf den Kopf zurück, riß den Mund auf und stieß einen langgezogenen, durchdringenden, frohlockenden Schrei aus, der durch den Eichenhain und über den Wald hallte wie das Siegesgeschrei eines triumphierenden Tieres.

Während das Echo verhallte und erstarb, fiel das Mädchen auf ihrem Baumstamm in sich zusammen. Entkräftet, erschöpft, ließ sie die Beine zu beiden Seiten herunterhängen, und hätte die Frau ihre Arme nicht festgehalten, so schien es, wäre sie herabgeglitten und auf den Waldboden gefallen. Doch die Frau, jetzt um sie besorgt, schritt schnell zur Tat, einen Arm um die Schultern des Mädchens gelegt, zupfte sie mit der freien Hand das dünne, hochgerutschte Gewand zurecht und half dem Mädchen beim Aufstehen.

Dann hatte die Frau fast das ganze Gewicht des Mädchens zu tragen – denn ihre Beine schienen mit einem Mal kraftlos zu sein, und die kleinen bloßen Füße, die über den Boden schleiften, bewegten sich kaum – und half ihr aus dem strahlenden Mondlicht heraus und fort in den schwarzen Schatten der Bäume.

Josse, in dessen Seele und Leib eine mächtige Kraft brodelte, die er kaum verstand, hob die Hände und rieb sich heftig das Gesicht. Dann, eine Hand noch über den Augen, als wollte er, zu spät, aussperren, was er soeben gesehen hatte, glitt er mit dem Rücken an dem Stamm der Eiche herab und ließ sich am Fuß des Baumes schwer zu Boden fallen.

Einen Augenblick später setzte sich die Äbtissin zu ihm.

Er konnte nicht sprechen. Wußte nicht, was er gesagt hätte, wäre es ihm möglich gewesen.

Doch nach einem leisen Räuspern sagte sie: »Es war nicht Caliste. Sie war ihr sehr ähnlich, doch sie war es nicht.«

Und das erste Wort aussprechend, das ihm in den Kopf kam, flüsterte er: »Gott sei Dank.« Dann nach einer Pause: »Wie könnt Ihr Euch so sicher sein?«

»Das Haar«, erwiderte sie.

Er stellte sich das Mädchen in ihrer wilden Hingabe vor. Der Kranz war heruntergefallen, und das dichte dunkle Haar war wie eine schwarze Flut über das Holz des Altars geflossen.

Aber ja. Keine Nonne hatte so üppiges Haar.

»Nicht Caliste«, wiederholte er.

»Nein.«

Wieder machte sich die Stille breit, umgab sie, erstickte sie, als hätte jemand eine weiche Decke über sie gebreitet.

Ich könnte jetzt schlafen, dachte Josse unklar. Meine Lider sind so schwer. Ich könnte mich hier hinlegen und bis Tagesanbruch schlafen. Weit über den Tagesanbruch hinaus. Den ganzen Tag durchschlafen, und die Nacht darauf.

Er gähnte fürchterlich.

Er spürte das Gewicht der Äbtissin, die sich an ihn lehnte, und mit ungeheurer Anstrengung drehte er den Kopf ein wenig, um sie anzusehen. Sie hatte die Augen geschlossen und atmete tief und regelmäßig mit leicht geöffneten Lippen. Sie schien eingeschlummert zu sein.

Und warum nicht? dachte er. Der Ort ist doch ganz günstig. Recht bequem, und...

Er schlief ein.

Doch nicht für lange.

Als wirkte in ihm ein Selbsterhaltungstrieb, ein Erbe aus seiner soldatischen Vergangenheit, das ihn selbst unter diesen extremen Umständen nicht verlassen hatte, verfiel er sofort in einen lebhaften Traum.

Er stand auf der Lichtung, mitten darauf, ungeschützt und allein im Mondlicht. Und von hinten schlichen sich vorsichtig die grauhaarige Frau und das dunkle Mädchen an ihn heran, jede mit einem Speer, dessen Spitze genau auf Josses Rücken gerichtet war.

Beide waren jetzt nackt.

Mit einem Schnarcher auffahrend, war er wach. Keuchend, in Todesangst, am ganzen Leib schweißgebadet, fuhr er herum.

Und stieß mit der Nase heftig gegen den Baumstamm.

Gott sei Dank, Gott sei Dank! Er befand sich nicht auf der Lichtung, und ihm drohten nicht zwei Speere das Herz zu durchbohren.

Er sprang auf, packte die Äbtissin am Arm und zischte: »Frau Äbtissin, wacht auf! Wir können hier nicht bleiben! Wir...«

In seinem Kopf drehte es sich. Schneller, immer schneller, bis er sich abwenden und sich ins Farnkraut erbrechen mußte.

Als er sich wieder aufrichten konnte, riskierte er eine behutsame Seitwärtsbewegung der Augen, um die Äbtissin anzusehen. Sie war jetzt wach und machte auch den

193

Eindruck, als sei ihr übel. »Was ist denn?« flüsterte sie. »Wir müssen schlafen, Josse. Ich bin so müde…«

Er nahm sie bei den Händen und zog sie auf die Füße, kein leichtes Unterfangen, denn sie war nicht nur groß und kräftig gebaut, sondern auch eine nahezu tote Last. »Na los doch!« Er schüttelte sie, und widerstrebend richtete sie sich auf, um im nächsten Moment zurückzusinken und sich an die Eiche zu lehnen.

»Ach, du lieber Gott!« flüsterte sie. »Was…« Sie runzelte die Stirn, dann fiel ihr offenbar ein, wo sie waren und was sie soeben mit angesehen hatten, und sie schien zu sich zu kommen. »Wir müssen hier weg«, bemerkte sie fest. »An einen sicheren Ort.«

Er drängte sie fort, zurück, zwischen den Bäumen auf das Unterholz zu, durch das sie vor so langer Zeit gekommen waren – es schien ihm eine Ewigkeit her zu sein. Gute Gedanken, dachte er, aber es war bedauerlich, daß sie das mit so kräftiger Stimme geäußert hatte.

Zurück auf dem überwachsenen Pfad, zurück über die größere Lichtung mit den gefallenen Eichen und ein gutes Stück dem Weg entgegen, der hinausführen würde. Dem Weg, der sie nach Hause bringen würde.

Er hätte es sich klarmachen müssen. Hätte voraussehen müssen, daß er sich erbrochen hatte und sich schon besser fühlte, sie aber nicht.

Doch die Tatsache, daß sie hinter ihm her eilte, mußte ihn fälschlich auf den Gedanken gebracht haben, mit ihr sei alles in Ordnung.

Als sie sich der relativen Sicherheit der Bäume jenseits der Lichtung mit den gefallenen Eichen näherten, hörte Josse die Äbtissin leise stöhnen. Er fuhr herum und sah hilflos mit an, wie sie sich krümmte und sich erbrach. Dann wischte sie sich mit einer Hand den Mund ab, winkte ihn mit der anderen voran und sagte: »Weiter! Beeilt Euch und geht in Deckung!«

Angesteckt von ihrem Drängen lief er los.

Hörte sie hinter ihm herrennen, einen Schritt, zwei, drei, vier, ihre Füße machten ein dumpfes Geräusch auf dem festen Boden.

Dann vernahm er, als er mit geducktem Kopf zwischen die Bäume rannte, einen entsetzlichen dumpfen Schlag.

Mit einer einzigen Bewegung hielt er inne und fuhr herum, um sie zusammengesunken auf der Erde unter dem ersten Baum am Rand der Lichtung liegen zu sehen.

Gerade noch hatte sie sich erbrochen, und ihr war wahrscheinlich noch furchtbar schwindlig. Jedenfalls war sie nicht in der Verfassung, blindlings durch einen Wald zu rennen, wo überhängende Bäume mit tief angesetzten Ästen standen.

Josse mochte genug Geistesgegenwart haben, um sich zu ducken, doch Helewise nicht. Sie war stracks gegen den dicken Ast einer Eiche gerannt und hatte sich selbst außer Gefecht gesetzt.

Josse fiel neben ihr auf die Knie und sah, wie das Blut schon unter dem gestärkten weißen Leinen hervorlief, das ihre Stirn bedeckte. In jäher Angst schob er unsanft ihren Schleier beiseite und legte die Finger an ihre Schlagader.

Ein paar furchtbare Sekunden lang fühlte er keinen Puls.

Doch dann fand er ihn. Unregelmäßig und ziemlich schwach, aber immerhin einen Puls.

Inbrünstig stieß er hervor: »Gott sei Dank! Ach, Gott sei Dank!«

Aus dem tiefen Schatten neben dem Weg hervor sagte jemand: »Amen.«

SECHZEHNTES KAPITEL

Es riß ihm den Kopf hoch. Er starrte um sich, bemüht, in das Dunkel unter den Bäumen zu spähen, doch konnte er anfangs niemanden sehen.

Dann war sie da. Es war so: Im ersten Moment konnte er nichts außer den Stämmen der Bäume und dem Gewirr des Unterholzes sehen, dann stand mit einem Mal wie eine Geistererscheinung eine Gestalt da.

Josse fühlte sich benommen im Kopf. Er wußte eigentlich nicht recht, ob er wach war oder träumte.

Die in ein langes Gewand gehüllte Gestalt näherte sich und schien dabei zu schweben, als werde sie von einer Wolke süßduftenden Rauchs getragen. Als sie sich über Josse und Helewise beugte, streifte ihr langes Silberhaar an seinem Gesicht entlang. Sie duftete so lieblich wie der Rauch. Nach Blumen und frischen grünen Kräutern.

Eine lange, schlanke Hand kam hervor, berührte die Wange der Äbtissin, legte sich flach auf ihre Stirn. »Sie ist verletzt«, sagte eine ruhige Stimme.

»Sie hat sich am Kopf gestoßen«, sagte Josse, dem die eigene Stimme sonderbar entfernt klang. »Als wir zwischen die Bäume rannten, hat sie sich die Stirn an einem Ast gestoßen.«

Keine Antwort.

Die Gestalt im langen Gewand war verschwunden. Eine Weile später kam sie zurück. Er wußte, daß sie kam, weil sie ein Licht in der Hand hielt, und dieses sah er.

Sie streckte es ihm hin.

»Mach ein Feuer«, hub die Stimme an. »Es ist hier im Wald verboten, außer wenn ich es anordne, doch für diesen Notfall erlaube ich es. Halte die Frau warm.«

In der anderen Hand trug sie etwas, wie Josse jetzt bemerkte: Es war sein Bündel. Er hatte es wohl an der kleineren Lichtung zurückgelassen, wo sie jene unglaubliche

Zeremonie beobachtet hatten. Das Licht ihrer Fackel weckte als Antwort ein Blinken von dem Bündel, und er erinnerte sich, seinen Talisman an die Decklasche des Bündels gesteckt zu haben, bevor er und die Äbtissin aufbrachen.

Es mußte die Worte hervorzwingen, als habe er den Mund voll Wolle, als er sagte: »Danke, Lady.«

Die Frau stand da und blickte ein paar Sekunden auf ihn herab. Dann sagte sie: »Ich bin Domina.«

Während er zusah, wie sie über die Lichtung davonschwebte und unter den Bäumen verschwand, dachte er zerstreut, er würde darauf wetten, daß »Domina« ein ebenso hoher Titel war wie »Äbtissin«.

Der Mond war untergegangen.

In der totalen Dunkelheit der Stunden vor Tagesanbruch fiel die Temperatur schroff ab.

Und Josse sagte noch einmal Dank für Domina und ihr Feuer.

Mit der bewußtlosen Äbtissin allein gelassen, beeilte sich Josse, einen notdürftigen Unterschlupf für sie herzurichten; es kam sichtlich nicht in Frage, sie allzu weit wegzubringen, bevor sie erwachte. Trat das nicht ein, bevor es Tag wurde, müßte Josse daran denken, sie hier im tiefen Wald liegenzulassen und Hilfe zu holen.

Es war ein beunruhigender Gedanke.

Er nahm die Fackel der Domina, begab sich unter die Bäume und fand im dichten Farnkraut eine flache Senke mit einer Böschung im Hintergrund, über die Haselnußsträucher und Stechpalme herabhingen. Er stampfte die grünen Farnwedel nieder, holte eine der Decken aus seinem Bündel und breitete sie aus, die zweite Decke legte er griffbereit daneben. Dann kehrte er zur Äbtissin zurück.

197

Wäre er ganz bei Kräften gewesen, hätte er es wahrscheinlich nicht so mühselig gefunden, sie das kurze Stück bis zu dem vorbereiteten Lager zu tragen. Wie die Dinge standen, war ihm immer noch übel und schwindlig, und bei der Anstrengung, eine kräftig gebaute Frau rund ein Dutzend Schritte weit zu tragen, wurde ihm beinahe schwarz vor den Augen.

Während er sie zurechtlegte und sich Mühe gab, ihr das Nonnengewand fest um die Beine zu wickeln, um sie warm zu halten, bevor er sie in die Decke einpackte, fragte er sich flüchtig, wieso ihm so schlecht war.

Doch dann fiel ihm die Wunde an ihrer Stirn ein, und bei dem Ansturm von Besorgnis, die diese Erinnerung hervorrief, verlor er den Gedanken aus dem Sinn.

Er rammte die Fackel in eine tieferliegende Astgabel des Haselnußstrauchs, und bei ihrem stetigen Licht beugte er sich hinab, um den Kopf der Äbtissin zu untersuchen. Über ihren Brauen hatte sich inzwischen das Blut angesammelt, und eine dünne Spur lief ihr ins rechte Auge. In seinem verwirrten Kopf dachte er: Wasser. Ich brauche Wasser, um ihr das Gesicht abzuwischen.

Es dauerte ziemlich lange, bis ihm einfiel, daß er eine Flasche frisches Wasser in sein Bündel gepackt hatte.

Er benötigte irgendeinen Lappen, möglichst sauber... Er durchwühlte das Bündel und fand den Dolch, den er, in ein Stück Leinen gewickelt, ganz unten versteckt hatte. Der Stoff war nicht übertrieben sauber, doch es würde gehen. Es mußte gehen.

Er wusch ihr Augen und Stirn und bemerkte dabei erschrocken, daß das Blut das gestärkte Blütenweiß ihrer leinenen Haube scharlachrot gefärbt hatte.

Ich muß die Wunde sehen, entschied er. Zögernd schob er den schwarzen Schleier zurück und löste die Bänder der Leinenhaube, die Kopf und Stirn bedeckte, wobei er das beschämende Gefühl hatte, er tue ihr Gewalt an. Aber ich *muß*, sagte er sich fest, denn womöglich blutet die Wunde noch, und wenn ja, muß ich das Blut stillen, bevor…

Bevor was?

Er entschied, für seine innere Ruhe sei es besser, nicht lange dabei zu verweilen.

Der Schleier war oben auf dem Kopf befestigt, wobei die Bänder normalerweise unter die Haube gesteckt waren. Als dieses letzte Stück entfernt war, konnte Josse endlich ihre Verletzung mustern.

Auf der linken Seite der Stirn fand sich ein gewaltiger blauer Fleck, der knapp unter dem Haaransatz begann und sich bis fast zur Augenbraue hinzog. Mitten durch den blauen Fleck – der zur Größe einer Kinderfaust angeschwollen war – verlief ein tiefer Schnitt, halb so lang wie sein Daumen. Blut quoll langsam daraus hervor.

Er wischte das stetig sickernde Blut ab, dann drückte er sein Tuch aus, bis es so sauber war, wie er es nur fertigbrachte. Er riß einen langen Streifen davon ab und faltete den Rest zu einer Kompresse zusammen; die drückte er auf die Wunde und band sie mit dem Stoffstreifen fest.

Leise sagte er: »Mehr, meine liebe Helewise, kann ich beim besten Willen nicht für dich tun.«

Stirnrunzelnd blickte er auf sie herab. Bildete er sich das ein, oder war sie noch bleicher? Vielleicht *wirkte* ihr Gesicht jetzt nur blasser, wo ihr Haar es umrahmte und nicht der schwarze Schleier über der weißleinenen Haube und dem Kinnband.

Ihr Haar, bemerkte er geistesabwesend, war rötlichgold, kurzgeschnitten und lockig, an den Schläfen ein bißchen grau. Die Haut an Hals und Nacken, normalerweise unter dem Kinnband verborgen, war glatt und faltenlos; als er sie so sah, fand er irgendwie, sie sehe jünger aus…

Auf sie herabzusehen, wenn sie seinen Blick nicht erwidern konnte, weckte in ihm ein unbehagliches Gefühl. Und außerdem, dachte er, konnte er ihr nützlicher sein, als bloß dazustehen und mit offenem Mund zu gaffen. Er konnte zum Beispiel etwas unternehmen, um sie zu wärmen.

Er suchte rasch trockenes und gut abgelagertes Anmach- und Feuerholz zusammen – beides gab es in diesen wilden, unbewohnten Tiefen des Waldes reichlich –, hielt die Fackel der Domina an seinen Holzstoß und hatte bald ein kleines, aber lebhaftes Feuer in Gang. Er legte in Reichweite einen Stapel Zweige bereit. Dann, nachdem er einige Augenblicke lang auf die immer noch bewußtlose Äbtissin gestarrt hatte, drehte er sie behutsam auf die rechte Seite, mit dem Gesicht zum Feuer, und legte sich hinter ihr nieder.

Sie war gut eingepackt, in ihre eigene Kleidung und darüber in die Decke; es lagen sicher gut vier oder fünf Schichten verschiedener Stoffe zwischen ihrem und seinem Körper. Trotzdem hatte er das Gefühl, eine Sünde zu begehen.

»Ich muß sie warm halten«, erklärte er laut keiner bestimmten Person. »Ich mache das, so gut ich eben kann, mit Hilfe des Feuers und meiner eigenen Körperwärme. Aber ich…«

Was? Aber ich schwöre, daß ich es nicht genieße?

Er grinste in die Dunkelheit hinein. Nun ja, vielleicht genoß er es, bloß ein bißchen.

Er legte ihr den Arm um die Taille, zog sie zu sich heran, schloß die Augen und versuchte sich zu entspannen. Auch wenn er nicht schlafen konnte, ruhen konnte er wenigstens und einige Kraftreserven aufbauen.

Was immer noch geschehen mochte, die würde er wahrscheinlich brauchen.

Helewise träumte.

Sie war wieder jung, trug ein fließendes Kleid aus sonnengelber Seide, und jemand hatte ihr einen Blumenkranz ins Haar gedrückt. Er war zu eng, schnitt in ihre Stirn ein und bereitete ihr Kopfschmerzen. Doch es wurde gesungen und getanzt, und sie saß auf einer grasbewachsenen Böschung unter einer stattlichen Weide, und ihre Söhne, beide noch Babys, lagen an ihrer Brust. Sie war prall von Milch, der Überfluß lief ihr aus den Brüsten. Dann war Ivo da, lächelte glücklich, küßte sie, nannte sie seine Flora, seine Maikönigin, und sie lachte auch, erklärte ihm, sie könne nur für einen Tag Maikönigin sein, denn dann müsse sie in die Abtei zurück.

Und auf die unvermittelte Art, die Träume an sich haben, war sie wieder in der Abtei Hawkenlye, kniete am Altar in der Klosterkirche, mit gefalteten Händen betend, und Schwester Euphemia zupfte sie am Ärmel und sagte: Frau Äbtissin, Frau Äbtissin, was ist aus Eurem Gewand geworden? Sie blickte an sich herab und sah, daß sie noch die gelbe Seide trug. Und der Blumenkranz, schwer auf ihrer Stirn, verschlimmerte ihre Kopfschmerzen…

Helewise schlug die Augen auf.

Sie lag ganz still und versuchte herauszubekommen, wo sie sich befand. Es war dunkel, und nach dem Geruch – nach Erde und Pflanzen – sowie nach der Kälte zu urteilen, vermutete sie, im Freien zu sein. Vor ihr war der Rest eines kleinen Feuers, jetzt wenig mehr als Glut, obwohl neben dem Feuer ordentlich aufgeschichtete Zweige lagen. Man könnte es ganz leicht wieder anfachen, dachte sie unklar.

In ihrem Kopf pochte es, und sie faßte mit der Hand hin, um den Schmerz zu mildern. Es schien, als hätte sie etwas um die Stirn gebunden.

Und wo war ihr Schleier? Ihre Kinnbinde? Ihre Haube?

Ihre Bewegung hatte Ivo gestört, der brummte und sich bequemer zurechtlegte. Er war so wohltuend warm; sie drückte sich mit dem Gesäß noch fester an ihn und genoß das behagliche Gefühl, bei ihm, dem lieben alten Ivo, zu sein und…

Mit einem Ruck hellwach und entsetzt, erinnerte sie

201

sich. Ivo war tot, seit Jahren tot und begraben! Ach, lieber Gott, an wen schmiegte sie sich dann wohl an?

Und, genauso wichtig, wo war sie?

Sie zwang sich, die Panik zu unterdrücken, und dachte zurück.

Bald hatte sie wieder jene unglaubliche Szene auf der Lichtung vor Augen. Sie erinnerte sich, daß sie rannte, rannte, so schnell sie konnte, und daß sie sich erbrochen hatte. Daß ihr so übel, so schwindlig gewesen war.

Sie erinnerte sich an Josse.

Ich muß mich verletzt haben, entschied sie. Und Josse, der Gute, hat sich um mich gekümmert. Hat mich versorgt – sie befingerte die Kompresse, die er anscheinend am Ursprungsort der Schmerzen an ihrer Stirn angebracht hatte – und hat Feuer gemacht. Hat mich warm eingepackt, sich zu mir gelegt, um mich warm zu halten.

Das wußte sie, das war bei Verletzungen genau das Richtige. Den Patienten warm halten.

Nun, genau das hatte er getan. Und die jähe heiße Blutwelle, die sie im Gesicht spürte, war lediglich eine Nebenerscheinung der Wärme ihres übrigen Körpers. Oder etwa nicht?

Sie ließ die Augen über die Szene vor ihr schweifen. Das graublasse Licht nahm zu – es mußte kurz nach Einsetzen der Morgendämmerung sein –, und sie konnte die große Lichtung mit den zwei gefallenen Eichen erkennen. Sie und Josse befanden sich offenbar in einer kleinen Senke im Unterholz auf einem Lager aus Farn.

O je.

Sie hatte sich wohl wieder geregt, denn sie merkte mit einem Mal, daß sie ihn geweckt hatte. Sein Körper an dem ihren war im Schlaf entspannt gewesen; nun spürte sie eine Spannung in ihm.

Was, um alles in der Welt, fragte sie sich, sagen wir einander jetzt?

Er war es, der das verlegene Schweigen brach. In überraschend normalem Ton sagte er: »Guten Morgen, Frau Äbtissin. Wie fühlt Ihr Euch?«

»Mir tut der Kopf weh«, gestand sie ein.

»Das überrascht mich nicht. Ihr seid im vollen Lauf gegen eine Eiche gerannt.«

»Ach.«

Er lag vollkommen still da, bemerkte sie, als könnte jede Bewegung die peinliche Situation nur noch verschlimmern. Wider Willen mußte sie ein Lächeln unterdrücken.

»Ich mußte Euch warm halten.« Seine Worte überstürzten sich fast. »Ich bitte um Verzeihung, aber es – das hier – so hinter Euch zu liegen – war das beste, was mir einfiel.«

»Ich verstehe.«

Sie merkte, wie er sich auf einen Ellbogen stützte, und dann blickte er auf sie herab, sein besorgtes Gesicht dicht über dem ihren. »Ihr seid immer noch bleich«, stellte er fest.

»Hm.« Auch er hatte irgend etwas Seltsames an sich. Sie musterte ihn ein paar Sekunden lang, dann sagte sie ernst: »Eure Augen sind komisch.«

»Komisch?«

»Die schwarzen Dinger – wie heißen sie doch?« Sie kam ums Leben nicht auf das Wort.

»Pupillen?«

»Pupillen. Danke. Eure Pupillen sind riesengroß. So groß, daß kaum noch ein brauner Rand darum herum zu sehen ist.«

Er beugte sich näher zu ihr herab, die Augen auf die ihren geheftet. »Bei Euren ist es genauso«, stellte er fest.

Als hätte ihn diese Entdeckung erschöpft, ließ er sich wieder zurücksinken.

Nach einer ganzen Zeit sagte sie: »Ich glaube, man hat uns mit Drogen benebelt.«

»Das glaube ich auch. Wenn man alles zusammen betrachtet, den Schwindel, die Übelkeit, und ich weiß nicht, wie es bei Euch war, aber ich hatte die unglaublich lebhaftesten...«

»Träume?«

»Träume.« Sie konnte hören, daß er lächelte.

»Was meint Ihr, was war es wohl?« fragte sie. »Die Droge. Etwas im Rauch?«

»Das nehme ich an. Bei dieser – dieser Zeremonie, die wir mitansahen, hat man anscheinend ziemlich raffinierte Tränke und Absude angewendet.«

»Hm.« Sie mochte nicht an die Zeremonie erinnert werden.

Er gähnte gewaltig, dann sagte er: »Verzeihung, ich kann kaum die Augen offenhalten.«

Auch sie war schläfrig. »Ich auch nicht.«

Er sagte zögernd: »Wollen wir versuchen, noch einmal zu schlafen? Wenigstens ein, zwei Stunden, bis die Sonne aufgeht und die Luft ein wenig wärmer wird?«

»Ja.« Gedankenlos schmiegte sie die Hüften an ihn und legte ihre Wange in die Handfläche. »Gute Nacht«, sagte sie, schon schläfrig.

Er murmelte etwas. Sie hörte das Wort »Keuschheit«.

»Was war das?« fragte sie scharf.

»Ach. Hm – nichts.«

»Josse?«

»Ich sagte, was ist bloß aus dem Keuschheitsgelübde der Nonnen geworden?« wiederholte er.

Sie hätte zornig, beleidigt sein sollen, aber aus irgendeinem Grund hätte sie am liebsten gelacht. Sie unterdrückte den Drang und antwortete vernichtend: »Und wer, wenn ich fragen darf, hat etwas von Unkeuschheit gesagt?« Er setzte zu einer Entschuldigung an, doch sie schnitt ihm das Wort ab. »Herr Ritter, maßt Euch nichts an!«

»Frau Äbtissin, bitte, nehmt es mir nicht übel, ich habe nur...«

Doch jetzt lachte sie, und er, so eng an sie gedrückt, mußte es merken. Sie sagte: »Ist schon gut. Ich habe nur Spaß gemacht.«

»Ich auch«, murmelte er.

Sie schloß die Augen. »Ich war Ehefrau, bevor ich Nonne wurde«, sagte sie schläfrig.

»Ach so?«

»Ja.« Sie gähnte so herzhaft, daß ihre Augen naß wurden. »Woran ich mich am liebsten erinnere, ist nicht die Leidenschaft des Ehebetts, sondern seine tröstliche Behaglichkeit.« Sie ruckelte sich wieder zurecht und schickte sich zu schlafen an. »Und«, fügte sie murmelnd an, »einfach das Beisammensein.«

Er sagte etwas, aber sie hörte es nicht mehr. Sie schlief schon.

SIEBZEHNTES KAPITEL

Als Josse das nächste Mal erwachte, lag die Äbtissin nicht mehr vor ihm. Die Sonne schien hell auf die Lichtung, und ein paar Schritt entfernt kniete eine Gestalt in Nonnenkleidung im Gebet.

Wahrscheinlich, dachte er, während er sie beobachtete, verrichtet sie ihr Morgengebet. Konnte es die Prima sein? Oder die Terz? Es hing davon ab, wie lange sie geschlafen hatten.

Sie trug Haube, Kinnband und Schleier. Diese saßen ein bißchen verquer über dem Verband auf ihrer Stirn, doch sie war wieder die altgewohnte Erscheinung. Die lachende Frau mit dem lockigen Haar, mit der er sein Waldlager geteilt hatte, gab es nicht mehr.

Mit einem leisen Seufzer rief er ihr ein herzliches Lebewohl nach.

Während die Äbtissin betete, stand er auf, legte die

Decken zusammen und verstaute sie wieder in seinem Bündel, was er so leise wie möglich tat, um sie nicht zu stören. Das Feuer hielt noch die Glut, doch jetzt, wo die Sonnenwärme herabdrang, um den Wald aufzuheizen, war sie nicht mehr vonnöten. Er stampfte die letzten roten Glutbrocken aus, dann holte er sein Messer heraus und schnitt saubere Rasenstücke aus dem spärlichen Gras an den äußeren Rändern des Unterholzes, mit denen er die Brandnarben auf dem Boden bedeckte.

Er hoffte, sein Vorgehen werde der Domina gefallen.

Als er dann nichts weiter zu tun fand, setzte er sich hin und wartete, bis die Äbtissin geendet hatte.

Während sie auf ihn zukam, bemerkte er, daß sie einen Moment lang seinen Augen nicht zu begegnen vermochte. Als er sich an die Nacht erinnerte, sich daran erinnerte, daß er ihr nicht nur ein ganz Teil ihrer Nonnentracht abgenommen, sondern auch neben ihr gelegen hatte, den Leib ganz nah an ihrem, da verstand er.

Wir müssen das hinter uns bringen, dachte er. Ganz, als wäre es nie geschehen.

Er stand auf. Mit einer Verbeugung sagte er: »Äbtissin Helewise. Ich wünsche Euch einen guten Tag. Ich meine, wir sollten zur Abtei zurückkehren, sobald Ihr Euch dem Weg gewachsen fühlt.«

Sie warf ihm einen Blick zu, in dem sich Erleichterung und Dankbarkeit mischten. Dann sagte sie ruhig: »Ja, Sir Josse. Ich bin imstande, sofort aufzubrechen.«

Er schulterte sein Bündel und trat neben sie auf den Pfad. Gemeinsam wandten sie sich in Richtung des Weges, der nach Hawkenlye führte.

Und sahen, etwa zehn Schritt entfernt, in ihr Gewand gehüllt, die schweigende Gestalt der Domina.

Einen langen Augenblick starrte sie die beiden an, reglos, die tiefliegenden Augen erst auf die Äbtissin geheftet, dann auf ihn. Er hatte das Gefühl, er sollte etwas sagen – hatte sogar das Gefühl, sich entschuldigen zu sollen, wenn er sich auch nicht ganz sicher war, weswegen –, aber irgendwie ließ ihr intensiver Blick ihn stumm verharren.

Schließlich sagte sie: »Der Frau geht es gut?«

Die Äbtissin antwortete ruhig: »Es geht mir gut.«

Die andere nickte. »Ihr habt einen langen Weg vor Euch, für jemand, der verletzt ist.«

»Ich komme zurecht«, gab die Äbtissin zurück.

Die Domina trat näher. Als sie direkt vor der Äbtissin stand, hob sie eine Hand und berührte den Verband um Helewises Kopf, wobei sie sich kurz vorbeugte und anscheinend an der Stelle roch, wo sich die Platzwunde befand. »Sauber«, bemerkte sie. »Der Mann hat es gut gemacht.« Sie warf einen Blick auf Josse.

Er senkte den Kopf.

Die Domina griff in einen ledernen Beutel, der an ihrem Gürtel hing, halb verborgen unter dem Umhang, den sie jetzt über ihrem weißen Gewand trug. Sie holte ein Glasfläschchen hervor, zog den Stöpsel heraus und hielt es der Äbtissin hin. »Trink«, befahl sie.

Josse beobachtete die Äbtissin. Er konnte spüren, daß es ihr widerstrebte – was mehr als verständlich war, wenn man bedachte, wie sie beide unter dem Rauch gelitten hatten, den sie in der vergangenen Nacht einatmen mußten –, doch zugleich zögerte sie, so schien ihm, eine Person zu kränken, die ehrlich bemüht war, ihr zu helfen.

Als könnte sie ihr das alles vom Gesicht ablesen, lachte die Domina kurz auf. »Das hier bringt dich nicht dazu, den Tanz der Geschöpfe der Nacht zu sehen«, sagte sie. »Es gibt dir nicht das Gefühl, daß du fliegen kannst, und läßt dir keine ungezügelten Bilder im Kopf entstehen. Es dient dazu, deine Schmerzen zu lindern.«

»Ich habe keine...«, begann die Äbtissin.

Die Domina stieß ein kurzes, ärgerliches »Pah!«

aus. »Streite es nicht ab«, sagte sie. »Ich kann sie doch fühlen.«

Der Äbtissin blieb der Mund leicht offenstehen. Dann, als faßte sie einen Entschluß, nahm sie das Fläschchen und trank seinen Inhalt aus.

»Gut, gut«, sagte die Domina.

Die drei standen da, regten sich nicht, sprachen nicht; Josse empfand, wie vermutlich auch die Äbtissin, hier im Reich der Domina hätten sie sich nach ihr zu richten. Und sie schien auf etwas zu warten.

Nach einer Weile lächelte die Äbtissin plötzlich. Mit einem zugleich frohen und überraschten Ausdruck rief sie: »Die Schmerzen sind weg!«

Und die Domina erwiderte: »Selbstverständlich.«

Dann wandte sie sich Josse zu. »Ich spüre deine Ungeduld, Mann«, sagte sie. »Du möchtest die Frau in ihr eigenes Haus zurückbringen.«

Sie schien auf eine Antwort zu warten, darum sagte er: »Ja, das möchte ich.«

»Alles zu seiner Zeit«, gab die Domina zurück. »Bevor ihr aus meinem Reich aufbrecht, will ich zu euch sprechen.« Sie streckte die Hände in Josses und der Äbtissin Richtung aus, und als drückte sie die Zweige eines Baums beiseite, schob sie die beiden aus dem Weg. Dann winkte sie ihnen zu folgen und führte sie einen Pfad entlang, den Josse bisher noch nicht bemerkt hatte und der sich jenseits der Lichtung mit den gefallenen Bäumen in den tiefen Wald hineinschlängelte.

Wieso, fragte er sich, habe ich ihn nicht schon früher gesehen? Er schüttelte ratlos den Kopf, denn jetzt, wo die Domina sie zu dem Pfad führte, schien er geradezu in die Augen zu springen.

Die Domina warf ihm über die Schulter hinweg einen Blick zu und lächelte seltsam, dann wandte sie das Gesicht wieder in die Richtung, in die sie ging. Und Josse hörte in seinem Kopf ganz deutlich die Worte: »Du hast diesen geheimen Weg vorher nicht gesehen, weil ich es nicht wollte.«

Nicht zum ersten Mal hatte Josse das beunruhigende Gefühl, sich in Gegenwart von etwas – oder jemand – zu befinden, das weit über seine Erfahrung oder sein Begriffsvermögen ging.

Als sie die Lichtung verließen, sagte die Domina, zu den toten Bäumen weisend: »Das ist das Werk von Außenweltlern. Es ist ein Greuel.«

Und Josse glaubte die Äbtissin murmeln zu hören: »Ich hab's doch gewußt!«

Sie führte sie nicht weit. Nach etwa einer Viertelmeile auf dem schmalen Pfad öffnete er sich auf eine freie Fläche, durch die ein kleiner Wasserlauf floß. An einer Böschung, die sich über dem Bach erhob, stand etwas, das ein Wohnhaus zu sein schien. Aus zu Fachwerk zurechtgebogenen und verflochtenen Zweigen errichtet, war es mit Laub und Rasenstücken abgedeckt. Darin befand sich eine steinerne Feuerstelle, auf der ein Topf leise brodelte.

Die Domina gab ihnen zu verstehen, daß sie sich auf die Böschung über dem dahinplätschernden Bach setzen sollten.

Während sie sich niederließen, dachte Josse flüchtig, wie bezaubernd das Zusammenspiel der Geräusche war – der auf seinem steinernen Bett dahinplätschernde Bach, der leise brodelnde Topf –, dazu die Gerüche – irgendein starker Kräuterduft in dem Dampf, der aus dem Topf quoll, der liebliche Duft von Blumen und grünem Gras, ein torfiges Aroma vom Bach her.

Ah, wie war sie beeindruckend, diese Atmosphäre!

Die Domina setzte sich nicht, sondern blieb hoch aufragend vor ihnen stehen.

Nach einem Augenblick, als hätte sie abgewartet, bis sie

209

sich ihre volle, ungeteilte Aufmerksamkeit gesichert hatte, begann sie zu sprechen.

»Außenweltler«, sagte sie, »sind hier nicht willkommen.« Sie blickte auf Josse herab, dann auf die Äbtissin. »Außenweltler verstehen unsere Lebensweise nicht. Sie zerstören und entweihen, was für uns heilig ist. Außenweltler haben die heilige Eiche getötet.«

Josse nickte bedächtig. »In dem Hain, wo die alten Tempelruinen sind«, sagte er. »Sie haben Schlingen für das Wild gelegt und sind auf vergrabene Münzen gestoßen.«

»Sie haben unter dem ältesten Baum gegraben«, fuhr die Domina fort. »Er war aus eigenem Willen gefallen, denn er war müde und wollte nicht länger leben. Außenweltler nahmen sich, was ihnen nicht gehörte, und nicht zufrieden mit dem, was bereitwillig aus der Erde kam, töteten sie einen zweiten Baum.« In ihrem Gesicht zuckte es, und sie stieß rauh hervor: »Er war jung, hatte noch Jahrhunderte vor sich! Doch Außenweltler hackten mit ihren stumpfen Waffen drauflos, hackten auf ihn ein, bis er blutete, bis er weinte, und sie brachten ihn zu Boden!«

»Sie taten schweres Unrecht«, sagte Josse still.

»Außenweltler vergehen sich gegen uns«, fuhr die Domina, jetzt beherrschter, fort. »Und wir verzeihen nicht.«

»Der Mann – der Außenweltler – starb«, sagte Josse. »Der Speer wurde geschickt geschleudert, und er hatte einen sauberen Tod.«

Die Domina nickte. »Das ist unsere Art. Wir fügen niemandem absichtlich Schmerz zu.«

»Ist er gestorben, weil er Eure Eiche getötet hatte?« tastete Josse sich weiter vor.

Die Domina blickte einige Sekunden auf ihn herab. »Die Bäume in dem heiligen Hain tragen den goldenen Zweig und die silberne Beere«, sagte sie. »Die Frucht der Sonne und die Frucht des Mondes, den reinen weißen Samen des Gottes.«

»Misteln«, murmelte Josse. Kein Wunder, daß die Wald-leute das Fällen des Baumes so ernst genommen hatten; auf Eichen wachsende Misteln waren wahrhaftig eine Sel-tenheit, und jetzt hatten sie binnen ganz kurzer Zeit zwei dieser ganz besonderen Bäume verloren. Der eine war ge-storben, doch den anderen hatte man mit voller Absicht gefällt. Ausschließlich um der Habgier des Menschen wil-len.

»Da ist noch etwas«, sagte die Domina. Sie wandte sich von der Böschung des Baches fort, schritt einen Kreis zwischen dem Wasser und dem Haus ab, und als hätte sie ihre Gedanken gesammelt, kam sie zurück, um wieder zu ihnen zu sprechen.

»Ihr habt unsere geheimste Zeremonie mit angesehen«, stellte sie fest. »Sie ist nicht für Außenweltler bestimmt.«

»Es war keine böse Absicht«, warf die Äbtissin ein. »Wir sind in den Wald gekommen, weil ich um zwei mei-ner – um zwei junge Frauen besorgt war, für die ich ver-antwortlich bin. Wir sind rein durch einen unglücklichen Zufall auf Eure... Eure Aktivitäten in dem Hain ge-stoßen.«

Die Domina starrte sie an. »Keine böse Absicht«, wie-derholte sie. »Und doch wart ihr Zeugen bei etwas, das Außenweltlern zu sehen verboten ist.«

»Wir haben nicht...«, begann Josse.

Aber die Äbtissin und die Domina hielten immer noch jede den Blick der anderen fest; Josse, der sie unverwandt beobachtete, hatte plötzlich das Gefühl, zwischen ihnen spanne sich ein unsichtbarer Faden, ein Faden, der, so un-wahrscheinlich es klang, bedeutete, sie verstünden einan-der. Die Äbtissin fragte leise: »Domina, wozu diente das?«

Und mit einem fast unmerklichen bestätigenden Nicken erwiderte die Domina: »Hört zu, und ich will es euch sagen.«

Sie richtete sich auf und starrte über das eilende Wasser

hinweg zum dunklen Wald dahinter. Dann begann sie zu sprechen.

»Wir sind wenige, wir, die mit und in dem Großen Wald leben«, sagte sie. »Wir ziehen von einer Stelle zur anderen, sind hier in der einen Jahreszeit, dort in der nächsten, immer an denselben Orten im Lauf der Jahre. Wir nehmen, was der Wald großzügig gibt, doch wir mißbrauchen seine Freigebigkeit nicht. Wir beschränken unsere Zahl, damit die Große Mutter nicht damit überfordert wird, uns zu erhalten.«

Sie machte eine Pause. Dann fuhr die ruhige Stimme fort: »Unter dem hellen Nachthimmel des Sommers versammeln wir uns alle zweihundert Monde im ältesten unserer Haine mit den silbernen Früchten, um unser heiliges Zeugungsritual zu feiern. Eine reife Jungfrau wird erwählt, die den Samen unseres Stammes empfängt. Wenn die Große Mutter es so will, keimt der Samen der Rangältesten im Schoß der jungen Frau, und zur gehörigen Zeit wird das neue Kind des Stammes geboren.« Sie schloß kurz die Augen und murmelte ein leises Bittgebet; es war, als seien die Dinge, von denen sie sprach, so mächtig, so zutiefst rituell bedeutsam, daß es gefährlich und erschöpfend zugleich war, sie zu schildern.

Doch die Domina sammelte sich und fuhr fort.

»Wenn das Zeugungsritual zu einer lebenden Geburt führt und das Kind männlich ist, wird der Knabe wiederum in den Mysterien unterrichtet und nimmt im Lauf der Zeit seinen Platz unter den Rangältesten des Stammes ein, um neues Leben zu zeugen, wie er selbst gezeugt wurde. Wenn das Kind weiblich ist, wird das Mädchen vom Stamm abgesondert, bis sie in ihrem sechzehnten Jahr hervorgeführt wird, um mit dem Samen des Stammes geschwängert zu werden.«

Josse schüttelte ungläubig den Kopf und konnte kaum fassen, daß hier in diesem Wald – dessen Rand nur

Schritte von der Abtei Hawkenlye, nur wenige Meilen von Straßen, Städten, Dörfern entfernt lag –, daß hier in diesem Wald noch ein uraltes Volk lebte, das die alten Göttinnen und Götter verehrte, dessen Leben von Mond und Sonne beherrscht wurde. Das die Zivilisation des späten zwölften Jahrhunderts anscheinend nicht einmal mit einer Fingerspitze gestreift hatte.

Es war einfach unglaublich.

Er merkte, daß die Äbtissin sprach. Ehrfürchtig, in der Haltung einer Bittstellerin, bat sie gerade die Domina um Erlaubnis, eine Frage stellen zu dürfen.

»Frage«, sagte die Domina.

»Das Mädchen gestern abend«, sagte die Äbtissin Helewise. »Sie... Domina, sie sah genauso aus wie eines der Mädchen, die in meiner Obhut sind. Genaugenommen eines der Mädchen, dessentwegen ich so besorgt bin.« Sie lächelte flüchtig. »Besorgt genug, um unbefugt in Euren Wald einzudringen.«

Die Domina, die Augen immer noch auf die der Äbtissin gerichtet, nickte kurz zum Zeichen des Verstehens. Dann sagte sie: »Selene. Das Mädchen, das ihr im Hain gesehen habt, heißt Selene. Sie wurde vor sechzehn Jahren geboren, im Hain der silbernen Früchte, doch als ihre Mutter sie zur Welt brachte, verließ sie selbst diese Welt.« Das Echo alten Leids flog über das Antlitz der Domina und verdüsterte ihre Miene; die tiefliegenden, weitsehenden Augen verengten sich zu drohenden Schlitzen, und der volle Mund wurde zu einem strengen, harten Strich. Einen Augenblick lang wurde Josse der beängstigenden Macht der Frau ansichtig.

Dann fuhr die Domina fort, die Äbtissin wieder fest anblickend: »Die Mutter starb, weil die Geburt so schwer war. Und die Geburt war so schwer, weil sie in ihrem Schoß nicht ein, sondern zwei Kinder trug. Zwei Töchter, die eine das genaue Abbild der anderen.«

213

Zwillinge, dachte Josse. Eine bedauernswerte Frau dieser primitiven Waldleute hatte Zwillinge ausgetragen. Mehrlingsgeburten waren auch im günstigsten Fall, weiß Gott, schwierig genug. Doch hier draußen, auf dem Waldboden, ohne Behaglichkeit, ohne Wärme, nicht einmal mit dem Beistand einer Dorfhebamme, was mußte die unglückliche Frau gelitten haben!

Er merkte, daß die Domina ihn beobachtete. Sie sagte: »Die Mutter genoß Pflege, Außenweltler. Die beste Pflege. Bilde dir nicht ein, es wäre ihr da draußen in eurer Welt, als Leibeigene eines Mannes in einem eurer großen Häuser, besser ergangen.«

Er senkte den Kopf. »Ich bitte um Entschuldigung.« Dummkopf, schalt er sich selbst. Erstens, zu vergessen, welche Kenntnisse über Kräuter und Tränke diese Domina besaß, die sicherlich die einer ländlichen Hebamme bei weitem übertrafen. Und zweitens, weil er ihre offenkundige Fähigkeit, seine Gedanken zu lesen, übersehen hatte.

»Der Stamm brauchte nur ein Kind«, fuhr die Domina fort. »Wenn ein solches Ereignis eintritt, fällt nach unseren Gesetzen die Wahl auf das ältere. Selene blieb bei uns, Caliste gaben wir weg.«

»Caliste!« Die Äbtissin holte tief Luft. »So nennt sie sich selbst!«

Die Domina sah leicht überrascht aus. »Selbstverständlich.«

»Aber…« Josse wußte, was die Äbtissin dachte. Wie vermutet, fuhr sie fort: »Aber woher wußte sie das? Sie war ja nur ein Neugeborenes, als man sie Alison Hurst auf die Türschwelle legte! Und sie – Alison und Matt – nannten sie Peg!«

»Peg«, wiederholte die Domina tonlos.

»Ich weiß, es ist kein besonders schöner Name«, stimmte die Äbtissin zu, »zumal verglichen mit dem wirklichen Namen des Kindes. Aber sie kannten ja den wirklichen Namen nicht! Und ich kann auch nicht verstehen, woher das Kind ihn kannte.«

»Sie trug ihren Namen am Hals«, erklärte die Domina.

»Aber…« Die Äbtissin runzelte die Stirn, dann hellte sich ihre Miene auf. »Das Stück Holz!« rief sie. »Ja, ich erinnere mich, daß Alison Hurst es mir zeigte, als Caliste zu uns kommen wollte.« Sie wandte sich Josse zu. »Das Baby trug einen Lederriemen um den Hals, an dem ein hölzerner Anhänger mit seltsamen eingeschnitzten Zeichen hing.« Staunend drehte sie sich wieder zur Domina um. »War es eine Art Code, den nur Caliste verstand?« fragte sie leise.

»Es war unsere Schrift«, sagte die Domina.

»Wie konnte sie die entziffern?« wollte Josse wissen. »Sie war noch ganz klein, als Ihr sie bei den Hursts abgegeben habt, wo fand sie also den Schlüssel zu dem Code?«

Die Domina musterte die Äbtissin. »Ihr habt in eurer Abtei Manuskripte?«

»Ja, die haben wir.«

»Werke über das Wissen um die Natur?«

»Ich – ja!« Aufgeregt fuhr sie fort: »Jetzt erinnere ich mich! Peg – als sie zu uns kam, nannte man sie zuerst immer noch Peg – liebte besonders das Manuskript über die Baumkunde!« Sie hob den Blick zur Domina auf. »Und genau, nachdem sie es entdeckt hatte, bat sie darum, Caliste genannt zu werden.«

Die Domina nickte, keineswegs überrascht. »Sie fand den Schlüssel zu der Schrift«, bemerkte sie in einem Ton, der zu sagen schien: Selbstverständlich!

»Wie sah sie aus?« fragte Josse. »Die Schrift?« Er hatte intensiv nachgedacht.

»Es war eine Reihe von Kerben, in die Ränder des Anhängers geschnitzt«, erklärte ihm die Äbtissin.

»Aha.« Er hob den Blick zur Domina auf. »Das Ogham-Alphabet.«

Sie zuckte die Achseln. »Nenne es, wie du willst. Es ist unsere Art, den Klang der Dinge festzuhalten.«

»Sie war schon immer gern im Freien«, sagte die Äbtissin. »Alison Hurst hat mir erzählt, wie Peg, als sie noch ganz klein war, sich einen eigenen kleinen Garten angelegt hat.« Sie sah die Domina an. »Das ist nicht gerade überraschend, nicht? Wenn man bedenkt, wessen Kind sie wirklich war.«

Die Domina zuckte wieder die Achseln. »Alle aus meinem Volk verstehen ihre Brüder und Schwestern in der Natur. Sie sind alle Kinder der Großen Mutter.«

Die Äbtissin nickte. »Sie verstehen auch die Menschen«, warf sie eifrig ein. »Caliste besitzt die heilende Hand, Domina. Kürzlich habe ich sie zu Pflegediensten eingeteilt, und bei der Betreuung der Kranken offenbart sie eine wahrhaft natürliche Begabung.«

Zum ersten Mal lächelte die Domina leicht. »Caliste ist die Tochter ihrer Mutter.«

Josse wurde sich seiner ständig wachsenden Verärgerung bewußt. Alles schön und gut, so stolz von Caliste und ihren Fähigkeiten zu sprechen, aber hatte diese Domina überhaupt ein Recht darauf, stolz zu sein? Man brauchte nur zu sehen, was sie in der vergangenen Nacht Calistes Zwillingsschwester zugemutet hatte!

Wieder erinnerte er sich, zu spät, an die telepathischen Fähigkeiten der Domina, und er bemühte sich, seine Gedanken auf ein anderes Thema zu richten. Etwas Harmloses – vielleicht die Blumen oder die Bäume…

Doch sie hatte seine Gedanken vernommen, seinen Zorn aufgefangen. Mit kalter Stimme sagte sie: »Du kritisierst unsere Lebensweise, Außenweltler? Du, der vom Waldleben überhaupt nichts weiß oder versteht?«

Er stand auf, fühlte sich mit einem Mal davon gedemütigt, wie er, einem Schuljungen gleich, gehorsam zu ihren Füßen hockte. »Ja, ich kritisiere sie«, erklärte er kühn. »Ihr habt heute nacht eine junge Frau auf die Lichtung dort geführt, Ihr habt sie nackt auf einem Baumstamm festgehalten und habt zugesehen, wie ihr fünf Männer Gewalt angetan haben! Würde das nicht jeder kritisieren?«

Das Gesicht der Domina wandelte sich. Die tiefliegenden dunklen Augen schienen in einer hellen Flamme aufzulodern, und als sich ihre Lippen von den kräftigen, ebenmäßigen Zähnen zurückzogen, zischte sie wie eine wütende Schlange. Josse, der nicht zurückwich, hatte flüchtig das Gefühl, als fahre eine sengende Flamme an ihm auf und ab; wie ein Dolchstoß durchzuckte ihn eine urtümliche Angst, und mit letzter Kraft vermied er es, sich vor ihre Füße zu werfen und, schreiend vor Furcht, um Gnade zu flehen.

Doch so schnell ihr Angriff gekommen war, so schnell war er vorüber.

Und mit einer Stimme, die ganz freundlich klang, sagte sie: »Selene ist keine Gewalt angetan worden. Sie unterwarf sich freiwillig dem Ritual, wohl wissend, was geschehen würde. Sie hat schon lange gewußt, daß sie die Auserwählte sein würde. Und ich selbst gab ihr den Trank ein, der sie zugleich erregen und befeuchten würde – hat sie nicht begierig ausgesehen, Außenweltler? Hat das Ritual für sie nicht mit einem herrlicheren Höhepunkt geendet als für einen der Männer? Und außerdem«, die strengen Züge ihres Gesichts wurden weich, »warum sollte ich ihr schaden wollen?«

Sie ließ eine Pause eintreten und blickte von Josse zur Äbtissin und wieder zurück.

»Warum sollte ich ihr Schmerz oder Schaden zufügen«, wiederholte sie, »dem Kind meiner eigenen Tochter?«

ACHTZEHNTES KAPITEL

Helewise, die Josse beobachtete, spürte eine Aufwallung des Mitleids mit ihm. Er versteht es nicht, dachte sie. Es war, als halte er sich immer noch auf einer oberflächlichen Ebene des Verständnisses auf, wo die Dinge bloß waren, was sie waren, ohne tiefere oder symbolische Bedeutung.

Aber ich verstehe es, merkte sie staunend. Obwohl ihr Dasein stets in beschränkten Lebenswelten verlaufen war, erst in den Häusern des Adels und dann in den Mauern einer Abtei, wußte sie an einer tief verborgenen Stelle ihrer Seele, was das Wesen dieser seltsamen, archaischen, parallelen Welt ausmachte, in die sie und Josse gestolpert waren.

Einen Augenblick lang verspürte sie flüchtig die Rückkehr des Trancezustands der vergangenen Nacht, und als lebte sie in einem Wachtraum, schien sie einen Kreis von Frauen zu sehen, die unter Gesängen vorsichtig durch dunkle unterirdische Gänge glitten und in einen felsigen Schoß der Erde eintraten, wo ihnen endlich das letzte Geheimnis enthüllt wurde...

Ihnen. Den Frauen.

Auffahrend schüttelte Helewise heftig den Kopf – wobei ihre verletzte Stirn schmerzhafte Schockwellen aussandte – und schob die Vision beiseite. Ich bin eine Nonne! rief sie stumm. Ich verehre den einen wahren Gott und Seinen heiligen Sohn Jesus Christus, und ich verbringe mein Leben dienend und voller Frömmigkeit in einer Abtei, die der Heiligen Jungfrau Maria geweiht ist.

Was habe ich mit der Großen Mutter zu schaffen?

Von irgendwo tief aus ihrem Inneren – oder womöglich von der älteren Frau, die so still, so angespannt vor ihr stand – kam der Anfang einer Antwort. »Wir haben alle mit der Großen...«

Doch Helewise sagte laut: »*Nein*«, und die leise innere Stimme verstummte.

Jetzt sprach Josse. Helewise fand sich – nicht ohne Mühe – in die Gegenwart zurück und hörte zu.

»…einen anderen Grund, Hamm Robinson zu töten?« sagte er gerade, seine grimmige Miene auf die Domina richtend.

Unerschüttert fragte sie: »Hamm Robinson? Wer ist das?«

»Der Mann, den ihr mit einem Speer durchbohrt habt!« rief Josse.

»Ach. Du möchtest wissen, ob er ebenso ungeladener Zeuge bei einer geheimen Zeremonie war?«

»Jawohl.«

Ein leises Hohnlächeln flog über das glatte, blasse Gesicht der Domina. »Das war er. Er stand da am Rand des heiligen Hains, und ich konnte sehen, wie er bei dem Anblick geradezu sabberte. Er hatte sein Leben bereits verwirkt, weil er die Eiche im Hain der silbernen Früchte getötet hatte. Wir hätten ihn jedoch zweimal umgebracht, wäre das möglich gewesen, wegen seines doppelten Verbrechens an uns. Ja, Außenweltler. Der Mann Hamm war Zeuge jenes ersten Zeugungsrituals, das vor zwei Monden im Hain stattfand.«

»Ihr meint«, fragte Josse nach, »daß das arme Mädchen das *zweimal* hat durchmachen müssen?«

»Du verstehst immer noch nicht«, bemerkte die Domina in einem um ein paar Grad kälteren Ton. »Selene ist sich der Ehre ihrer Rolle bewußt. Es ist der Inbegriff des Waldlebens, als Bewahrerin des Wesenskerns dessen, was wir sind, auserwählt zu werden. Und natürlich wußte sie, falls die erste Einsaat keinen Erfolg hätte, würde eine zweite stattfinden.«

»Ihr sprecht nur von einem Ritual vor dem gestrigen«, sagte Helewise. »Warum gab es keines beim vorigen Vollmond?«

Die Domina richtete ihre tiefliegenden Augen auf Helewise. »Weil…«, begann sie.

Doch Josse ließ sie nicht ausreden. »Es hat *doch* eins gegeben!« rief er. »Ich war in jener Nacht im Wald. Ich stand in der Lichtung mit den gefallenen Eichen, und ich hörte euren verdammten Gesang! Ihr wart da, ich weiß ganz genau, daß ihr da wart.«

Helewise, verblüfft über den unerwarteten Fluch, hatte einen Moment lang Angst vor der Reaktion der Domina. Langsam drehte sich die ältere Frau um, bis sie Josse gerade ins Gesicht blickte, und Helewise spürte noch da, wo sie stand, die Feindseligkeit. Doch dann entspannte sich die Domina sichtlich, und sie sagte gelassen: »Wir waren da. Ich leugne es nicht. Aber in jener Nacht gab es kein Ritual.« Betont wandte sie sich wieder Helewise zu, als wollte sie sagen, nur eine Frau könne diese Dinge verstehen. »Wir glaubten, Selene habe nach dem ersten Ritual empfangen«, erklärte sie. »Deshalb schien ein zweites nicht nötig zu sein. Doch was in ihr gewesen war, ging verloren. Ihr Schoß trug kein neues Leben.«

Neben allem anderen war Helewise von der unglaublichen Fachkenntnis beeindruckt, mit der jemand so früh erkennen konnte, ob ein Mädchen schwanger war oder nicht. »In den ersten Wochen ist es wirklich schwer zu beurteilen«, stimmte sie zu. »Die Symptome treten sehr langsam in Erscheinung.«

Die Domina blickte sie belustigt an. »Symptome«, wiederholte sie.

»Wie sonst?« fragte Helewise einfach.

Die Domina trat näher an sie heran, die Augen schmal vor Konzentration. »Es ist Leben da, oder es ist kein Leben da. Und das Leben hat seine eigene Ausstrahlung.« Sie streckte ihren Arm aus, die Hand leicht gekrümmt, so daß der Daumen und die Finger annähernd einen Kreis bildeten. »Die Aura eines neu gezeugten Kindes ist schwach, aber erkennbar, genau von dem Moment an, wo das Leben beginnt.« Sie mußte bemerkt haben, daß Helewise ihr nicht folgen konnte, denn sie ließ die Hand sinken und sagte: »Nun ja. Vielleicht ist das, wie so vieles andere, eine Fähigkeit, die die Frauen der Außenwelt verloren haben.«

Unglaublich, dachte Helewise. Ganz unglaublich. Wenn sie das richtig verstand, behauptete die Domina, sie habe sofort nach dem ersten Ritual gewußt, daß Selene empfangen hatte, doch wie es oft geschah, war die neue Schwangerschaft schadhaft und hatte bald ein Ende gefunden. Jetzt, zwei Monate später, hatte man das Mädchen noch einmal geschwängert...

»Ist sie jetzt schwanger?« fragte sie.

Die Domina lächelte. »Ja. Und diesmal pulsiert das neue Leben kraftvoll. Es ist ein männliches Kind«, fügte sie an.

Josse hatte offenbar genug von der Sache. Hartnäckig kam er wieder auf die Angelegenheit zurück, die seine Gedanken am meisten beschäftigte, und er fragte: »Warum habt Ihr dann in jener Nacht psalmodiert? Wenn kein Ritual stattfand, was habt Ihr dann getan?«

Sachte! wollte Helewise ihn warnen. Wir befinden uns auf dem Gebiet der Domina, und es ist weder diplomatisch noch klug, wenn wir eine Frau ins Verhör nehmen, die über solche Kräfte verfügt!

Als hätte die Domina es gehört, wandte sie sich zu Helewise um und sagte: »Mach dir keine Sorgen. Ich will dem Mann antworten.« Dann, an Josse gerichtet: »In jener Nacht waren Außenweltler im Hain.« Ein leises Lächeln flog über ihr Gesicht. »Andere Außenweltler außer dir, Mann. Wir waren da, um zu beobachten.«

Er blickte zweifelnd. »Nicht um zu töten?«

»Nicht um zu töten«, bestätigte sie. »Der Außenweltler, der wie ein abgestochenes Schwein den Waldboden vollblutete, starb nicht von unserer Hand.« Sie heftete durchbohrende Augen auf Josse. »Wir töten sauber. Und wie du sehr gut weißt, Außenweltler, ist der Mann langsam gestorben.«

Helewise sah, daß Josse nickte. »Josse?« flüsterte sie. »Was meint sie?«

Er warf ihr einen mitfühlenden Blick zu. »Ich habe ihn gehört«, sagte er.

»Oh!« Er hat einen Mann sterben hören! dachte sie entsetzt. Hat die Schreie eines lang hingezogenen Todes gehört. Ach, lieber Gott!

»Wir haben auch dich gesehen«, fuhr die Domina, an Josse gewandt, fort. »Ich glaube, das hast du gemerkt. Wir wußten, daß du den Hain aufgesucht hast, in jener Nacht und in der Nacht davor.«

Josse grinste flüchtig, was jedoch mehr wie eine Grimasse aussah. »Ja, ich weiß. Ich habe Blicke auf mir gespürt, beide Male.« Er zog eine Augenbraue hoch. »Ihr habt mir nichts getan«, stellte er fest.

»Nein«, bestätigte die Domina. »Von allen Außenweltlern, die sich in jener Nacht in unserem Gebiet aufhielten, hattest du doch eine schwache Ahnung, was das Waldelement bedeutet.«

Josse nickte bedächtig. »Ja.«

»Du hast bei den gefallenen Bäumen gestanden, und du hast um das Leben getrauert, das nicht mehr war.«

»Ja.«

Helewise sagte behutsam: »Josse?«

Er wandte sich zu ihr um. »Ich konnte es Euch nicht sagen.« In seiner Stimme schwang eine Entschuldigung mit. »Ich – es – ach, es ist einfach etwas, daß ich nicht in Worte zu fassen verstand.«

»Nein«, sagte sie leise. »Das sehe ich ein.«

Er blickte die Domina an. »Warum?« fragte er.

»Warum?«

»Warum habt Ihr mir nichts getan?« wollte er wissen. »Ich habe es mich damals gefragt, und ich frage es mich jetzt. Ja, ich möchte wissen, wieso Ihr hier bei uns seid, unsere Fragen beantwortet, unsere Anwesenheit duldet, wo Ihr doch schon ganz deutlich gezeigt habt, daß Euch Fremde nicht willkommen sind.«

Die Domina wies auf sein Bündel, das am Bachufer lag, wo er es hatte fallen lassen. »Deshalb.«

»Das Bündel?«

Sie stieß einen leisen Laut der Ungeduld aus. »Nein, Außenweltler, das, was an deinem Bündel hängt.«

Er schaute hin. Als er die Domina wieder ansah, wußte Helewise, bevor er sprach, was er sagen würde. »Der Talisman«, flüsterte er. »Ihr habt den Talisman gesehen.«

»Es ist unserer«, sagte die Domina.

»Wer hat ihn an mein Bündel gehängt?«

Die Domina lächelte. »Was glaubst du?«

»Caliste.« Ein antwortendes Lächeln glitt über seine Züge. »Caliste war es.«

»Sie war es«, bestätigte die Domina. »Du mußt auf sie einen günstigen Eindruck gemacht haben, Außenweltler«, stellte sie mit leiser Ironie fest. »Caliste versteht sich auf unsere Zeichen, und indem sie das Amulett des Schwerts von Nuada an deinem Bündel anbrachte, sagte sie, so deutlich es nur ging, *tut ihm nichts*.«

»Du lieber Gott«, murmelte Josse. Dann blickte er, als wäre ihm ein neuer Gedanke gekommen, zu Domina und fragte drängend: »Gilt das noch?«

Eine ganze Weile gab die Domina keine Antwort. Sie starrte Josse an, dann richtete sie ihren festen Bick auf Helewise.

Es fühlt sich an, dachte Helewise mitten in ihrer Angst, als würde mein Gehirn geradezu durchbohrt. Von zwei dünnen Strahlen weißen Lichts, die aus den außergewöhnlichen Augen der Domina drangen und durch ihre Pupillen zu stechen schienen.

Es war ein gräßliches Gefühl.

Doch gerade, als sie meinte, es nicht länger ertragen zu können, sondern laut um Gnade flehen zu müssen, hörte es auf.

Während die Domina unschuldig auf den Bach hinausblickte, sprach sie: »Nach altem Gesetz habt ihr euer Leben verwirkt. Es ist Außenweltlern nicht gestattet weiterzuleben, wenn sie unsere Geheimnisse geteilt haben.« Sie warf wieder einen Blick auf Helewise. »Aber du, Frau, hast eine der unseren aufgenommen, und sie spricht für dich.« Caliste sei dafür gedankt, dachte Helewise blitzschnell. »Und du, Mann«, die Domina wandte sich Josse zu, »trägst den heiligen Talisman.« Sie wies auf das kleine Schwert an seinem Bündel. »Sein schützender Zauber macht die Todesstrafe ungültig. Ich könnte einen Träger des Schwerts von Nuada nicht töten, selbst wenn ich es wollte. Nicht«, fügte sie fast wie zu sich selbst an, »ohne größte Schwierigkeiten.«

Helewise spürte, wie sich ihre verkrampften Schultern entspannten. Josse stieß einen vernehmlichen Seufzer aus.

Doch die Domina war noch nicht am Ende.

»Diesmal soll euch kein Leid geschehen!« rief sie unvermittelt, die erhobene Hand drohend auf Helewise, auf Josse gerichtet. Dann, ruhiger: »Diesmal gebe ich euch frei und gestatte euch, in eure Welt zurückzukehren. Aber ihr werdet nicht darüber sprechen, was ihr mitangesehen habt. Niemals.«

»Nein!« pflichtete Helewise bei.

»Niemals«, wiederholte Josse.

Die Domina beobachtete sie mit gerunzelter Stirn, wie tief in Gedanken. Dann hellte sich ihre Miene auf, und sie sagte: »Wenn einer von euch sein Wort bricht, werde ich es wissen. Zweifelt nicht daran, ich werde es wissen.« Helewise war fest davon überzeugt. »Und sollte das geschehen« – die Domina ging zu Josse hinüber und starrte ihm einen Moment lang in die Augen, dann wiederholte sie den Vorgang bei Helewise –, »sollte das geschehen, werde ich, wer immer von euch über unsere Geheimnisse gesprochen hat, den anderen töten.«

In dem bestürzten Schweigen, das auf ihre Worte folgte, schoß Helewise ein einziger Gedanke durch den Kopf: wie ausgesprochen gescheit!

Einer von ihnen, sie oder Josse, hätte vielleicht der Versuchung nachgegeben und in einer dunklen Nacht das, was sie gesehen hatten, in ein anteilnehmendes Ohr geflüstert. Immerhin lag es in der menschlichen Natur, sich mitzuteilen, und angefangen bei dem bedauernswerten Barbier des Königs Midas war nur zu bekannt, welche Qual es bedeutete, ein so fabelhaftes Geheimnis zu hüten, es auf ewig für sich behalten zu müssen.

Ja, einer von ihnen hätte womöglich das Gefühl gehabt, es sei das Risiko wert. Wäre es nur die eigene Sicherheit, die er dadurch aufs Spiel setzte.

Doch für den anderen, dachte Helewise, zu ihm hinblickend, zu diesem großen, gütigen, starken Mann, den sie gern zu haben und zu bewundern gelernt hatte. Doch für den anderen! Ach, lieber Gott, *ich* würde das Risiko nicht auf mich nehmen!

Und er ebensowenig, das wußte sie.

Die Domina nickte befriedigt. Da ihr bekannt war, was Helewise dachte, zweifellos auch, was Josse dachte, hatte sie allen Grund zur Zufriedenheit, überlegte Helewise.

Die Domina hob beide Hände, die Handflächen gegen Helewise und Josse gerichtet. »Verlaßt den Wald«, stimmte sie an. »Kommt nicht zurück in unser verborgenes Reich. Wir ziehen jetzt von hier fort, doch wir kommen wieder.«

Rückwärtsgehend entfernte sie sich von ihnen, die weichen, zarten Farben ihres Umhangs schienen mit dem Unterholz und dem üppigen grünen Laub hinter ihr zu verschmelzen. Man konnte sie immer schwerer erkennen...

Ihre Stimme schwebte sanft zwischen den Bäumen hervor: »Geht in Frieden.«

Helewise und Josse blieben eine Weile am Bach stehen. Schließlich brach Helewise das Schweigen, das sich auf beide herabgesenkt hatte, und murmelte: »Wir wünschen Euch dasselbe.«

Auf dem langen, mühsamen Rückweg durch den Wald fragte Josse die Äbtissin mehrmals, ob es ihr gut gehe, oder ob sie sich lieber am Rand des Pfades hinsetzen wolle, während er vorausginge, um sie dann mit einem Pferd heimzuholen.

Und mehrmals antwortete sie: »Nein, Josse, ich kann laufen.«

Er machte sich um sie Sorgen. Ihr Gesicht war kreideweiß, und der blaue Fleck auf ihrer Stirn hatte inzwischen gewaltige Ausmaße angenommen, wobei die Schwellung sich bis unter die linke Braue erstreckte, so daß das Auge halb geschlossen war. Sie sah aus, dachte er mitfühlend, als habe sie bei einer Kneipenschlägerei den kürzeren gezogen.

Ihm war immer noch etwas schwindlig, besonders, wenn er den Kopf zu rasch bewegte. Was immer diese Frau heute nacht in ihrem Feuer verbrannt hatte, die Wirkung dauerte lange an.

Er drehte sich kurz um, weil er sich zum zehnten Mal überzeugen wollte, ob die Äbtissin noch mithielt, und kehrte dann mit seinen Gedanken zu den unglaublichen Ereignissen zurück, in die sie beide gerade noch verwickelt gewesen waren. Und denen sie – das schien ihm ein Anlaß zu tiefempfundener Dankbarkeit – soeben entkommen waren.

Nein. Das war falsch. Es mußte heißen, denen zu entkommen ihnen soeben *gestattet* worden war.

Lieber Gott, war das ein beängstigender Augenblick gewesen, da hinten am Bach! *Nach altem Gesetz habt ihr euer Leben verwirkt*, hatte sie gesagt. Wie hätte sie sie getötet? Einen Speer in den Rücken, wie beim armen Hamm Robinson? Wohl kaum, wo er und die Äbtissin direkt vor ihr gestanden hatten – man konnte nicht gut einen Speer auf jemanden schleudern, der keine zwei Schritt entfernt war. Vielleicht durch Erdrosseln? Rasch eine Schlinge um den Hals, ein Ruck, eine Drehung und Tod durch Genickbruch? Oder einen Dolch in die Luftröhre? Ein einziger sauberer, tiefer Schnitt, dann das Nichts?

Er zwang sich, seinen makabren Gedanken Einhalt zu gebieten.

Wir wissen jetzt, worin Calistes Verbindung mit dem Wald besteht, sinnierte er statt dessen. Ihre Zwillingsschwester lebt noch bei den wilden Menschen, und angesichts der bekannt engen Beziehung zwischen Zwillingen hat sie wahrscheinlich Regungen irgendwelcher Art von ihrer Schwester aufgefangen. Gemütsbewegungen, die vielleicht durch die von Selene durchlebten Rituale noch eine Steigerung fanden.

Ja. Was war natürlicher, als daß Caliste bei Selene sein wollte? Um ihr vielleicht ihre Unterstützung, ihre Ermutigung anzubieten. Das Mädchen sogar zu trösten. Immerhin, wäre Caliste als erste auf die Welt gekommen und nicht Selene, hätte sie diejenige draußen im Hain sein können. Zog man all das in Betracht, besaß die Theorie durchaus Wahrscheinlichkeit.

Er und die Äbtissin würden es jedoch nie genau erfahren. Es sei denn, die Äbtissin bekäme es aus Caliste heraus. Und irgendwie konnte er sich nicht vorstellen, daß sie sich allzu angestrengt darum bemühen würde.

Die Waldleute hatten Hamm Robinson aus eigenen guten Gründen getötet. Dieses Verbrechen, soviel wußte Josse, würde nie offiziell »aufgeklärt« werden; der Täter würde dem Gericht entgehen. Würde dem Gericht der

Außenweltler entgehen, berichtigte er sich, was etwas ganz anderes war. Zu sagen, wer immer jenen Speer auf Hamm Robinson geschleudert hatte, müsse selbst hingerichtet werden, war vom Standpunkt der Waldleute aus dasselbe, als behaupte man, jeder Henker in England sei des Mordes schuldig.

Ach, nun ja.

Er sah sich wieder nach der Äbtissin um. Sie schritt immer noch mit eiserner Miene dahin. Jetzt war es nicht mehr weit, Gott sei Dank.

Er begann sich gerade zu entspannen und mit Vergnügen die Vorstellung einer guten Mahlzeit mit ein, zwei Bechern Wein heraufzubeschwören, als ein unwillkommener Gedanke seinen Seelenfrieden zerstörte.

Die Domina hatte gesagt, sie hätten Ewen Asher nicht getötet.

Josse hatte das bereits gewußt, obwohl es eine angenehme Überraschung gewesen wäre, wenn sie sich doch dazu bekannt hätte.

Doch das hatte sie nicht.

Mit einem leisen Seufzer rückte er sein Bündel höher auf die Schultern. So müde er war, es lag noch mehr Arbeit vor ihm, wenn er und die Äbtissin in Hawkenlye ankamen.

Diese schreckliche Geschichte war noch nicht beendet.

Dritter Teil

Tod im Herrenhaus

NEUNZEHNTES KAPITEL

Als Helewise den Kopf hob, um die Grüße derer zu erwidern, die in der Abtei Hawkenlye ungeduldig auf sie warteten, bemerkte sie Caliste im Hintergrund der kleinen Gruppe besorgter Nonnen.

Ach, Kind, ich muß mit dir sprechen! dachte Helewise und warf ihr rasch ein Lächeln zu.

»Liebe Äbtissin, Eure *Stirn*!« rief Schwester Euphemia und versuchte gleichzeitig die Hände zu ringen und einen prüfenden Finger auf die Wunde zu legen. »Dieser Verband sieht richtig verdreckt aus! Ihr müßt sofort mit mir kommen, und ich will Euch versorgen!«

»Schwester Euphemia, ich danke Euch, aber…«

»Frau Äbtissin! Ach, Frau Äbtissin, eine Nacht im Wald, und die ganze Zeit kein ordentliches, warmes Essen im Leib!« jammerte Schwester Basilia und packte Helewises Ärmel mit festem Griff, als wollte sie sie buchstäblich zum Refektorium hinüberzerren und sie mit dampfendem Geschmortem und gutem frischem Brot vollstopfen.

»Frau Äbtissin, ich bitte um eine Audienz«, sprach Schwester Emanuels ruhige Stimme in Helewises linkes Ohr. »Eine dringende Sache…«

»*Bitte!*« stieß Helewise hervor, das Stimmengewirr übertönend. »Schwestern, ich danke euch für euer Willkommen und eure Anteilnahme. Ihr könnt gar nicht wissen, wie froh mein Herz ist, wieder unter euch zu sein, und zur rechten Zeit wollen wir alle beten gehen, um dem Herrn für Seinen Schutz zu danken. Nun also.« Sie sprach eine nach der anderen an. »Schwester Euphemia, Sir Josse hat meine Wunde ausreichend versorgt, und ich habe keine starken Schmerzen. Ich verspreche dir, ich werde mich im Spital einstellen und um deine Hilfe bitten, sobald es mir möglich ist. Schwester Basilia, Sir Josse und mir würde eine warme Mahlzeit guttun; würdest du bitte Sir Josse sogleich zum Refektorium mitnehmen? Ich komme dann bald nach. Schwester Emanuel, was…«

Doch Schwester Emanuel war unauffällig gegangen.

Helewise nahm sich vor, sie aufzusuchen, sobald sie frei war, fing Calistes Blick auf und bedeutete dem Mädchen mit einer beinahe unmerklichen Geste, ihr zu folgen.

Dann machte sie sich mit großer Erleichterung von ihren aufgeregten, wohlmeinenden Nonnen los und flüchtete in die Abgeschiedenheit ihres kleinen Zimmers.

Als sie und Caliste hinter der geschlossenen Tür in Sicherheit waren, erklärte Helewise ohne Vorrede: »Ich habe deine Schwester gesehen. Es geht ihr gut, und sie ist schwanger.«

Schwester Caliste fuhr sich mit der Hand an den Mund. »Frau Äbtissin, es tut mir so leid!« sprach sie dahinter hervor.

»Leid?« Helewise sank in ihren Sessel. »Weswegen, Schwester?«

»Was müßt Ihr von alledem halten!« rief Caliste. »Und Selene ist meine Schwester, mein eigen Fleisch und Blut!«

Helewise dachte einen Augenblick nach. Dann erklärte sie: »Caliste, wir suchen uns die Familie nicht aus, in die wir geboren werden. Wer immer die Leute sind, welche Stellung sie im Leben einnehmen, ja, welchem Glauben sie anhängen, das zu bestimmen steht nicht in unserer Macht. Was jedoch unbedingt uns zufällt, ist, selbst unsere Entscheidungen zu treffen, geleitet von unserem Vater im Himmel und in der Hoffnung, daß wir richtig handeln.« Sie machte eine Pause. »Deine Schwester hat, nicht aus eigenem Verschulden, ihr Leben in einer Gemeinschaft verbracht, deren Maßstäbe ganz anders als die unseren sind und deren Mitglieder nicht die Wohltat von Gottes heiliger Erleuchtung genossen haben.«

Mit einem Mal war sie blitzschnell wieder im Wald. Und die uralte Weisheit – die weibliche Weisheit – in den intelligenten Augen der Domina schien sie wieder zu durchfluten.

Die lebte nicht mit den Segnungen von Gottes heiliger Erleuchtung. Und doch…

Ich bin jetzt wieder in meiner Abtei, sagte sie sich – sagte sie der Domina – fest. Hier liegen die Dinge anders.

Schwester Caliste wartete geduldig darauf, daß sie fortfuhr, doch sie schien den Faden verloren zu haben.

Matt lächelte sie dem Mädchen zu. »Alles ist gut«, erklärte sie.

»Oh!« Caliste sah überrascht drein, als hätte sie mehr erwartet. Einen Moment darauf sagte sie: »Frau Äbtissin, ich werde Selene nicht wiedersehen.«

»Dessen kannst du nicht sicher sein«, erwiderte Helewise behutsam. Ihr schien, das sei für ein junges Mädchen schwer hinzunehmen. »Immerhin ist der Große Wald nur einen Schritt entfernt.«

»Ja, aber er streckt sich Hunderte Meilen weit«, wandte Caliste ein, »und die Wilden Leute schweifen über seine ganze Länge und Breite hin.«

»Trotzdem…«, begann Helewise.

»Frau Äbtissin, verzeiht, daß ich Euch unterbreche, aber das ist es nicht.« Calistes glatte Stirn runzelte sich. »Wie kann ich es bloß erklären?« murmelte sie. Dann fuhr sie fort: »Ihr habt einmal gesagt, ich sollte eine Weile warten, bevor ich mein letztes Gelübde ablege.«

»Ja«, bestätigte Helewise. »Ich fragte mich, ob du ganz sicher wußtest, was du tatest.«

Caliste lächelte. »Ihr hattet recht, Äbtissin Helewise.

Ich *dachte*, ich sei mir sicher, aber das genügt nicht, nicht wahr?«

»Ja.«

»Doch jetzt ist es anders.« Das Gesicht des Mädchens wurde ernst, eindringlich. »Es ist, als ob... Das heißt, ich glaube...« Sie machte eine Pause, sammelte sich und sagte: »Ich machte mir Sorgen um Selene. Es war ein Gefühl, als ziehe es einen Teil von mir hinaus in den Wald, um an dem teilzuhaben, was sie dort tat. Deshalb ging ich neulich fort, um nach ihr zu sehen, weil ich sie sehen mußte. Ach, wir waren nur einen Augenblick zusammen – ich brauchte lange Zeit, um sie zu finden, obwohl sogar auch sie nach mir suchte –, aber es genügte. Ich habe niemandem gesagt, wohin ich ging, nur der guten alten Hilde im Spital, und ich dachte, ich könnte hinaushuschen und wieder zurücksein, bevor jemand merkte, daß ich weg war. Wißt Ihr, ich hatte das Gefühl, sie braucht mich. Selene, meine ich. Ich spürte, daß sie ängstlich war.«

Helewise sagte ruhig: »Das ist nur natürlich unter diesen Umständen.«

Caliste warf ihr einen dankbaren Blick zu. »Ich wußte, daß Ihr das verstehen würdet. Aber die Lage hat sich verändert. Sie ruft mich nicht mehr, sie ist glücklich. Sie hat getan, was sie tun wollte, und jetzt hat sie sich von mir getrennt.« Das kam ohne jedes Selbstmitleid heraus. »Und es bedeutet, Frau Äbtissin – ach, es ist so wunderbar! –, es bedeutet, daß ich wieder ein Ganzes sein kann. Und das wiederum bedeutet, daß ich bereit bin.«

In Gedanken ging Helewise noch einmal die hastige, atemlose kleine Rede durch. Bereit. Meinte sie, bereit, ihr Gelübde abzulegen? Sie blickte in das strahlende, schöne Gesicht auf, das jetzt, da die quälende Ungewißheit ausgelöscht war, noch lieblicher aussah.

Du *bist* bereit, dachte Helewise. Bereit, mit Gottes Hilfe eine sehr gute Nonne zu werden.

Sie stand auf und ging um den Tisch, um sich vor Caliste zu stellen, die, den Ernst des Augenblicks voll erfassend, auf die Knie fiel. Sie ergriff Helewises ausgestreckte Hände und beugte den Kopf darüber. Helewise hörte sie leise sagen: »Ich danke Euch.«

»Ich bin es, oder vielmehr die Gemeinschaft in Hawkenlye ist es, die dir danken muß, Schwester Caliste«, erwiderte Helewise. »Schon jetzt wissen wir deine Fähigkeiten im Umgang mit den Kranken zu schätzen. Deine Patienten lieben dich, und du erringst zunehmend die Achtung deiner Mitschwestern, besonders jener, die auch Pflegerinnen sind. Von nun an wollen wir sicher sein, daß du als Nonne, die vollen Profeß abgelegt hat, bei uns bleibst.« Sie half Caliste auf die Füße, und auf einen Impuls hin beugte sie sich vor und gab ihr einen sanften Kuß auf die Wange.

»Oh!« sagte Caliste. Dann breitete sich ein Lächeln reiner Freude über ihr Gesicht, und sie fragte: »Frau Äbtissin, darf ich gehen und es Schwester Euphemia erzählen?«

Und Helewise sagte: »Selbstverständlich.« Noch beim Sprechen merkte sie, daß sie den Segen der Domina wiederholte, als sie hinzufügte: »Gehe in Frieden.«

Josse, der Schwester Basilias köstlichem Essen eher zu reichlich zugesprochen hatte, wanderte ins Tal hinab zum Quartier der Mönche und erbat sich von Bruder Saul ein ruhiges Eckchen und eine Decke. Mit einem teilnehmenden Blick tat Bruder Saul ihm den Gefallen.

Als Josse sich im Schatten hinter der Hütte für die Pilger einrichtete, sagte Saul: »Ich sorge dafür, daß man Euch nicht stört, Sir Josse.«

»Danke, Saul.«

Es war nicht Bruder Saul, der ihn weckte, sondern das Geräusch rennender Füße.

Josse schlug die Augen auf und sah Bruder Michael den

Weg von der Abtei her herunterstampfen, mit wehender Kutte und winkenden Armen. Josse, im Nu hellwach, sprang auf und ging ihm entgegen.

»Woher wußtet Ihr«, keuchte Bruder Michael, »daß ich Euch holen komme?«

»Es war eine Ahnung«, gab Josse zurück. »Was ist denn, Bruder Michael?«

»Ich war oben in der Abtei«, berichtete Bruder Michael, »um Salbe für einen Pilger zu holen, der wegen dem Wasser gekommen ist – er hat zwei Tage lang ein krankes Kind getragen und sich den Rücken verrenkt, es ist wirklich schmerzhaft, er kann nur ganz schief gehen, und ich dachte, ich könnte…«

»Bruder Michael«, mahnte Josse.

»Verzeihung, Sir Josse. Während ich da war, kam dieser Reiter an, das Pferd richtig schaumbedeckt, und er sagt, er muß die Äbtissin sprechen, er hat etwas Furchtbares zu melden.« Bruder Michaels Augen wurden ganz rund angesichts seiner dramatischen Nachricht.

»Und?«

»Man schickte ihn zur Äbtissin Helewise, er verschwand in ihrem Zimmer, und dann, bevor man ein Gesegnet seist du, Maria sagen konnte, kamen die zwei wieder raus, und sie – die Äbtissin – sieht mich und sagt: ›Bruder Michael, geh und hole Sir Josse!‹«

»Und hier bist du nun«, bemerkte Josse. »Und weiter?«

Bruder Michaels einfältiges Gesicht blickte verblüfft drein. »Und weiter was?«

»Wie lautete die Botschaft des Reiters? Warum braucht mich die Äbtissin?« sagte Josse geduldig.

»Ach! Hab ich das nicht gesagt?« Michael lächelte erleichtert, als sei er heilfroh, daß Josses Frage sich so mühelos beantworten ließ.

»Nein, Bruder Michael, das hast du nicht.«

Bruder Michael neigte sich mit ernster Miene zu ihm.

»Es hat einen Todesfall gegeben«, flüsterte er. »Wieder ein Toter.«

Helewise hatte auf die gleiche kleine Mittagsruhe gehofft, die Josse zuteil geworden war. Nachdem sie die strahlende Schwester Caliste verabschiedet hatte, lieferte sie sich Schwester Euphemias feinfühligen Händen aus und trug jetzt einen frischen Verband auf ihrer Stirnwunde. Schwester Euphemia hatte ihr ein Tuch mitgegeben, das mit der speziellen Eibischlösung der Spitalschwester getränkt war, ihrem besonderen Heilmittel für Prellungen, und Helewise drückte es sich, wenn sie daran dachte, in Abständen an den Kopf.

Schwester Basilia hatte sich vollkommen über Helewises Beteuerungen, sie habe wirklich nicht viel Hunger, hinweggesetzt und blieb vor ihr stehen, während sie ihren Teller warmen Braten mit Soße aufaß.

Dann endlich, mit einer ganzen Stunde Zeit bis zur Nones, war Helewise in ihr Zimmer davongeschlüpft. Doch gerade als sie es sich in ihrem Sessel bequem gemacht hatte und dankbar die Augen schloß, fiel ihr Schwester Emanuel ein.

Ich bin ja selbst schuld, warf sie sich streng vor, während sie wieder aufstand. Einfach so loszurennen, eine Nacht draußen im Freien zu verbringen, außerhalb der sicheren Klostermauern, da können meine Nonnen, nachdem ich endlich zurückgekehrt bin, wohl kaum etwas dafür, wenn es Probleme gibt, wegen derer sie mich zu Rate ziehen müssen.

Schwester Euphemias Kompresse mit Eibischwasser an die pochende Stirn gedrückt, machte sie sich auf den Weg zum Altenheim.

Schwester Emanuel stand am Bett einer der ältesten Insassinnen, einer uralten, sauertöpfisch dreinblickenden

Nonne, die in ihrem Arbeitsleben Oberin in einem Kloster oben in den North Downs gewesen war. Anspruchsvoll, wie sie war, nie zufrieden, war es nach Helewises Meinung ein besonderer Grund zur Hochachtung vor Schwester Emanuel, daß sie sich von der alten Frau nie aus der Ruhe bringen ließ.

»...läßt mich hier den ganzen Vormittag mit einem beschmutzten Kissen liegen«, beschwerte sich die dünne, kratzige Stimme. »Also, zu meiner Zeit war das anders, das will ich dir mal sagen, junge Frau!«

Die Antwort, die Schwester Emanuel murmelte, war nicht zu verstehen. Als sie Helewise erblickte, entschuldigte sie sich bei der alten Nonne und ging der Äbtissin entgegen.

»Guten Tag, Frau Äbtissin.« Sie verneigte sich tief.

»Guten Tag, Schwester Emanuel.« Helewise machte eine Pause. Da sie ihre Nonnen grundsätzlich nicht darüber im Zweifel ließ, daß ihr klar war, welche unterschiedlichen Kreuze sie zu tragen hatten, sagte sie dann leise: »Die Äbtissin Mary ist eine ausgesprochene Perfektionistin, nicht wahr? Und als solche ist sie nicht gerade die Patientin, die am leichtesten zu nehmen ist.«

»Sie hat ganz recht, sich zu beschweren«, erwiderte Schwester Emanuel. »Sie hatte ihren Haferbrei verschüttet, und die Schmiererei wurde nicht ordentlich saubergemacht, bis ich von der Terz zurückkam.«

»Das macht wohl kaum den ganzen Vormittag aus, sollte ich meinen«, bemerkte Helewise.

Schwester Emanuel warf ihr einen dankbaren Blick zu, den rasch ihr gewohnter Ausdruck edler Gelassenheit ablöste.

»Du wolltest mich sprechen, Schwester?« sagte Helewise.

»Ja, Frau Äbtissin.« Schwester Emanuel blickte den Saal entlang, und als sie eine weitere Nonne erspähte, die in dem Heim arbeitete, gab sie ihr einen kleinen Wink und wies dann zur Tür. Die Nonne gab nickend zu erkennen, daß sie verstanden hatte. Schwester Emanuel sagte: »Die Schwester übernimmt die Aufsicht. Wollen wir uns draußen hinsetzen, Frau Äbtissin?«

»Wie du willst.«

Schwester Emanuel ging zu der Bank voraus, wo sie und Helewise schon einmal gesessen hatten. Als sie Platz genommen hatten, sagte sie: »Das Mädchen Esyllt ist nicht erschienen.« Sie ließ eine Pause eintreten, als sei sie noch unsicher, wie weit sie ihre Äbtissin über Esyllts Fehlverhalten zu unterrichten hatte. Dann fuhr sie fort: »Mir ist klar, daß ich – wir – außerhalb der Arbeitsstunden keine Kontrolle über ihr Kommen und Gehen haben, aber...« Ihre Stimme verklang.

»Aber sie war abwesend, als sie hätte arbeiten müssen«, ergänzte die Äbtissin für sie. Ja. Das erklärte wahrscheinlich das beschmutzte Kissen, das nicht schnell genug ausgewechselt worden war.

Schwester Emanuel nickte knapp. »Ja.«

»Ist sie jetzt da?« fragte Helewise.

Schwester Emanuels Miene sprach von ihrem inneren Kampf. »Na ja, Frau Äbtissin, ich bin ganz sicher, daß sie irgendwie aufgehalten worden ist und sehr bald zurückkommt. Ich bin sicher, wenn sie erst wieder da ist, wird sie doppelt so angestrengt arbeiten und die verlorene Zeit aufholen.«

»Ich verstehe.« Helewise überlegte kurz. Esyllt, das war ihr wohlbekannt, war ein Segen für die fleißige und überlastete Schwester Emanuel, und die Äbtissin verstand den Konflikt der Schwester. Wenn sie Esyllts Abwesenheit meldete, konnte das eine wie auch immer geartete disziplinarische Maßnahme nach sich ziehen, die Schwester Emanuel ihrer besten Helferin berauben würde, doch andererseits konnte Schwester Emanuel wirklich nicht weiter dulden, daß Esyllt sich über die Regeln hinwegsetzte, was in der Praxis bedeutete, daß das Altenheim oft ohne sie auskommen mußte.

Helewise sagte behutsam: »Schwester, wenn Esyllt zurückkommt, würdest du sie bitte sofort zu mir schikken? Ich möchte deine Autorität in deinem eigenen Verantwortungsbereich nicht an mich reißen, aber ist es dir recht, wenn ich mich mit dieser Angelegenheit befasse?«

»Herzlich gern!« sagte Schwester Emanuel. »Aber, Frau Äbtissin, würdet Ihr...« Sie unterbrach sich. Als höchst disziplinierte Nonne widersprach es ihrer Ausbildung, ihrer Vorgesetzten eine Frage zu stellen.

Helewise verstand und sagte leise: »Ich habe eine Ahnung, worum es sich handeln könnte, Schwester Emanuel.«

»Sie ist tief bekümmert, das arme Mädchen«, sagte Schwester Emanuel kopfschüttelnd. »Wenn man ihr helfen kann, Frau Äbtissin...« Wieder ließ sie den Satz unvollendet.

»Ich bete darum«, gab Helewise zurück. Sie blickte Schwester Emanuel kurz an. »*Wenn* das der Fall ist, Schwester, und es für Esyllt einen Weg aus ihren Nöten gibt, habe ich recht, wenn ich annehme, es wäre dir lieb, wenn sie weiterhin hier bei dir und deinen alten Leuten arbeitet?«

»O *ja*!« sagte Schwester Emanuel mit ganz untypischem Nachdruck. »Frau Äbtissin, sie ist die tüchtigste Mitarbeiterin, die ich je hatte.«

Der Nachmittag war schwer und träge von der Hochsommerhitze. Kleine blaue Schmetterlinge flatterten um die Rosmarinbüsche, die als Hecke längs der Südseite des Kreuzgangs standen, und Helewise, der es widerstrebte, sich in ihrem Zimmer einzusperren, setzte sich statt dessen auf die Steinbank, die sich an der Mauer entlangzog.

Esyllt, dachte sie bedrückt, leidet Qualen. Und außerstande, mit ihrem Problem zu mir zu kommen, versucht sie offenbar, es allein in Ordnung zu bringen. Ach, aber sie ist noch so jung! Und bei allem fröhlichen Selbstvertrauen, das sie früher zeigte, ist sie in Wahrheit doch nur ein unerfahrenes Mädchen.

Helewises verstorbener Ehemann hatte oft gesagt: »Schau nicht nach Problemen aus und vergeude keine Zeit damit, dir über Dinge Sorgen zu machen, die womöglich nie eintreten.« Die Äbtissin jedoch, die keine solche Optimistin war, hatte immer der Methode angehangen, sich auf das Schlimmste gefaßt zu machen, was passieren könnte, und für den Fall zu planen, daß es sich wirklich ereignete. Meistens, das hatte sie herausgefunden, passierte es nicht. Trotzdem, wenn man zu einem Schluß gekommen war, was zu tun war, wenn es passieren sollte, konnte man jene furchtbaren Vier-Uhr-morgens-Ängste, die am Seelenfrieden nagten und jede Hoffnung auf Schlaf vereitelten, leichter beiseite schieben.

Das Schlimmste, was Esyllt zugestoßen sein konnte, davon war Helewise immer fester überzeugt, war, daß sie sich in der vorigen Vollmondnacht mit irgendeiner noch unbekannten Absicht im Wald aufgehalten hatte und Ewen Asher über den Weg gelaufen war, der nach seiner Schatzsuche im Hain der gefallenen Eichen davonrannte. Und daß er, ganz erfüllt von der widerstreitenden Erregung, einerseits wertvolle Sachen gefunden zu haben und andererseits fast zu Tode erschreckt worden zu sein, der gutentwickelten Weiblichkeit nicht hatte widerstehen können, die buchstäblich über ihn gestolpert war. Er hatte Esyllt die Unterkleidung heruntergerissen, war im Begriff gewesen, sie zu vergewaltigen – vielleicht war es ihm sogar gelungen –, als die Ärmste in ihrer entsetzten Abscheu und ihrer Todesangst das Messer des Mannes gezogen und zugestochen hatte.

Als wäre das noch nicht genug, dachte Helewise bedrückt, muß das arme Kind jetzt mit dem Wissen hier oben sitzen, daß ein anderer im Gefängnis sitzt und in der Mordsache auf seinen Prozeß wartet.

Was würde geschehen, wenn man Seth Miller, was sehr wahrscheinlich war, für schuldig befand und zum Tode verurteilte? Würde Esyllt zulassen, daß er gehenkt wurde, oder würde sie sich stellen?

Helewise kannte bereits die Antwort darauf. Nicht etwa, daß diese im geringsten tröstlich war.

Bemüht, sich die gräßlichen Bilder aus dem Kopf zu schlagen, wie ein schöner weiblicher Körper sich zuckend am Ende eines Stricks wand, während das Gesicht schwarz wurde und die geschwollene Zunge hervorquoll, stand sie unvermittelt auf, ging in ihr Zimmer und zog entschlossen die Tür zu.

Sie war im Begriff, zur Abteikirche hinüberzugehen, um vor Nones ein paar ruhige Augenblicke im Gebet zu verbringen, als sie von draußen laute Stimmen hörte, denen das Stampfen rennender Füße folgte. Schon ging sie zur Tür, als eine Faust daran zu hämmern begann; als sie öffnete, sah sie das Gesicht eines Fremden vor sich.

»Äbtissin Helewise?« keuchte der Mann.

»Ja?«

»Frau Äbtissin, hält sich Sir Josse d'Acquin, Ritter des Königs, hier auf?« drängte er.

»Gewiß. Zur Zeit ruht er, unten im Tal. Wo die Mönche die Pilger versorgen, die...«

»Verzeiht mir, Frau Äbtissin, aber wollt Ihr ihn bitte rufen lassen?« Dem Mann war seine Bedrängnis deutlich anzumerken. »Wir brauchen seine Hilfe!«

»Selbstverständlich«, sagte Helewise, die ihm bereits nach draußen voranging und sich nach jemandem umsah, der Josse eine Botschaft überbringen könnte. »Aha! Bruder Michael!« rief sie. »Ich brauche dich hier.« Sie drehte sich zu dem Mann um und sagte: »Also, wo kommst du her, und was ist das Problem?«

Der Mann beobachtete konzentriert, wie Bruder Michael vom Spital herübergeeilt kam, und antwortete nicht gleich.

»Wer hat dich geschickt?« wiederholte Helewise etwas energischer.

»Wie? Ach so. Ich bin Tobias Durands Diener, ich diene ihm und der Lady Petronilla. Und, o Gott!« Vorübergehend verzerrte sich seine Miene, als überwältige ihn noch einmal das Geschehen, worum es sich auch immer handelte, das Josses Hilfe erforderte. »Frau Äbtissin, wir bedürfen Eurer Gebete, Eurer und der aller Schwestern«, sagte er.

»Warum?« wollte sie wissen.

Er schluckte, und sichtlich bemüht, sich zusammenzunehmen, sagte er: »Im Herrenhaus hat es einen Todesfall gegeben.«

ZWANZIGSTES KAPITEL

Helewise beobachtete Josse, wie er mit schlecht verhohlener Ungeduld darauf wartete, daß man ihm sein Pferd brachte, und sie dachte, er wirke durchaus nicht geeigneter für einen ziemlich langen Ritt, nach dem er sich einem ernsten Problem zu stellen hätte, als sie selbst.

»Wollt Ihr nicht diese Nacht ausruhen und am Morgen aufbrechen?« schlug sie vor, wohl wissend, daß er nein sagen würde, aber außerstande, die Frage zu unterlassen. »Ihr und ich, wir haben beide diesen scheußlichen Rauch eingeatmet, und ich bin ganz sicher, wir leiden beide nach wie vor ein bißchen an den Nachwirkungen des darin enthaltenen Betäubungsmittels, worum es sich auch immer gehandelt haben mag.«

Er sah auf sie herab. »Ich bin Euch dankbar, daß Ihr so besorgt seid, Helewise, aber...« Er blickte zur Seite. Dann, als hätte er sich erinnert, wo sie waren, und daß sie hier in der Abtei die Formlosigkeit ihrer Beziehung draußen im wilden Wald vergessen mußten, als hätte es sie nie gegeben, sagte er: »Mir geht es wirklich gut, ich danke Euch, Frau Äbtissin. Und wenn man mich ruft, ist es meine Pflicht, dem Ruf zu folgen.«

»Nun gut.« Sie trat zurück mit dem zwiespältigen Gefühl der Dankbarkeit für seine Höflichkeit und Rücksichtnahme, während sie zugleich seine warmherzige Freundlichkeit vermißte.

Endlich führte Schwester Martha Horace aus dem Stall; das Fell des Pferdes glänzte, als hätte sie den ganzen Nachmittag damit verbracht, es zu striegeln. Sie übergab Josse die Zügel, und er schwang sich in den Sattel.

Helewise stellte sich an seinen Steigbügel. »Gebt mir Nachricht«, sagte sie leise.

Seine Augen begegneten den ihren, und als verstünde er ihre Besorgnis, lächelte er. »Ja«, sagte er. »Das will ich machen. Entweder das, oder ich komme zurück und berichte Euch selbst.«

Dann spornte er Horace zum Trab an und ritt zum Klostertor hinaus.

Der Bote war vorausgeeilt, um zu melden, daß Josse unterwegs war. Josse folgte in flottem Tempo, den Kopf voll von Mutmaßungen, so daß die langen Meilen nahezu unbemerkt vorüberflogen.

Er ritt in den von einer Mauer umgebenen wohlgepflegten Hof vor Tobias und Petronilla Durands schönem Haus ein. Diesmal war es nicht der Herr, der ihn begrüßte, sondern der Diener Paul.

244

Mit ernster Miene, den Blick stumpf angesichts einer erschütternden Gemütsbewegung, sagte er mit leiser Stimme: »Hier entlang, Sir Josse. Der Leichnam liegt da, wo er fiel.«

Der Bote tauchte aus den Stallungen auf und kam herbeigeeilt, um Josse das Pferd abzunehmen. Mit einem entschlossenen Ruck zog Josse seine Tunika glatt und folgte Paul die Stufen hinauf ins Haus.

Nach dem Sonnenschein wirkte das Licht drinnen sehr düster, und Josse brauchte ein paar Sekunden, um zu erkennen, welche Szene ihn erwartete.

Als sich dann seine Augen angepaßt hatten, erblickte er, weshalb man ihn gerufen hatte.

Am Fuß der wenigen Stufen, die von dem Podest, wo der Eßtisch stand, in die eigentliche Halle hinabführten, lag ausgestreckt eine Leiche.

Ein hochgewachsener Körper in vollem Staat, die satten Farben der Stoffe glühten im matten Licht. Die Leiche lag mit dem Gesicht nach unten, und nach dem Blut zu urteilen, das die Steinplatten darunter befleckt hatte, war der Tod infolge einer schweren Verletzung am Vorderteil des Kopfes eingetreten.

Josse fragte leise: »Wann ist es passiert?«

»Heute morgen«, erwiderte Paul voller Trauer. »Erst heute morgen«, wiederholte er, als könne er seinen eigenen Worten kaum Glauben schenken. »Sie hatten sich noch nicht zum Frühstück hingesetzt.«

Während Paul sich bekreuzigte und ein Gebet murmelte, kniete Josse nieder und berührte Tobias Durands bereits erkaltete Schläfe.

Mit der Handfläche die Stirn des Toten stützend, hob er behutsam den Kopf an. Das volle Haar von gesundem Glanz fiel über das tote Gesicht, und Josse mußte es beiseite schieben, bevor er die Wunde sehen konnte.

Die Verletzung war furchtbar. Die Wunde, tief und

annähernd pyramidenförmig, mußte durch irgendeine harte Spitze verursacht worden sein... Josse blickte auf die Stelle hinab, wo Tobias' Gesicht gelegen hatte, und sah die Kante der untersten Stufe. Die Stufe war neu, vermutlich anläßlich der Renovierung eingefügt, die nach Tobias' und Petronillas Heirat erfolgte, scharfkantig und noch in keiner Weise abgenutzt, und Setzstufe, Trittfläche und Seitenfläche trafen so zusammen, daß sie die Ecke eines fast vollkommen rechtwinkligen Würfels bildeten.

»Lady Petronilla sagte, er sei über seinen Jagdhund gestolpert«, berichtete Paul mit brüchiger Stimme. »Er – der Herr – alberte herum, hat sie gesagt, machte einen Satz vom Podest herunter, um sie bei der Hand zu nehmen und an den Tisch zu führen, und der Hund, von der ganzen Tollerei mächtig aufgeregt, fing zu bellen an, sprang dann hoch und geriet dem Herrn zwischen die Beine.« Er schniefte und wischte sich mit dem Ärmel über die Nase. »Ich hörte Stimmen, ich hörte das Bellen, dann war da ein Geräusch, als ob etwas Schweres fällt. Danach diese furchtbare Stille.« Er schniefte wieder.

»Und du kamst in die Halle gerannt und hast ihn da liegen sehen?« fragte Josse behutsam.

»Ja.« Jetzt weinte Paul ganz offen und fuhr fort: »Meine Lady ist untröstlich, Sir. Sie hält so große Stücke auf ihn, ich weiß nicht, wie sie ohne ihn zurechtkommen soll, ich weiß es wirklich nicht.«

Und was ist mit dir? dachte Josse. Wozu sie sich auch entschließen mag, wird Lady Petronilla ihren getreuen Diener noch brauchen? Oder wird sie, wie so viele Witwen ab einem gewissen Alter, zu dem Schluß kommen, sie habe genug von der Welt, und sich hinter die Mauern eines stillen, einladenden Klosters zurückziehen?

Jetzt war entschieden nicht die Zeit für solche Fragen, auch nicht insgeheim. Josse hielt es für einen guten Gedanken, Paul etwas zu tun zu geben, und begann:

»Paul, dieser Tod ist ein entsetzlicher Schock für dich und den ganzen Haushalt, ja, für uns alle.« Sein Blick kehrte zu dem lang hingestreckten, elegant gekleideten Körper zurück, der, da der Tod erst vor so kurzer Zeit eingetreten war, äußerlich noch den Anschein von Leben erweckte.

Der Tod. So endgültig. So furchtbar endgültig.

Nicht ohne Mühe faßte Josse sich und wandte sich wieder dem erschütterten Diener zu. »Das übrige Gesinde muß fast so ratlos sein wie du«, sagte er freundlich. »Was meinst du, kannst du sie zu irgendeiner Arbeit einteilen?« Er suchte nach einer passenden Aufgabe. »Was macht Tobias gewöhnlich am Nachmittag?«

Paul kratzte sich den Kopf. »Ich weiß nicht recht, Sir. Er ist oft auswärts. Manchmal führt er seine Hunde aus, das weiß ich genau.«

»Na, das ist doch schon etwas.« Josse versuchte es mit einem aufmunternden Lächeln. »Und sein Pferd braucht vermutlich Bewegung und muß dann ordentlich abgerieben werden. Und selbst in diesem leidgeprüften Haus wird man Essen brauchen. Kannst du das Hausgesinde anweisen, sich um eine Mahlzeit zu kümmern?«

Paul richtete sich auf, als bedaure er, daß er sich hatte gehenlassen, und wolle zeigen, daß er nun die Autoritätsperson sei. »Ich will alles tun, was Ihr mir aufgetragen habt, Sir.« Mit einer knappen, förmlichen Verneigung, die Josse einen Stich ins Herz versetzte, ging Paul steif davon.

Als Josse mit dem Toten allein war, tastete er ihm den ganzen Kopf nach Anzeichen weiterer Verletzungen ab. Nein. Da war nichts.

Doch halt! Was…

»Ihr seid gekommen, Sir Josse«, sagte eine ruhige Stimme hinter ihm. »Ich danke Euch, daß Ihr meinem Ruf gefolgt seid.«

Er fuhr herum und sah Petronilla Durand, die keine zwei Schritt entfernt stand und auf ihn herabblickte.

Sie war bereits in ein fließendes, dunkles Trauergewand gekleidet, das dazu beitrug, den letzten Anflug von Farbe aus ihren schon ohnehin bleichen Wangen zu löschen. Ihre Augen waren rotgerändert, die Lider geschwollen. Die gestärkte weiße Haube lag ihr fest am Kopf an, und darüber trug sie einen leichten schwarzen Schleier. In grausamem Kontrast zum glatten Leinen des Kinnbands hing das Fleisch an Unterkiefer und Kinn schlaff herab und sah gelblich aus, wie bei einem frischgerupften Huhn. Ihr schmallippiger Mund bildete eine nach unten gerichtete Kurve, zu deren beiden Seiten sich deutlich ausgeprägte halbkreisförmige Falten abzeichneten, die vorher nicht dagewesen waren, da war sich Josse fast sicher.

Sie war um zehn Jahre gealtert.

Josse stand auf, trat zu ihr, ergriff, erneut niederkniend, ihre Hand und küßte sie. »Lady, mein tiefstes Beileid zu Eurem Verlust«, sagte er. »Wenn ich irgend etwas tun kann, braucht Ihr es nur zu sagen.«

Sie zog ihre Hand aus der seinen. Sich abwendend, so daß er das verwüstete Gesicht nicht mehr sehen konnte, stieß sie mit einem Klagelaut hervor: »Bringt ihn zurück!«

Josse trat an ihre Seite. Hatte sie den Verstand verloren? Er sagte behutsam: »Das kann ich nicht, Lady.«

Sie schüttelte den Kopf. »Ich weiß, Herr Ritter, ich weiß.« Sie seufzte.

»Tröstet Euch mit dem Wissen, daß er kaum Schmerz gefühlt haben kann«, sagte Josse. Es war nicht viel, das wußte er, doch trauernde Witwen hatten schon früher in solchen Äußerungen Trost gefunden; er selbst hatte die banale Bemerkung oft genug geäußert. »Die Wunde ist tief, und der Tod dürfte sofort eingetreten sein.« Er konnte sich dessen nicht sicher sein – nicht so sicher, wie er vorgab –, doch wenn es ihr half, hatte das wohl kaum etwas zu sagen.

»Kaum Schmerz«, wiederholte sie. Einen Augenblick

schwieg sie, dann fuhr sie fort: »Wie wenig Ihr doch versteht.«

Ach.

»Lady?« sagte Josse.

Die rotgeränderten Augen begegneten den seinen. »Dieses Haus war immer von Schmerz erfüllt«, murmelte sie. »Und auch wenn mein Mann tot daliegt, wird der Schmerz nie vergehen.«

Für eine Witwe waren das seltsame Worte. Meinte sie, daß Tobias' Tod den Schmerz verursacht hatte? Vielleicht, dachte Josse verblüfft, aber so hatte es nicht geklungen. Es hatte geklungen, als ob Petronilla irgendeinen tiefen, anhaltenden Kummer meinte, etwas, das ein beständiges Element ihres Lebens gewesen war.

Bemüht, sie zu trösten – der hartherzigste Mann der Welt hätte sicherlich dieser totenbleichen, schwer heimgesuchten Frau mit dem gezeichneten Antlitz Trost zusprechen wollen –, sagte Josse: »Lady, in diesem Haus herrschte Freude! Ich habe doch mit eigenen Augen gesehen, wieviel Liebe zwischen Euch und Tobias war. Warum sprecht Ihr von Schmerz?«

Als bedauerte Petronilla ihre Worte, versuchte sie sichtbar, sie abzuschwächen. Mit einem gespenstischen Lächeln, das auf ihrem Gesicht schrecklicher wirkte als ihr unglücklicher Ausdruck, sagte sie: »Wie recht Ihr habt, Sir Josse! In der Tat, Tobias und ich waren wirklich glücklich. Der Schmerz besteht in seinem…« Sie blickte kurz auf die Leiche ihres Mannes, schloß krampfhaft die Augen und flüsterte: »Der Schmerz liegt hier, zu unseren Füßen.«

Um ein Haar war Josse überzeugt. Er hätte ihr geglaubt, hätte nicht mehr an ihre sonderbare Bemerkung gedacht, hätte sich bei ihm nicht mit einem Mal ein bestimmter Gedankengang vorgedrängt. Er blickte sorgfältig nach allen Seiten, um sich zu vergewissern, daß sie allein waren, dann sagte er leise: »Petronilla, ich glaube, als

249

wir uns voriges Mal kennenlernten, habt Ihr mir vielleicht nicht die Wahrheit gesagt, sondern was Ihr gern als Wahrheit gesehen hättet.« Keine Antwort. »Lady?« half er nach. »Wäre es nicht eine Erleichterung, Euer Herz auszuschütten?«

Sie senkte den Kopf. Mit erstickter Stimme fragte sie: »Herr Ritter, was meint Ihr bloß?«

Wenn sie nicht bereit war, es ans Licht zu bringen, dann war er es. »Ihr habt mir erzählt«, sagte er, darauf bedacht, weiter die Stimme zu dämpfen, »daß Tobias die Gewohnheiten seiner vergeudeten Jugend abgelegt hatte. Daß seine Seite der Abmachung, die Ihr geschlossen habt, darin bestand, ein Mustergatte zu sein, so achtbar, wie es ein Mann sein sollte, der mit einer Dame wie Euch verheiratet ist. Und das, meine Dame, war eine Lüge.« Wieder schwieg sie. »Oder etwa nicht?« zischte er.

Sie fuhr ihn an. »Also gut, *ja*!« zischte sie zurück. »Seid Ihr jetzt zufrieden? Wollt Ihr meine Demütigung ebenso mit ansehen wie meine Trauer? Schämt Euch, Herr Ritter, schämt Euch!«

Demütigung war nicht der Ausdruck, den er verwendet hätte; nur darauf bedacht, alles herauszufinden, was es herauszufinden gab, drang er weiter in sie. »Ich weiß, daß er die Gewohnheit hatte, den Großen Wald aufzusuchen«, sagte er, »weil ich ihn dort gesehen habe, zweimal. Tatsächlich hat er kein Geheimnis aus seiner Vorliebe für den Randbezirk des Waldes gemacht, als eine günstige Gegend dafür, mit seinem Falken zu jagen. Aber das war nur ein Vorwand, nicht wahr?« Er verspürte den Drang, sie festzuhalten, ihr den Trost seiner Berührung zukommen zu lassen, selbst während er sie befragte. »Er war mit Hamm Robinson im Bunde, nicht wahr? Mit Hamm und dessen Diebskumpanen Ewen Asher und Seth Miller. Diese drei gingen die Risiken ein, erledigten die schmutzige Arbeit und gaben die wertvollen Gegenstände, die sie

250

fanden, an Tobias weiter, der sie verkaufte. Trifft das nicht zu, Petronilla?«

Während er sprach, hatte sie ihn nicht aus den Augen gelassen, und nun öffnete sie, stumm nach Luft ringend, den Mund. Gleich würde sie alles abstreiten, dachte er grimmig, würde ihm erklären, er irre sich. Was würde er dann tun?

Mit eisiger Stimme sagte sie: »Ich habe nie von einem dieser Männer gehört.«

Nun ja, es hatte für Tobias kein Grund bestanden, ihre Namen zu nennen. Doch andererseits klang es so überzeugend, was sie sagte! Josse hätte geschworen, daß es die Wahrheit war! Mit dem deutlichen Gefühl, er verrenne sich in eine Sackgasse, erklärte er: »Vielleicht nicht, aber trotzdem, Lady, glaube ich fest, daß Tobias sie kannte.« Enttäuschung überfiel ihn, und er setzte fort: »Ich hätte es beweisen können, ich weiß es genau! Ich kann es womöglich immer noch, es muß einen Weg geben, die Sachen aufzuspüren, die sie aus dem Wald holten, und…«

Sie ließ ihn nicht weitersprechen. Geringschätzung machte ihre Stimme schrill, als sie verkündete: »Mein Mann hatte keine Geschäfte mit kleinen Dieben.« Sie starrte Josse wütend an und fuhr fort: »In Gottes Namen, Herr Ritter, er hat eine reiche Frau geheiratet! Wozu sollte er es nötig haben, Flitterkram zu verhökern?«

Das war eine gute Frage. Stirnrunzelnd begann Josse: »Nun ja, ich würde es nicht gerade Flitterkram nennen, und…«

Wieder unterbrach sie ihn. »Wie *könnt* Ihr nur!« rief sie, in ihrer Not die schmalen Hände ringend. »Mein Mann ist noch kaum erkaltet, und hier steht Ihr und beschuldigt ihn eines Verbrechens, das mehr zu Waldbauern paßt als zu dem liebenswürdigen, edlen Mann, der er war!«

Josse senkte den Kopf. Die arme Frau, dachte er, sie ist

noch ganz benommen. Sie ist von den furchtbaren Geschehnissen des Vormittags vollkommen überwältigt, und hier stehe ich mit meinen kleinlichen Beschuldigungen und verfolge eine Angelegenheit, die für jeden außer mir im Vergleich dazu banal erscheinen muß. Von Schuldbewußtsein erfüllt, hob er den Blick und sagte: »Lady, verzeiht mir. Meine Bemerkungen sind unpassend. Diese Geschichte kann bis zu einem späteren Zeitpunkt...« Nein. Er durfte nicht einmal das sagen. Er legte alle Aufrichtigkeit, die er nur aufbringen konnte, in seine Stimme und sprach ihr gut zu: »Petronilla, ich bin gekommen, um Euch zu helfen. Wenn es Euch recht ist, sagt mir, was ich tun kann.«

Sie starrte ihn an; im Licht der offenen Tür konnte er ihr Gesicht deutlich sehen. Der zornige, beleidigte Ausdruck verzog sich allmählich, und einen Moment lang erschien sie als die stolze, hochmütige Edelfrau, die ihren Schmerz mit Würde trägt. »Ich danke Euch, Herr Ritter«, begann sie, »da sind Dinge, um die man sich kümmern muß, und es sind Entscheidungen zu treffen über...«

Langsam verklangen ihre Worte. Wie von einer Kraft angezogen, der sie nicht zu widerstehen vermochte, kehrten ihre Augen zu Tobias' Leiche zurück. Leise wimmernd kniete sie nieder, wobei ihr weiter Rock sich um sie her ausbreitete, und mit der zärtlichen Berührung einer Mutter am Gesicht eines schlafenden Kindes strich sie das volle Haar aus der verletzten Stirn.

»Er ist tot«, flüsterte sie. »Tot.«

Dann begann sie zu schluchzen, tief über den Toten geneigt.

Einen Augenblick ertrug Josse die erschütternden Laute, dann beugte er sich ebenfalls hinab, ergriff Petronilla fest bei den Schultern und stellte sie auf die Füße. »Lady, Ihr müßt tapfer sein«, sagte er. »Kommt, setzt Euch mit mir hin, und wir lassen etwas Erquickendes zu

252

trinken kommen, etwas, das Euch die Kraft gibt, mit dem fertig zu werden, was Ihr ertragen müßt.«

Sie ließ sich nur ein paar Schritte von den Stufen fortführen, wo Tobias lag. Dann drehte sie sich wieder um und murmelte: »Ich mag ihn nicht allein lassen.«

»Das braucht Ihr nicht, Lady«, redete Josse ihr zu, »vorläufig bleiben wir nahe bei ihm, und…«

Als hätte sie nicht gehört, sagte Petronilla: »Er kann mich jetzt nicht verlassen. Er muß hier bleiben, in der Halle meines Hauses, und dann leistet er mir die ganze Zeit fröhliche Gesellschaft.«

Ein Schock durchlief Josse, das beängstigende Gefühl, daß er dem Wahnsinn gegenüberstand. »Er muß versorgt werden, wie es sich gehört, Petronilla«, sagte er sanft. »Er kann nicht lange hierbleiben. Es ist nicht…« Er suchte nach einem Wort von hinreichendem Gewicht, gab es auf und schloß lahm: »Es ist nicht *schicklich*.«

Sie starrte immer noch Tobias an. Sie summte, als sänge sie ihm ein Wiegenlied, und ein leises Lächeln flog über ihr Gesicht.

»Kommt, wir wollen gemeinsam überlegen, wo er begraben werden soll«, schlug Josse vor. »Irgendwo in der Nähe, meint Ihr nicht, damit Ihr oft die Stätte besuchen und Euch an Eure glücklichen Zeiten erinnern könnt? Oder…«

Sie war herumgefahren, und nun richtete sich ihre Aufmerksamkeit ganz auf Josse. »Glückliche Zeiten?« wiederholte sie. Während sich auf ihrem Gesicht deutlich ein heftiger innerer Kampf abzeichnete, setzte sie zu sprechen an, dann brach sie ab. Doch als die Gefühlswallung sie wieder sengend durchfuhr, stürzten die Worte hervor, die sie zurückzuhalten bemüht war.

»*Schmerz* herrschte in diesem Haus!« rief sie. »Das habe ich Euch gesagt!« Sie schob ihr Gesicht, von dem ihre furchtbare Qual so deutlich ablesbar war wie von einem illuminierten Manuskript, dicht an das seine heran, und fuhr fort: »Ihr sagtet, Ihr wußtet, daß mein Mann den Großen Wald aufsuchte, und Ihr fragtet mich, warum. Wollt Ihr es wissen? Wollt Ihr es?« Fast spie sie ihm die Worte ins Gesicht. »Nun, Herr Ritter, Ihr sollt es erfahren! Ich will Euch sagen, was er im Wald machte.«

Sie legte eine Pause ein und tat einen plötzlichen heftigen Atemzug. Als raffte sie sich zusammen, schloß sie kurz die Augen und faltete die Hände auf der Brust wie im stummen Gebet.

Dann sagte sie ganz ruhig: »Er lag bei einer Frau. Einer jungen und lebhaften Frau, deren weiches Fleisch sich seinen Liebkosungen anschmiegte, deren feuchter Leib sich dem seinen auftat, deren volle Lippen seinen gierigen Mund küßten.« Ein heftiger Schluchzer brach aus ihr heraus und erschütterte den dünnen Körper. Die Stimme nur noch ein Flüstern, fuhr sie fort: »Eine schöne Frau, die ihm all die Leidenschaft schenken konnte, die er von mir nicht annehmen wollte.«

Josse war bis ins Mark erschüttert. Hatte sie recht? Konnte sie es überhaupt mit Sicherheit wissen? Er fragte: »Wie könnt Ihr dessen sicher sein?«

Ihre Miene nahm einen listigen Ausdruck an. »Ihr vergeßt etwas«, sagte sie. »Ihr habt mich gefragt, ob ich ihn noch beobachten lasse, und ich sagte…«

»Ihr sagtet, selten«, schloß Josse für sie.

Du lieber Gott. Die arme, unglückliche Seele! War es die ganze Zeit seine Schürzenjägerei, die sie im Verdacht hatte? War es nur Josses vorgefaßte Meinung, Tobias bereits als Komplizen von Hamm Robinson abzustempeln, die ihn ihre Bemerkungen hatte mißverstehen lassen? Die ihn hatte vermuten lassen, sie meinte, ihr Mann sei ein Dieb gewesen, wo in Wahrheit sein Vergehen darin bestand, daß er als ein zweifellos gutaussehender und einnehmender Mann außerstande gewesen war, einem hübschen Gesicht zu widerstehen?

Ich habe mich geirrt, dachte Josse, und Schuldbewußtsein durchflutete ihn. Und weil ich mich geirrt habe, liegt ein Mann tot in seiner eigenen Halle. Er warf einen Blick auf Petronilla. Hätte ich es früher erraten, schalt er sich, hätte ich vielleicht mit Tobias sprechen können. Ihn davon überzeugen können, daß es töricht war, so weiterzumachen. Ihn ermahnen können, sich eindeutig von den Liebesbanden zu lösen, die ihn festhielten, und seiner Frau treu zu bleiben. Seinem Gelöbnis ihr gegenüber treu zu bleiben.

Aber das habe ich nicht getan.

Er fragte, obwohl es nicht wirklich wichtig war: »Mit wem hat er sich getroffen?«

Petronilla wirkte überrascht. »Ihr fragt mich das, Herr Ritter? So gescheit wie Ihr seid, habt Ihr es nicht herausgefunden?«

Er schüttelte den Kopf. »Nein.«

Ein leises Lächeln verzog flüchtig die schmalen Lippen. »Ich habe Euch doch erzählt, daß Tobias von seiner alten Tante großgezogen wurde?«

»Gewiß.«

»Ja. Nun, das Leben der Tante war gezeichnet von Armseligkeit und Geiz, doch das eine, was in ihrem Haushalt wie ein Juwel strahlte, war ihre Dienerin. Ein Juwel, das die alte Frau wohl selbst hochgeschätzt hat. Das Mädchen war jung und fröhlich, und sie sang immer, wenn sie ihrer Arbeit nachging. Dabei hätte man meinen sollen, daß sie wenig Grund zum Singen hatte, denn ihr Tagwerk war lang, die Arbeit schwer und die alte Frau hatte nie ein Wort des Lobes für sie übrig.« Ein leiser Seufzer. »Sie war für Tobias natürlich unwiderstehlich, und er für sie. Sie verfielen einander und wurden ein Liebespaar. Nach einiger Zeit wurde die alte Tante krank, und womöglich als Geste der Reue wegen ihrer lieblosen Art verlangte sie eine Wallfahrt zu unternehmen, um das heilige Wasser zu trinken. Das

Mädchen brachte sie zur Abtei Hawkenlye, wo der Herr sie nach Seinem Ratschluß zu sich rief.« Wieder ein flüchtiges Lächeln. »Zweifellos waren alle froh, sie loszuwerden, obwohl die freundlichen Gedanken, die irgendeine gute Seele womöglich für sie übriggehabt hätte, schon bald zum Fenster hinausgeflattert wären, als ihr Testament verlesen wurde, denn sie hinterließ Tobias keinen Sou, auch sonst niemandem, der für sie gesorgt hatte. Sie vermachte alles jener elenden Abtei.«

Doch Josse hörte kaum noch zu. Er überlegte, erinnerte sich. Er glaubte die Stimme der Äbtissin Helewise zu hören: *Sie kam mit ihrer verstorbenen Herrin, die starb, während sie bei uns war.*

Esyllt blieb zurück und wußte nicht, wohin.

»Er liebte Esyllt!« stellte er fest. »Sie war die Dienerin der alten Tante gewesen, nicht wahr? Und um sie zu besuchen, seine Jugendliebe, die er nicht vergessen konnte, zog es Tobias immer wieder in den Wald hinauf!«

Von dem schönen, romantischen Bild fortgerissen, hatte er nicht innegehalten, um sich zu überlegen, daß Petronilla es wohl kaum schön finden würde. Hastig fuhr er fort: »Lady, verzeiht mir, ich hatte im Moment vergessen, daß es Euer Gatte war, von dem wir sprechen. Selbstverständlich war er Euch untreu, ein Ehebrecher und Lügner. Und das war Sünde, eine schwere Sünde, sowohl gegen das göttliche Gesetz und gegen Euch, Madame…«

Doch sie hörte gar nicht zu. Sie summte vor sich hin, eine absurd heitere kleine Melodie, die Josse zu erkennen glaubte, auch wenn der liebe Gott allein wußte,woher.

»›Liebe, Liebe, was er bringt, und ein Vöglein dazu singt. Wenn im Lenz mein Liebster mich umfing‹«, sang die schwache, brüchige Stimme. Petronillas Augen richteten sich auf Josse. »Das sang sie ihm vor, wißt Ihr, und er sang es oft, wenn er dachte, ich könnte es nicht hören. Aber ich hörte es. Dann wußte ich, er war wieder mit ihr zusammen gewesen.« Tränen rannen ihr über das fahle Gesicht. »Er hatte es versprochen«, flüsterte sie. »Nach dem vorigen Mal hatte er es *versprochen*.« Sie packte Josse beim Ärmel: »Er hat mich geliebt, versteht Ihr, wirklich, und als ich sagte, er müsse aufhören, sich mit ihr zu treffen, sonst würde ich ihn hinauswerfen, versprach er mir, das zu tun.« Ihre Züge nahmen unversehens einen weichen Ausdruck an. »Dabei hätte ich ihn gar nicht hinauswerfen können. Ich liebte ihn viel zu sehr.«

Josse tätschelte die Hand, die sich in seinen Ärmel verkrallt hatte. »Ich verstehe, Lady.« Er verstand wirklich nur zu gut. Die ältliche Ehefrau, bemüht, ihn mit einer Abmachung an die Kette zu legen, nur um festzustellen, daß er außerstande war, sich an die Bedingungen zu halten. Er brach sein Wort, wurde ertappt, versprach sich zu bessern, ließ sich wieder zu der lieblichen und fröhlichen jungen Frau zurücklocken, die auf ihn wartete.

Hatte Tobias Petronilla wirklich geliebt? In ihr die Frau – ja die Ehefrau – gesehen und nicht bloß eine ergiebige Geldquelle?

Es schien so unwahrscheinlich wie von jeher.

Doch dann erinnerte sich Josse an das Gesicht des jungen Mannes, als er seine Frau ansah, sie so liebevoll anlächelte, während er erzählte, wie er sie nach dem Tode ihres Vaters getröstet hatte und wieviel Spaß sie beide gemeinsam daran hatten, das Haus ihres Vaters zu renovieren.

Ich weiß es nicht, gestand er sich ein. Ich weiß es einfach nicht.

»Heute morgen hat er mir gesagt, er sei wieder mit ihr zusammen gewesen«, gestand Petronilla leise. »Er war gerade heimgekommen, und ich hatte gedacht, er wäre nur in der frühen Morgenkühle ausgeritten. Er rief mich an den Frühstückstisch, und ich machte eine Bemerkung darüber, wie sein Gesicht glühte.« Sie schluchzte, würgte an ihren Gefühlen, dann fuhr sie nach einer Pause fort: »Eine furchtbare Angst packte mich, und ich sagte, ach, Tobias, sag mir, daß es nicht wahr ist! Sag mir, daß ich mich irre und daß du nicht zu ihr zurückgegangen bist! Zuerst schwor er, das wäre er nicht, und ich glaubte ihm, glaubte, alles sei gut, darum warf ich mich in seine Arme und drückte ihn, und – ach – und ich – er...«

Einen Moment lang konnte sie nicht weitersprechen. Dann, als wisse sie, daß sie es mußte, sagte sie mit ergreifender Würde: »Er erwiderte meine Umarmung nicht. Er versuchte es, aber seine Arme waren so steif, und er hielt seinen schönen Körper auf Abstand. Als könne er trotz aller Anstrengung nicht anders, als meine dürren Knochen mit der Üppigkeit ihres warmen, weichen Fleisches zu vergleichen. Und weil ihm meine Mängel auffielen, fühle er sich außerstande, mich so an sich zu drücken, wie er es bei ihr getan hatte. Da wußte ich Bescheid.«

Die Tränen näßten jetzt die Brustpartie ihres dunklen Kleides, doch sie versuchte nicht, sie abzuwischen. Und, dachte Josse, sie hätte sie ebensowenig aufhalten wie durch die Luft fliegen können.

»Lady, es tut mir so leid«, murmelte er.

Sie sah ihn an. »Ich danke Euch«, sagte sie. »Es ist wohl ein Grund zur Trauer.« Sie seufzte. »Ich konnte mich nicht zurückhalten, Herr Ritter. All diese gebrochenen Versprechen, all die Gelegenheiten, wo er seine Freude bei ihr gesucht hatte, und jetzt – ach, jetzt! – wandte er sich von mir ab.« Ziemlich spät zog sie ein winziges, besticktes Taschentuch aus dem Ärmel, und obwohl es für seine Aufgabe sichtlich unzulänglich war, begann sie sich die Augen, die Nase und das nasse Gesicht zu wischen. »Ich packte den Fußschemel, der unter dem Tisch stand, und als er sich aus meinen Armen löste und sich anschickte, die Stufen hinabzugehen, versetzte ich ihm damit einen Schlag.«

258

»Mitten auf den Hinterkopf«, murmelte Josse. »Ja, Lady, ich weiß.«

Sie blickte ihn fest an. »Ich habe ihn getötet«, sagte sie. »Oder etwa nicht, Herr Ritter? Ich habe die Liebe meines Lebens getötet, weil er nicht treu sein konnte.«

Ein langes Schweigen machte sich zwischen ihnen breit. Josse starrte auf den Toten hinab, der zu ihren Füßen lag, dann sah er verstohlen zu dem verwüsteten Gesicht der Witwe auf.

Sie hatte gelitten, die arme Seele. Würde künftig weiter leiden, war sie doch ihres gutaussehenden jungen Gatten beraubt, allein ihrer Trauer überlassen. Und mit der Trauer verquickt war das Schuldbewußtsein. Vielleicht war es nicht der Schlag auf den Hinterkopf, der ihn getötet hatte, doch hatte er zu dem folgenschweren Sturz auf die Stufenkante geführt. Jedenfalls ein ausreichender Grund, ein Schuldbewußtsein zu nähren, das stark genug war, um Geist, Seele und schließlich den Körper zu zerfressen.

Das war doch gewiß Strafe genug.

Er gestattete sich kurz, sich auszumalen, was ihr bevorstünde, wenn er seine Pflicht täte und einen Sheriff holte. Verhaftung, Gefängnis, Prozeß. Und wenn man sie nach einer schrecklichen Zeit in einem stinkenden Kerker schuldig spräche, würde man sie eines strahlenden Morgens hinausführen und hängen.

Nein.

Das war undenkbar. Und zudem würde es Tobias nicht ins Leben zurückbringen.

Josse hatte die ganze Zeit über zur Linken Petronillas gestanden, als sie sich ihm mit leiser Stimme anvertraute. Jetzt begann er zunehmend demonstrativ an seinem rechten Ohr zu zupfen.

»Meine Güte«, sagte er ziemlich laut, »dieses Ohr!«

Nach einer Weile wandte sie sich ihm zu. »Was habt Ihr, Herr Ritter?«

Er sah ihr in die Augen, hielt ihren Blick fest. Ließ nicht zu, daß sie wegschaute. Dann brachte er bedächtig vor: »Komisch, rechts scheine ich gar nicht gut zu hören. Wißt Ihr, Lady, ich habe kein Wort von dem verstanden, was Ihr gesagt habt, schon seit Ihr in die Halle gekommen seid und mir fürs Kommen gedankt habt.«

Sie blickte erstaunt. »Aber…«, begann sie.

Er hob die Hand. »Nein«, sagte er leise. »Lady, laßt es ruhen.«

Einen Augenblick lang wichen Trauer, Schock und Entsetzen aus ihrem Gesicht, und sie sah aus, wie sie vor langer Zeit ausgesehen haben mußte, bevor die verhängnisvolle Liebe zu Tobias in ihr erwacht war. Sie flüsterte: »O Sir Josse. Es gibt noch Güte auf dieser Welt.«

Sie beugte sich vor und küßte Josse leicht auf die Wange.

Gerade aufgerichtet und würdevoll drehte sie sich um, durchschritt die Halle und verschwand durch die Tür, die zu ihrem Gemach führte.

Lange Zeit, nachdem sie gegangen war, blieb er in der Halle stehen und starrte auf Tobias hinab.

Dann ging auch er, unvermittelt.

In den sanften, späten Abendsonnenschein hinaustretend, rief er Paul, und als dieser am Fuß der Treppe erschien, erklärte er ihm, Tobias sei infolge seines Sturzes auf den Stufen gestorben, und wegen der Sommerhitze solle sich Paul jetzt beeilen, die Leiche in einen Sarg legen und beerdigen zu lassen.

Trotz der vorgerückten Stunde entschloß sich Josse, nach Hawkenlye aufzubrechen. Er war müde, hungrig und hatte einen langen Ritt vor sich, doch das, fand er, war der Alternative vorzuziehen.

Er hätte viel Schlimmeres ertragen, um der Leiche und der untröstlichen Witwe zu entkommen, die er hinter sich ließ.

EINUNDZWANZIGSTES KAPITEL

Es dauerte viele Wochen, bevor Josse wieder die Abtei Hawkenlye aufsuchte.

Nachdem nun die Auflösung beider Morde gefunden war, hatte es keinen Grund für einen Besuch gegeben. Und Josse stellte fest, daß die Aussicht, lediglich zu einem freundschaftlichen Plauderstündchen bei der Äbtissin vorzusprechen, ihm seit jener Nacht im Wald ausgesprochen peinlich war.

Wir waren nicht wir selbst, hielt er sich wiederholt vor. Man hat uns unter Drogen gesetzt, wenn auch nicht vorsätzlich. Und für alles, was wir unter dem Einfluß dieser wirkungsstarken Mixtur, woraus sie auch immer bestanden haben mag, getan oder gesagt haben, kann man uns wohl kaum verantwortlich machen.

Doch er mochte vernünfteln, wie er wollte, es fiel ihm schwer, sich das Bild einer unversehens jung aussehenden Frau aus dem Kopf zu schlagen, einer Frau mit rötlichem lockigem Haar, deren Hals unerwartet glatt war und die ihr Hinterteil in seinen Schoß schmiegte, als wäre sie seit zehn Jahren oder länger mit ihm verheiratet...

Er setzte sich nach Frankreich ab und machte einen langen Besuch bei seiner Familie in Acquin. Er blieb bis weit in den Oktober hinein bei ihnen, lange genug, um den Abschluß der Apfelernte zu feiern und mit ihnen die wenigen Tage der Muße zu genießen, die sie sich nach all der harten Arbeit gönnten.

Eines Abends, nachdem sie eine ausgedehnte Mahlzeit genossen hatten, bei der man etwas zu viel Apfelwein ausgeschenkt hatte, saß er neben seiner Schwägerin Marie, und er ertappte sich dabei, wie er ihr alles über die Abtei Hawkenlye erzählte. Und über deren Äbtissin.

»Eine furchterregende Frau«, bemerkte Marie, als seine

ausführlichen Erinnerungen endlich erschöpft waren und sie ein Wort einwerfen konnte.

»Furchterregend? Nein!« protestierte er instinktiv. Doch bei gründlichem Nachdenken ging ihm auf, daß die Äbtissin wahrscheinlich jemandem, der aus zweiter Hand von ihr hörte, so erscheinen könnte. »Na ja, vielleicht«, räumte er ein. »Aber wenn man sie in einer Krise an der Seite hat, ist sie genau richtig.«

»Offensichtlich«, bemerkte Marie. Das Baby an ihrer Brust hörte auf zu saugen und stieß einen sonderbar erwachsen klingenden kleinen Seufzer aus. Maria blickte auf das Kind herab, das Gesicht von Liebe erfüllt. »Hast du genug, ma petite?« fragte sie leise.

»Sie ist ein schönes Kind«, sagte Josse und strich das weiche Babyhaar seiner jüngsten Nichte mit den Fingerspitzen glatt. »Ich bin froh, daß ich bei ihrer Taufe dabeisein konnte.«

»Wie es sich für einen guten Onkel gehört«, gab Marie zurück. Sie legte sich das Baby an die Schulter und rieb ihm den Rücken, und das Kind gab einen Rülpser von sich. »Aha, du kluges Kind! Gut gemacht, meine Madoline.«

Die Taufe hatte vor über einem Monat stattgefunden. Als Josse zurückdachte, wurde ihm klar, wie lange er sich bei seiner Familie aufgehalten hatte.

»Ich glaube, ich kehre bald nach England zurück«, sagte er. »Wenn ich es viel länger aufschiebe, wird das Reisen immer unbequemer.« Nasse Straßen, die zu Sümpfen wurden, und die stets gegenwärtige Drohung von Herbststürmen im Ärmelkanal waren keine angenehme Aussicht.

»Du bleibst nicht bis Weihnachten?« fragte Marie.

Weihnachten! Guter Gott, das war ja erst in zwei Monaten! »Nein«, stieß er hervor. Da das nicht gerade höflich klang, fügte er an: »Wenn es mich auch verlockt, Marie, ma chérie, möchte ich wirklich schon viel früher wieder in meinem eigenen Heim sein.«

Sie warf ihm einen verständnisvollen Blick zu. Ihm war ganz klar, daß sie viel mehr dazu hätte sagen können, doch sie antwortete nur: »Also gut.«

Das Land, in das Josse im Spätherbst 1191 während einer seltenen Periode warmen, schönen Wetters zurückkehrte, war ein Land, das bereits darunter zu leiden begann, daß sein König ständig abwesend war.

Ein Land, dessen Menschen sich unbehaglich zu fühlen begannen. Oder doch jene Einwohner, deren tägliche Arbeit sie zu den Orten führte, wohin die Gerüchte von den Machtzentren des Landes herabsickerten.

Auf dem Schiff, das Josse von Frankreich nach England brachte, schloß er Bekanntschaft mit einem Kaufmann, und schon Minuten, nachdem sie ein Gespräch angefangen hatten, begann der Mann zu klagen.

»Gemischte Nachrichten von Outremer, heißt es an hohen Stellen«, bemerkte der Kaufmann. »Und es soll mich nicht wundern, wenn wir am Ende alle dafür zahlen müssen. Siege und Rückschläge, habe ich gehört.«

»Ach ja?« gab Josse unbestimmt zurück.

»Jawohl.« Der Kaufmann, der an die Reling gelehnt stand, veränderte seine Stellung und machte es sich etwas bequemer. Aus Südwest blies ein frischer Wind genau den Kanal entlang, und das Schiff bockte dahin wie ein lebhaftes Pferd. »Unser König Richard, Gott segne ihn, glaubte mehr bewirken zu können, als ihm in Wirklichkeit gelang, wie ich erfahren habe.« Er schniefte, räusperte sich und spuckte über die Reling. »Wie es scheint, hält sich Accra immer noch eisern gegen unsere heilige christliche Armee.«

Josse fragte sich, wo der Mann seine Information her hatte. Selbst ein Kaufmann, der Kontakte in Hofkreisen besaß, verfügte doch wohl über keine magischen Kräfte, um zu erahnen, was eine halbe Welt entfernt vor sich ging.

Oder doch? Immerhin mußte Josse zugeben, was der Mann sagte, erschien auf ungute Weise glaubhaft.

»König Richard ist ein herausragender Soldat und ein ausgezeichneter Heerführer«, erwiderte er und gab sich Mühe, das nicht mißbilligend klingen zu lassen; die Reise über den Kanal würde lang und voraussichtlich unerquicklich werden, und ein wenig Klatsch würde unbedingt dazu beitragen, die Zeit zu vertreiben. Es war nicht ratsam, so bald nach dem Ablegen seinen einzigen Mitpassagier zu verschrecken.

»Gewiß, gewiß, ich behaupte ja nicht, daß er das nicht ist«, sagte der Kaufmann ungeduldig. »Trotzdem, für einen König gibt es anderes zu tun, oder nicht?« Er warf Josse einen schlauen Blick zu. »Andere *Pflichten*, wenn Ihr versteht, was ich meine.«

Josse war sich ganz sicher, daß er verstand. »Ihr sprecht von der Ehe des Königs?«

»Ja, allerdings. Eine exotische Schönheit, heißt es, aus einem heißen Land im Süden, wo einem die Orangen vom Baum herab in die Hand fallen, wo einem die Sonne die Haut schwarz brennt und wo die Frauen heißblütig und leidenschaftlich sind.« Er schluckte, faßte sich und sprach ruhiger weiter: »Jedenfalls habe ich es so gehört. König Richard hat einfach Glück, sage ich.«

Josse entschied, es war unwahrscheinlich, daß der Mann je nach Navarra gekommen war. Die sensationslüsterne Beschreibung der Bewohner jenes Landes stimmte überhaupt nicht mit dem überein, was Josse darüber wußte. »Königin Berengaria sei eine der Schönheiten unseres Zeitalters, heißt es«, bemerkte er.

»Na ja, das sagen sie über jedes junge Ding, das zur Königin gekrönt wird«, versetzte der Kaufmann. »Aber hoffen wir für unseren guten König Richard, daß sie diesmal recht haben, he?«

»Gewiß«, murmelte Josse.

Ein kurzes, durchaus freundliches Schweigen machte sich breit. Dann griff der Kaufmann in ein großes Bündel zu seinen Füßen, zog eine Taschenflasche hervor, entfernte den Stöpsel und bot sie Josse an. Er nahm dankbar an – draußen auf Deck wurde es allmählich kalt, und der Wind führte niederträchtige Schauer harter, eisiger Regentropfen mit sich. Josse trank und fühlte, wie die angenehme Wärme des Alkohols seine Kehle hinabfloß.

»Ich danke Euch«, sagte er und gab die Flasche dem Kaufmann zurück, der sich einen etwas größeren Schluck genehmigte.

»Auf den König und die Königin«, sagte der Kaufmann und erhob seine Flasche. Er warf Josse einen Blick zu. »Und auf die Frucht ihres Ehebetts.«

Mit tiefer Aufrichtigkeit erwiderte Josse: »Amen.«

»Wart Ihr lange aus England fort?« fragte der Kaufmann bald darauf.

»Hm? Ach, ein paar Wochen.«

»Dann wißt Ihr wohl nicht, was der Bruder des Königs vorhat«, stellte der Kaufmann fest, und das plötzliche Aufblitzen in seinen Augen ließ erkennen, daß er sich darauf freute, diesen arglosen Fremden aufklären zu können.

»Ihr sprecht von Prinz Johann?«

»Jawohl.«

»Was hat er getan?«

Der Kaufmann lachte glucksend. »Wie's scheint, hat er entschieden, daß der König nie zurückkommt«, sagte er. »Er macht dicke Kumpanei mit seinem Halbbruder da, Gottfried, den sie zum Erzbischof von York ernannt haben, dabei kenne ich ums Leben keinen Mann, der weniger für ein hohes Kirchenamt geeignet ist, weiß Gott nicht.«

»Sie verschwören sich, Prinz Johann und der Erzbischof?« Das war eine beunruhigende Neuigkeit. »Meines Wissens hatte der König seinen Halbbruder Gottfried verbannt, ihm untersagt, England jemals wieder zu betreten?«

»Ja, das hat er getan, und das war eine vernünftige Maßnahme. Wohlgemerkt, dieselbe Entscheidung hat er auch hinsichtlich Prinz Johanns getroffen, nur hat ihn seine hochgeborene Mutter, Königin Eleanor, zum Einlenken überredet.« Er stieß einen leisen Seufzer aus. »Ich denke wahrhaftig nicht daran, die Taten der Großen und Mächtigen in Zweifel zu ziehen, aber ich frage mich, was die gute Königin sich dabei gedacht hat, Gott segne sie. Doch Mutterliebe kennt keine Vernunft, stimmt's. Sir?« Josse pflichtete ihm bei, wahrscheinlich sei das so. »Dieser Erzbischof Gottfried, der kam sogar zurück, ohne daß es ihm jemand erlaubte – wie es scheint, streute er aus, es wäre lächerlich, Erzbischof in einem Land zu sein, wo er nicht wohnen dürfe.«

Ja, dachte Josse, es war absurd. Doch im Lichte dieser neuen und beunruhigenden Nachricht hatte König Richard nur zu sehr recht gehabt, als er seine sich überall einmischenden, gefährlichen Brüder aus seinem Königreich fernzuhalten versuchte. Besonders, wenn er so weit fort war.

Er wollte gerade den Kaufmann nach näheren Einzelheiten fragen, was Gottfried und Johann im Schilde führten, als der fortfuhr: »Offen gestanden, der König hat selbst bei diesem Wiesel Longchamp einen Schnitzer gemacht.«

»Bei seinem Regenten? Nanu, was hat *der* denn getan?«

»Der Stolz ist ihm zu Kopf gestiegen und ist da steckengeblieben, fest wie ein Stiefel in einem schlammigen Graben. Stolziert mit höhnischem Lächeln herum, als ob er ständig einen üblen Geruch in der Nase hat. Wahrscheinlich hat er den, wenn ich's mir recht überlege.« Der Kaufmann lachte kurz auf, und Josse fiel ein. »Unser guter Prinz Johann ist nicht der einzige, der ihn voller Allüren und aufgeblasen findet.«

»O je«, sagte Josse lahm.

Der Kaufmann lachte wieder, ein kurzes Bellen, das eine in der Nähe schwebende Möwe zu einem Antwortschrei anregte. »Ihr habt wohl nicht gehört, was zwischen den beiden, Longchamp und Erzbischof Gottfried, vorgefallen ist, als Gottfried nach England zurückgeschlichen kam? Sagt es mir, wenn Ihr es schon wißt, es ist eine gute Geschichte.«

»Ich kenne sie nicht«, stimmte Josse zu. »Erzählt.«

Der Kaufmann veränderte wieder seine Stellung und stemmte sich mit einem Fuß gegen das zunehmende Schwanken des Schiffes. »Also, es war so. Als der Erzbischof in Dover eintraf, warteten Longchamps Leute auf ihn, und da sie gute und getreue Anhänger des Königs waren, zögerten sie nicht, den Befehl ihres abwesenden Landesherrn auszuführen.« Er grinste. »Mit größerem Eifer, als es König Richard vielleicht lieb gewesen wäre, ergriffen sie Erzbischof Gottfried und warfen ihn in Dover ins Gefängnis.«

»Eine feine Art, mit einem Erzbischof umzuspringen«, sagte Josse mit gespielter Mißbilligung.

»Jawohl, da habt Ihr recht! Und Prinz Johann, der zögerte nicht, das zu seinem eigenen Vorteil auszunutzen. Er tat empört und rief all die Bischöfe und Richter und was weiß ich noch alles nach Reading und redete ihnen ein, daß Longchamp kein Recht habe, den Halbbruder des Königs so anmaßend zu behandeln, und daß er unverweilt zur Rechenschaft gezogen und so bald als möglich aus dem Amt entfernt werden müsse.«

»Er ist weg? Longchamp ist weg?« fragte Josse nach.

Der Kaufmann hielt einen Finger hoch. Wie es schien, wollte er die Geschichte auf seine Art erzählen. »Wartet nur ab«, sagte er, »und ich sag's Euch. Longchamp läßt sich nämlich nicht für dumm verkaufen. Er hat seine Spitzel, das weiß jeder, und die haben ihn vorgewarnt, woher der Wind wehte. Er ließ all den hohen Tieren in Reading mitteilen, daß er zu krank zum Reisen sei, dann versteckte er sich im Londoner Tower. Die Bischöfe und alle beschlossen, sie brauchten seine Anwesenheit nicht, um über ihn zu befinden, und das taten sie. Befanden über ihn, meine ich. Er ist draußen, aus seinem Amt hinausgeworfen, und es gibt keinen, der das bedauert. Und ratet, was Longchamp dann tat! Los, ratet doch! Ich wette, Ihr könnt's nicht!«

»Ich will es gar nicht erst versuchen«, gab Josse grinsend zurück. »Sagt es mir.«

Der Kaufmann lachte schallend. »Als Frau verkleidet floh er aus England!« rief er. »Er, der das ganze weibliche Geschlecht haßt! Er ist ein schmächtiger kleiner Kerl, und es heißt, er hätte eine hübsche Frau abgegeben, aufgeputzt in einem grünen Kleid!«

Josse stimmte spontan in das Lachen ein. Er hatte William Longchamp flüchtig kennengelernt und konnte ihn sich in Frauenkleidern vorstellen. Beinahe.

Die Heiterkeit des Kaufmanns nahm noch zu. Wieder in sich hineinglucksend, fuhr er fort: »Laßt mich bloß noch erzählen, was darauf folgte, mein Freund, dann gebe ich Euch Gelegenheit, auch einmal zu reden.«

»Ich bezweifle, daß ich mit Euch mithalten könnte«, bemerkte Josse, doch der Kaufmann schien es nicht zu hören.

»Er kommt nach Dover, unser Lady Longchamp, versteht Ihr, und beginnt sich dringlich nach einem Schiff umzusehen, das ihn nach Frankreich hinüberbringt«, sagte der Kaufmann und unterbrach sich selbst mit einer neuen Lachsalve. »Er steht auf dem Kai, schaut sich nach allen Seiten um, und da kommt doch ein Matrose an, eben von großer Fahrt zurück, verzweifelt auf eine Frau aus, die ihm das Bett wärmt, und der Matrose legt den Arm um Longchamp und sagt: Guten Tag, meine Hübsche, hast du Lust auf ein bißchen Spaß?«

»Ha!« Josse konnte es sich ausmalen. »Und hatte er? Lust auf ein bißchen Spaß?«

Mit gespieltem Stirnrunzeln gab der Kaufmann zurück: »Er hatte keine, da bin ich ganz sicher. Ist nicht die Sorte Mann, so unangenehm er sonst auch ist.« Dann griff er wieder nach seiner Flasche, sah Josse aufmunternd an und sagte: »Jetzt, Sir, seid Ihr dran. Erzählt mir, welche Nachrichten Ihr aus Frankreich mitbringt.«

Josses Heimkehr nach Neu Winnowlands war ein Anlaß zum Feiern. Will und Ella, die ihn seit Wochen erwarteten, gaben sich größte Mühe, seinen Empfang festlich zu gestalten, und da Will dafür gesorgt hatte, daß selbst der ärmste Haushalt auf dem Gut erfuhr, was für einen guten Herrn sie hatten, erlebte Josse, daß jeder, dem er begegnete, ihn anrief und freudig begrüßte.

Als er in seiner eigenen Halle saß, die Füße auf einem Schemel vor einem mächtig lodernden Feuer, einen Krug mit Ellas vorzüglichem Met bei der Hand, fand Josse, es sei entschieden großartig, daheim zu sein.

Vierzehn Tage vor Weihnachten stattete er der Gemeinschaft in Hawkenlye einen Höflichkeitsbesuch ab.

Schwester Martha kam heraus, um ihm das Pferd abzunehmen, Bruder Michael blickte vom Fegen auf und wünschte ihm einen guten Tag, Bruder Saul, der Josse aus einiger Entfernung erkannte und tatsächlich zu ihm herübergerannt kam, drückte ihm erfreut die Hand.

Es ist, dachte Josse froh, als er durch den Kreuzgang zum Zimmer der Äbtissin ging, als sei ich nie fortgewesen.

Auch die Äbtissin begrüßte ihn herzlich. Sie fragte ihn, was er seit dem Sommer gemacht habe, und lauschte den Berichten über seine Familie in Acquin und seine Heimkehr nach Neu Winnowlands. Er wiederum fragte nach der Gemeinschaft in Hawkenlye, und sie versicherte ihm, alles gehe gut.

Nach einer kleinen Pause wollte er es wissen: »Ist Esyllt noch da?«

Die Äbtissin lächelte. »Ja. Ich fragte mich schon, wann Ihr Euch nach ihr erkundigen würdet.«

»Darf ich sie sprechen?«

»Selbstverständlich. Ihr wißt, wo Ihr sie findet.«

Als er sich der Tür des Altenhauses näherte, hörte er Esyllt singen.

Aha, dachte er. Dann geht es ihr besser.

Er schlüpfte hinein und schloß rasch die Tür hinter sich; es wehte ein scharfer Ostwind. Er konnte Schwester Emanuel am anderen Ende des großen Raumes sehen, wie sie sich über einen Patienten beugte, der aus einer breiten, flachen Schale den Dampf eines Gebräus inhalierte. Esyllt faltete saubere Laken zusammen.

Sie blickte auf und erkannte ihn.

Langsam breitete sich ein Lächeln über ihr Gesicht, als sie die Wäsche hinlegte und sich näherte, um ihn zu begrüßen.

»Ich hatte versprochen zu kommen«, sagte er leise.

»Richtig«, stimmte sie zu. »Ich wußte, eines Tages würdet Ihr Euer Versprechen halten.«

Sie nahm ihn bei der Hand und führte ihn durch den ganzen Raum, stellte ihn ihren alten Leuten vor. Bei den Patienten, die noch interessiert genug waren, um mit einem Fremden zu reden, blieb sie auf ein paar Worte stehen, bei denen, wo das nicht der Fall war, ging sie mit einem kurzen Nicken vorbei. Eine alte Nonne mit einem lieben Gesicht, deren klare blaue Augen den Eindruck machten, daß ihnen absolut nichts entging, ergriff Esyllts Hand, drückte sie und erklärte Josse, während ihr liebender Blick Esyllt umfing: »Sie ist unsere ganze Freude, dieses Mädchen. Ihre Berührung ist sanft wie die einer Mutter. Ist es ein Wunder, daß wir sie lieben?«

Leicht errötend, was ihr gut stand, beugte sich Esyllt hinab, hauchte der alten Frau einen Kuß auf die gelbliche, tiefgefurchte Wange und brummte etwas, das wie »Ach was!« klang.

Als Josse und Esyllt die Runde vollendet hatten, stellten sie sich gleich vorn an die Tür.

»Du hast dich also zu bleiben entschieden«, sagte er.

»Ja.«

»Eine gute Entscheidung, Esyllt«, murmelte er.

»Vorläufig«, gab sie rasch zurück.

»Nur vorläufig?«

Sie hob das Gesicht, und er blickte in ihre glänzenden Augen. Sekundenlang hatte er das Gefühl, ganz genau zu wissen, was sie dachte: Sie war jung, sie hatte einen Geliebten gewonnen und verloren, doch da draußen gab es noch eine Welt von Liebhabern. War es das einzige, was die Zukunft für sie bereithielt, mit ihren lieben alten Leutchen eingesperrt zu bleiben, ganz gleich, wieviel ihr an ihnen liegen mochte?

Ja, dachte er traurig, ja.

Doch weder sie noch er sprachen davon, woran sie beide gedacht haben mußten. Statt dessen wiederholte sie nach einer Pause nur seine und ihre Worte: »Nur vorläufig.«

Er kehrte zur Äbtissin zurück, die ihm einen Krug Glühwein versprochen hatte. Als er anklopfte und in ihr Zimmer trat, roch er das Aroma von Gewürzen.

»Es duftet köstlich«, stellte er fest, während er sich setzte.

»Es ist köstlich«, gab die Äbtissin zurück. Sie füllte einen zinnernen Pokal, reichte ihn ihm, dann hob sie den ihren und sagte: »Willkommen. Gut, daß Ihr wieder da seid.«

»Ich danke Euch.« Er nippte an dem Wein. Wunderbar! Dann: »Esyllt wird nicht für immer als Pflegerin bei den alten Leuten bleiben, fürchte ich.«

»Nein, gewiß nicht«, stimmte die Äbtissin gelassen zu. »Sie wird heiraten, zahlreiche Kinder großziehen und sich dann, so Gott will, ihrer Fähigkeiten erinnern und zu der Arbeit zurückkehren, für die sie so sehr geeignet ist.«

»Das glaubt Ihr?«

Sie lächelte. »Darum bete ich. Eine Frau wie sie wird immer gebraucht werden.«

»Hm.« Er machte eine Pause, trank wieder, dann sagte er: »Und Schwester Caliste? Was ist mit ihr?«

»Ach, Schwester Caliste! Ja. Wenn sie auch eine der jüngsten Nonnen ist, die hier bei uns ihr erstes endgültiges Gelübde abgelegt hat, war es meiner Meinung nach richtig, ihr den vollen Profeß zu gestatten. Sie ist so glücklich, Sir Josse!«

»Das freut mich«, sagte er einfach. Ein Gedanke führte zum nächsten, und er fragte: »Ist noch mehr geschehen nach jener Geschichte im Sommer? Seth Miller hat man freigelassen, nehme ich an?«

»Gewiß.« Sie runzelte flüchtig die Stirn. »Kein besonderer Grund zum Feiern, aber ich höre immer wieder, daß sein um Haaresbreite verpaßtes Rendezvous mit dem Henker ihn veranlaßt hat, sich zu bessern.« Sie seufzte. »Man kann nur beten, daß die Besserung von Dauer ist, aber ich habe da meine Zweifel.«

»Habt Vertrauen, Frau Äbtissin«, ermahnte er sie scherzhaft.

Ihre Brauen schossen in die Höhe. »Das habe ich, Sir Josse. Aber ich habe auch meine Erfahrungen.«

»Ah, gewiß.« Er neigte den Kopf. Dann kam er auf seine Frage zurück und sagte: »Ich nehme an, im Zusammenhang mit den zwei Todesfällen ist es zu keiner weiteren Verhaftung gekommen?«

»Mit den drei Todesfällen«, verbesserte sie ihn.

»Ja, drei.« Er hatte Tobias vorübergehend vergessen, und auch Petronilla in ihrem neuen Witwenstand.

»Nein, keine weitere Verhaftung. Sheriff Pelham hat sich mit der Schlußfolgerung zufriedengegeben, daß die Waldleute Hamm Robinson ermordet haben, und Esyllt teilte ihm mit, daß Tobias Ewen Asher getötet hat. Da die ersteren inzwischen wahrscheinlich Hunderte von Meilen weit weg sind und der letztere noch eindeutiger außer Reichweite des Sheriffs ist, bleibt ihm kaum etwas anderes übrig.«

»Bloß gut«, knurrte Josse. Unvermittelt stand ein Bild vor seinen Augen, das Bild eines schmucken jungen Mannes, den Falken auf dem Handgelenk, der an einem sonnigen Sommermorgen aus dem Wald geritten kam. Tobias, sinnierte er, hatte nicht im geringsten ahnen lassen, daß dahinter noch etwas anderes war, als er darstellte: einen sorglosen jungen Kerl, der die Beizjagd am Morgen genoß.

Dabei hatte er nur wenige Stunden vorher bei seiner Geliebten gelegen und seinen Dolch in den armen Unglücklichen gestoßen, der ihn zufällig aufstörte.

Ihm kam ein Gedanke. »Aber klar!« brummte er.

»Sir Josse?«

»Ich dachte gerade an Tobias, an jenen Vormittag, als ich ihm begegnete, nachdem wir Ewen Ashers Leiche gefunden hatten.«

»Wirklich?«

»Ja. Ich habe mich immer gefragt, was er da eigentlich machte, und folgerte, er erzeuge eine künstliche Nebelwand. Indem er genau dort war, so nahe am Schauplatz des Mordes, versuchte er uns davon zu überzeugen, daß er absolut nichts damit zu tun habe.«

»Eine recht gute Idee«, bemerkte die Äbtissin. »Wenn man bedenkt, daß es funktioniert hat.«

»Ja.« Er ging nicht auf ihre milde Ironie ein. »Aber, Frau Äbtissin, das war nicht der Grund.«

»Nein?«

»Nein! Wißt Ihr noch, wie Esyllt gekleidet war? Oder vielmehr, unbekleidet war? Splitternackt von der Taille abwärts.«

»Ich erinnere mich.«

Aus ihrem ein wenig kühlen Ton hörte er einen Tadel heraus: Müssen wir von solchen Dingen sprechen?

Doch er hatte seine Gründe. »Frau Äbtissin, habt Ihr Euch nicht gefragt, wo Esyllts Unterwäsche geblieben war? Er…«

»Tobias ging zurück, sie zu holen!« sprach sie für ihn zu Ende, mit erregter Stimme, jede Spur von Kühle war verschwunden. »Ja. Natürlich. Wie außerordentlich belastend, Frauenkleidung so nah bei der Leiche des armen Ewen zu finden! Und wenn erst die Zusammenhänge an den Tag gekommen wären – die Kleidung gehörte Esyllt, und Tobias war ihr Liebhaber –, hätte die Spur geradenwegs zu ihm geführt.«

»Ja, ja«, sagte Josse nachdenklich. Er blickte die Äbtissin an und bemerkte: »Ich kann mir nicht helfen, Frau Äbtissin, ich meine, es ist vielleicht zum besten aller, daß die Ereignisse sich so entwickelt haben.«

Sie gab eine ganze Weile seinen Blick zurück. Dann sagte sie: »Das meine ich auch.«

»Hm. Aber manchmal drängt es mich beinahe schmerzhaft, jemandem zu erzählen, was wir gesehen haben, da draußen auf der Lichtung. Ich nehme an, nur deshalb, weil ich weiß, daß ich es nicht darf.«

»Drängt es Euch wirklich?« Sie sah belustigt aus. »Mich nicht.« Sie machte eine Pause. »Aber immerhin«, fuhr sie leise fort, »habe ich es bereits jemandem erzählt.«

»Das habt Ihr?« Ach, du lieber Gott, dachte er, hat sie das wirklich? Muß die Stelle zwischen meinen Schulterblättern für alle Zeit jucken, in der Erwartung, daß ein gutgeworfener Speer mit Feuersteinspitze sein Ziel findet?

»Schaut nicht so besorgt drein, Sir Josse«, lächelte sie. »Ich habe es einem Freund erzählt, einem stets gegenwärtigen und treuen Freund, der mich so liebt wie uns alle und nicht verraten wird, was ich ihm anvertraue.«

»Ach. Oh, ich verstehe.« Ja. Selbstverständlich. Sie hatte es dem Herrn erzählt, und Er wußte es bereits.

Sie beobachtete ihn. »Ihr solltet es versuchen«, riet sie ihm.

Er sah ihr in die Augen. »Vielleicht tue ich das.«

Er hielt sich nicht lange in Hawkenlye auf. Es würde früh dunkel werden, und er freute sich darauf, an seinem eigenen Kamin zu sitzen.

Die Äbtissin begleitete ihn hinaus, um ihn zu verabschieden.

Sie ergriff Horaces Zügel, um ihn zurückzuhalten, und sagte: »Josse, ich habe Euch nie dafür gedankt, was Ihr getan habt. Im Sommer.«

»Ich habe wenig getan«, gab er zurück. »Die Aufklärung der Morde war wohl kaum mein Werk.«

»Vielleicht nicht«, sagte sie. Für sie ungewöhnlich, wirkte sie ein wenig gehemmt. »Wofür ich Euch in Wahrheit danke, das ist, daß Ihr mir das Leben gerettet habt.«

Sie erinnerte sich also doch.

Bemüht, die Welle warmen Glücksgefühls zu ignorieren, die sich rasch in ihm ausbreitete, sagte er: »Ihr wärt nicht gestorben, Helewise. Nicht jemand, der so stark ist wie Ihr.«

Sie zuckte die Achseln. »Wer kann das wissen?«

Dann ließ sie den Zügel los und wandte sich zum Gehen.

Er rief ihr nach: »Ihr wißt, wo ich bin, wenn Ihr mich braucht.«

Doch als einzige Antwort winkte sie zurück.

»Man muß sich die Kunden des Aufbau-Verlages als glückliche Menschen vorstellen.«

SÜDDEUTSCHE ZEITUNG

Streifzüge mit Büchern und Autoren:
Das Kundenmagazin der Aufbau Verlagsgruppe erhalten Sie kostenlos in Ihrer Buchhandlung und als Download unter www.aufbau-verlag.de.

Schwester Fidelma ermittelt.
Keltenkrimis von
Peter Tremayne bei AtV

Der Historiker und Romancier Peter Tremayne gilt gegenwärtig als einer der wichtigsten Botschafter der alten keltischen Kultur. Im 7. Jahrhundert, einer Zeit zunehmender Auseinandersetzungen zwischen dem frühen Christentum der Kelten und der Kirche Roms, löst Schwester Fidelma die schwierigsten Kriminalfälle. Sie ist eine Nonne von königlichem Geblüt und gleichzeitig Anwältin bei Gericht. Damit hat die kluge und selbstbewußte junge Frau eines der wichtigsten Ämter im Lande inne. Ihr treu zur Seite bei vielen ihrer gefährlichen Abenteuer steht Bruder Eadulf, ein angelsächsischer Mönch von großer Toleranz.

Die Tote im Klosterbrunnen
Irland 666. In einer Schwesternabtei findet man im Klosterbrunnen eine junge Frau, nackt und enthauptet. Unter der wohlgeordneten Oberfläche in der Abtei stößt Schwester Fidelma auf allerlei Ränke, Eifersüchteleien, ja sogar Haß. Noch viel undurchsichtiger ist das Verhältnis der Äbtissin zum Herrn der Festung in unmittelbarer Nähe.
Historischer Kriminalroman. Aus dem Englischen von Bela Wohl.
440 Seiten. AtV 1525

Der Tote am Steinkreuz
Als man Schwester Fidelma nach Araglin ruft, um die Morde am dortigen Fürsten und seiner Schwester aufzuklären, scheint über die Schuldigen kein Zweifel zu bestehen. Doch schon auf dem Weg in die Berge geraten sie und ihr Begleiter, der angelsächsische Mönch Eadulf, in einen Hinterhalt.
Historischer Kriminalroman. Aus dem Englischen von Friedrich Baadke.
387 Seiten. AtV 1527

Tod in der Königsburg
Aus dem Kloster Imleach sind Reliquien verschwunden, die für Irland Symbolcharakter tragen. Mit Geschick und scharfem Verstand gelingt es Schwester Fidelma, einer Gruppe von Verschwörern auf die Spur zu kommen.
»Spannung und Humor – das ist die unwiderstehliche Mischung dieser irischen Krimis.« NDR
Historischer Kriminalroman. Aus dem Englischen von Friedrich Baadke.
429 Seiten. AtV 1528

Tod auf dem Pilgerschiff
Schwester Fidelma ist nach Iberia mit einem Pilgerschiff unterwegs, das in einen furchtbaren Sturm gerät. Nach dem Unwetter stellt man fest, das Schwester Muirgel wahrscheinlich über Bord gegangen ist. Trotzdem beginnt Fidelma nach ihr zu suchen, und bald entdeckt sie Muirgel in ihrer Kabine: mit durchschnittener Kehle.
Historischer Kriminalroman. Aus dem Englischen von Friedrich Baadke.
411 Seiten. AtV 1529

Peter Tremayne bei AtV:
»Spannung und Humor – das ist die Mischung dieser irischen Krimis.« NDR

Vor dem Tod sind alle gleich
Schwester Fidelma hat ihre Pilgerreise nach Iberia abbrechen müssen. Bruder Eadulf, ihr engster Vertrauter, steht in Irland unter Mordverdacht. Sie ist fest von Eadulfs Unschuld überzeugt, doch bleibt ihr nur wenig Zeit, sie nachzuweisen.
Eine historische Krimiserie aus der Zeit des frühen Christentums in Irland, wo eine Frau von Herkunft und Bildung noch über Macht und Einfluß verfügte.
Historischer Kriminalroman. Aus dem Englischen von Friedrich Baadke. 411 Seiten. AtV 2018

Tod im Skriptorium
Irland Mitte des 7. Jahrhunderts: Ein altehrwürdiger Gelehrter wird ermordet. Der König des Nachbarreichs verlangt als Sühnepreis für seinen Tod ein umstrittenes Grenzgebiet und droht mit Krieg, falls der junge König von Cashel seiner Forderung nicht nachkommt.
Schwester Fidelma, eine Nonne königlichen Geblüts, hat bei ihrer Suche nach dem Mörder so manches gefährliche Abenteuer zu bestehen.
Historischer Kriminalroman. Aus dem Englischen von Friedrich Baadke. 385 Seiten. AtV 1526

Das Kloster der toten Seelen
7. Jahrhundert: Aus einer kleinen religiösen Gemeinschaft sind sämtliche Mönche verschwunden. Im Refektorium steht noch ihr beinahe unberührtes Mahl, sonst gibt es keine Spur von ihnen. Haben hier dunkle Mächte die Hand im Spiel? Der König von Dyfed bittet Schwester Fidelma und Bruder Eadulf um Hilfe.
»Eine brillante und bezaubernde Heldin. Unheimlich anziehend.«
PUBLISHERS WEEKLY
Historischer Kriminalroman. Aus dem Englischen von Susanne Olivia Zylla. 394 Seiten. AtV 2035

Nur der Tod bringt Vergebung
Im Jahre 664 kämpfen im Königreich Northumbrien die Anhänger der Kirche Roms gegen die Lehren des Kelten Columban von Iona. Um den Kirchenstreit beizulegen, wird in Witebia eine Synode einberufen. Als die Äbtissin Ètain ermordet aufgefunden wird und wenig später zwei weitere Diener Gottes sterben, vermutet man zunächst kirchenpolitische Motive. Doch Schwester Fidelma macht eine grausige Entdeckung.
Historischer Kriminalroman. Aus dem Englischen von Irmela Erckenbrecht. 307 Seiten. AtV 1916

Mehr Informationen über die Bücher von Peter Tremayne erhalten Sie unter www.aufbau-verlag.de oder bei Ihrem Buchhändler.

Äbtissin Helewise setzt Himmel und Hölle in Bewegung

ALYS CLARE
Sei geweiht der Hölle
England 1189: In der Nähe der Abtei Hawkenlye wird die Leiche einer jungen Nonne gefunden. König Richard I. schickt seinen treuen Ritter Josse d'Acquin in die Abtei, um den Vorfall aufzuklären. Dort lernt d'Acquin die charismatische Äbtissin Helewise kennen, die ihn sofort durch ihre einfühlsame Klugheit beeindruckt. Ein ungewöhnlicher Historienkrimi, spannend und modern erzählt.
Historischer Kriminalroman. Aus dem Englischen von Ana Maria Brock
284 Seiten. AtV 1621

ALYS CLARE
Der Fluch komme über euch
An einem Sommermorgen entdeckt Äbtissin Helewise in der Nähe ihrer Abtei eine Leiche. Verstört und ratlos über diesen Mord, ruft sie Ritter Josse d'Aquin zu Hilfe. Die Äbtissin und der Ritter, das ungewöhnliche, sympathische Detektivpaar, ahnt nicht im geringsten, welche lebensgefährlichen Abenteuer es bei der Aufklärung dieses Todesfalles erwarten.
Historischer Kriminalroman. Aus dem Englischen von Ana Maria Brock.
275 Seiten. AtV 1622

ALYS CLARE
Der Himmel strafe euch
Im Gasthaus zu Tonbridge wird ein Mann vergiftet. Als Ritter Josse d`Acquin einen Tatverdächtigen in den großen Wealdenwald verfolgt, wird er durch einen Schlag auf den Kopf außer Gefecht gesetzt. Eine schwere Zeit bricht an für ihn, den Ritter ohne Furcht, aber nicht immer ohne Tadel.
Historischer Kriminalroman. Aus dem Englischen von Ana Maria Brock.
275 Seiten. AtV 1623

ALYS CLARE
Und richte mit Gerechtigkeit
Äbtissin Helewise hat eine neue Nonne in ihr Kloster aufgenommen, doch die zeigt Charaktereigenschaften, die das Klima in der Gemeinschaft äußerst ungünstig beeinflussen. Im Tal beim heiligen Schrein wird ein Pilger ermordet, und eine der Schwestern verschwindet spurlos. Der vierte Fall, den die kluge und tatkräftige Äbtissin von Hawkenlye und ihr Nachbar, der Ritter gemeinsam lösen.
Historischer Kriminalroman. Aus dem Englischen von Ana Maria Brock.
258 Seiten. AtV 1865

Mehr Informationen über Alys Clare erhalten Sie unter www.aufbau-verlag.de oder bei Ihrem Buchhändler

Audienz am Dresdner Hof.
Ignacy Kraszewski bei AtV

JÓZEF IGNACY KRASZEWSKI (1812-1887), in Warschau geboren, stammt aus einer wenig begüterten polnischen Adelsfamilie. Als Anhänger der polnischen Unabhängigkeitsbewegung flüchtete er nach dem Januaraufstand 1863 ins Exil nach Dresden, wo er zwanzig Jahre lebte. Kraszewski hinterließ ca. 240 Romane und Erzählungen, aus denen die Sachsen-Romane zu den bis heute meistgelesenen gehören.

König August der Starke
Kraszewski erzählt vom prunkvollen Dresdner Hof, den rauschenden Festen und unzähligen Mätressen Augusts des Starken, eines der schillerndsten Herrscher des europäischen Barocks.
Historischer Roman. Aus dem Polnischen von Kristiane Lichtenfeld.
320 Seiten. AtV 1309

Gräfin Cosel
Ein Frauenschicksal am Hofe August des Starken
Anna Constantia von Brockdorff (1680-1765), als Geliebte August des Starken zur Gräfin Cosel erhoben, war eine der schönsten Frauen ihrer Zeit. Neun Jahre lang war sie die mächtigste Frau Sachsens, danach wurde sie 49 Jahre auf der Festung Stolpen gefangengehalten. Kraszewski erzählt ihr anrührendes Schicksal und zeichnet ein prachtvolles Bild der königlichen Residenz in Dresden.
Historischer Roman. Aus dem Polnischen von Hubert Sauer-Žur.
305 Seiten. AtV 1307

Graf Brühl
Heinrich Graf Brühl (1700-1763) begann seine Karriere am sächsisch-polnischen Hof als Page Augusts des Starken. Bereits mit 31 Jahren war er Geheimrat und Minister. Auch nach dem Tod des Kurfürsten gelang es Brühl, sich unentbehrlich zu machen. Er übernahm die politischen Geschäfte für den trägen Friedrich August II. und diente sich an die erste Stelle im Staat.
Historischer Roman. Aus dem Polnischen von Alois Hermann.
303 Seiten. AtV 1306

Aus dem siebenjährigen Krieg
1757: Am Hofe Friedrichs II. ist man besorgt über die vielen Geheimdepeschen, die zwischen Dresden und Wien kursieren. Ziemlich naiv begibt sich ein junger Schweizer auf das spiegelglatte höfische Parkett. Brühls Pläne werden verraten, und die Preußen marschieren ohne Kriegserklärung in Sachsen ein.
Historischer Roman. Aus dem Polnischen von Liselotte und Alois Hermann. 311 Seiten. AtV 1308

Weitere Informationen erhalten Sie unter www.aufbau-verlag.de oder in Ihrer Buchhandlung

Hexen, Seher und ein deutscher Robin Hood: Manfred Böckl bei AtV

Agnes Bernauer
Hexe, Hure, Herzogin
Eine große Liebe – eine große Tragödie. Augsburg im Jahre 1428: Im Badehaus ihres Vaters muß Agnes den Männern zu Diensten sein. Sie verliebt sich in einen seltsamen Gast, den Thronfolger des Herzogtums Bayern, Albrecht von Wittelsbach. Mutig bekennt sich das ungleiche Paar zu seiner Liebe und besiegelt damit Agnes' Schicksal: Albrechts Vater schmiedet ein grausames Komplott, um die Erbfolge des Reiches nicht zu gefährden.
Roman. 278 Seiten. AtV 1290

Jennerwein
Bayern 1848: Inmitten politischer Unruhen bringt ein junges Mädchen einen unehelichen Sohn zur Welt: Georg Jennerwein. Fasziniert von der Jagd, die nur den Reichen gestattet ist, beginnt er, als Vierzehnjähriger in den bayerischen Wäldern zu wildern und das Fleisch an die hungernde Bevölkerung zu verteilen. Ein spannender Roman über das zur Legende gewordene Leben des »deutschen Robin Hood«.
Roman. 173 Seiten. AtV 1291

Mühlhiasl
Die Weissagungen des Sehers vom Rabenstein
Der Mühlhiasl von Apoig ist bis heute für seine Prophezeiungen bekannt: Im ausgehenden 18. Jahrhundert sagte er den Ausbruch der beiden Weltkriege auf den Tag genau voraus und warnte eindringlich vor einem dritten und letzten weltweiten Krieg. Außerdem prophezeite er das Aufkommen von Autos, Flugzeugen, Eisenbahnen und Dampfschiffen sowie den Untergang der Feudalherrschaft ebenso wie den der Kirche ... Manfred Böckl erzählt das spannende Leben des »Sehers vom Rabenstein«. In einem Anhang sind seine Prophezeiungen abgedruckt.
Roman. 301 Seiten. AtV 1292

Die Bischöfin von Rom
Branwyn, eine keltische Seherin im Britannien des 4. Jahrhunderts, soll eine Brücke schlagen zwischen dem alten Wissen der Druiden und den jungen christlichen Gemeinden des Westens. Sie begibt sich nach Rom und wird alsbald sogar zur Bischöfin gewählt. Doch sie hat nicht mit dem erbitterten Widerstand der römischen Priesterschaft gerechnet. Ein Roman im Spannungsfeld zwischen »Die Nebel von Avalon« und »Die Päpstin«.
Roman. 504 Seiten. AtV 1293

Mehr Informationen über Manfred Böckl erhalten Sie unter www.aufbau-verlag.de oder bei Ihrem Buchhändler

Guido Dieckmann:
Spannende Geschichten vor historischem Hintergrund

Die Poetin
Mit Frau und Tochter reist der Tuchhändler Joseph Schildesheim im Spätsommer 1819 nach Heidelberg. Seine Tochter Nanetta träumt davon, ihre Gefühle in Versen auszudrücken, statt als Jüdin ein zurückgezogenes Leben zu führen. Die Stadt jedoch ist in Aufruhr. Nach dem Mordanschlag auf den Dichter Kotzebue sehen die Studenten in nahezu jedem Fremden einen Spion – und plötzlich gerät Nanetta in den Verdacht, eine Verschwörerin zu sein.
Roman. 304 Seiten. AtV 1661

Die Gewölbe des Doktor Hahnemann
Der erste Roman über den legendären Begründer der Homöopathie: Auf der Albrechtsburg träumt der junge Samuel Hahnemann davon, ein berühmter Arzt zu werden. Schon früh ist er von den dunklen Seiten der Medizin fasziniert und unternimmt alles, um an eine verschollen geglaubte Schrift des Paracelsus zu gelangen. Doch damit ruft er einen geheimen Orden auf den Plan, ihn aus dem Weg zu räumen.
»Sehr spannende Geschichte, eingekleidet in ein Zeitporträt; schlichtweg gut erzählt mit einem sinnvoll und schlüssig aufgebauten Plot, der mit mehr als einer Überraschung aufwarten kann.«
DIE RHEINPFALZ
Roman. 473 Seiten. AtV 2011

Die Magistra
Von ihrem Hof vertrieben, flieht die junge Philippa von Bora 1597 zu ihrem berühmten Onkel Martin Luther. Sogleich erhält sie einen Auftrag von ihm: Sie soll an der Wittenberger Mädchenschule unterrichten. Eine wunderbare Aufgabe, so scheint es, bis ihre Gehilfin ermordet wird und die Magistra einem Unbekannten auf die Spur kommt, der nur ein Ziel hat: die Reformation niederzuschlagen, indem er Martin Luther tötet.
Roman. 400 Seiten. AtV 2095

Luther
Zweifler, Ketzer, Reformator – Martin Luther war ein faszinierender, willensstarker Mensch, der die Welt aus den Angeln hob. Als er im Jahre 1517 seine Thesen verkündet und sich weigert, sie zu widerrufen, macht er sich mächtige und gefährliche Feinde. Nicht allein der Papst, auch der Kaiser versucht ihn mundtot zu machen, doch Luther widersteht und wird zum Volkshelden und Revolutionär wider Willen.
Roman. Mit 16 Filmfotos.
340 Seiten. AtV 2096

Weitere Informationen erhalten Sie unter www.aufbau-verlag.de oder in Ihrer Buchhandlung

Robert Merles »Fortune de France«
– ein farbenprächtiges Sittengemälde der französischen Religionskriege

Robert Merle wurde 1908 in Tébessa in Algerien geboren. Nach Schule und Studium in Frankreich war er von 1940 bis 1943 in deutscher Kriegsgefangenschaft. 1949 erhielt er den Prix Goncourt für seinen ersten Roman »Wochenende in Zuydcoote«. Merles umfangreiches Werk spannt sich in einem großen Bogen von seinem Welterfolg »Der Tod ist mein Beruf« über die ironische Zukunftsvision der »Geschützten Männer« bis zu der inzwischen auf 12 Bände angewachsenen historischen Romanfolge »Fortune de France«. Der Autor starb im März 2004 in Montfort-l'Amaury in der Nähe von Paris.

Fortune de France
Die Romanfolge »Fortune de France« erzählt die Geschichte dreier Generationen der Adelsfamilie Siorac in dem dramatischen Jahrhundert von 1550 bis 1643, das erschüttert wurde von blutigen Glaubenskriegen zwischen Katholiken und Protestanten und den Kämpfen für ein starkes französisches Königtum.
Roman. Aus dem Französischen von Edgar Völkl und Ilse Täubert. 396 Seiten. AtV 1213

In unseren grünen Jahren
Der junge Pierre de Siorac, Hugenotte, aber in Toleranz gegenüber den Katholiken erzogen, geht zum Studium der Medizin nach Montpellier. Er braucht alle seine Begabungen – Edelmut, List, Degen und Pistole, nicht zuletzt seine Ausstrahlung auf Frauen – um in so mörderischen Zeiten am Leben zu bleiben.
Roman. Aus dem Französischen von Andreas Klotsch. 448 Seiten. AtV 1214

Die gute Stadt Paris
Sommer 1572. Wegen eines Duells von der Todesstrafe bedroht, flüchtet sich Pierre nach Paris, um dort unterzutauchen und die Begnadigung durch den König zu erflehen. In Paris aber gerät er als Hugenotte in das Massaker der Bartholomäusnacht, das er nur durch Freundeshilfe überlebt.
Roman. Aus dem Französischen von Edgar Völkl. 599 Seiten. AtV 1215

Noch immer schwelt die Glut
Zwei Jahre versteckt sich Pierre auf der väterlichen Burg im Périgord, dann zieht es ihn zurück nach Paris. Er wird Leibarzt Heinrichs III. Aber vor allem wird der intelligente junge Charmeur bald des Königs Geheimagent in dessen Auseinandersetzungen mit der fanatischen katholischen Liga unter dem Herzog von Guise.
Roman. Aus dem Französischen von Christel Gersch 533 Seiten. AtV 1207

Mehr Informationen über die Bücher von Robert Merle erhalten Sie unter www.aufbau-verlag.de oder bei Ihrem Buchhändler

Robert Merle: Der Meister des historischen Romans

Der wilde Tanz der Seidenröcke
Guise ist ermordet, Heinrich III. ein Jahr später auch. Es regiert Henri Quatre, Frankreichs beliebtester König, der, um es zu werden, zum Katholizismus übergetreten ist. An seinem frivolen Hof wächst Pierres Sohn Pierre-Emmanuel auf. Aber der Königsmörder steht schon in der Menge.
Roman. Aus dem Französischen von Christel Gersch. 470 Seiten.
AtV 1216

Das Königskind
Die international verbündete katholische Partei erträgt die Toleranzpolitik des französischen Königs nicht mehr: Auf offener Straße wird Henri Quatre ermordet. Der junge Pierre-Emmanuel, sein Dolmetscher, bleibt in der Nähe von Henris kleinem Sohn Louis, der von seiner machtgierigen Mutter Maria von Medici sieben lange Jahre von der Regierung ferngehalten wird.
Roman. Aus dem Französischen von Christel Gersch. 478 Seiten.
AtV 1217

Die Rosen des Lebens
»Jetzt bin ich König«, sagt der sechzehnjährige Ludwig nach gelungenem Staatsstreich, als Concini, der mächtige Günstling seiner Mutter, erschossen auf der Brücke zum Louvre liegt. Aber ein Problem zermürbt den Hof: Der König hat seine Ehe mit der jungen spanischen Infantin Anna noch immer nicht »vollzogen«.
Roman. Aus dem Französischen von Christel Gersch. 395 Seiten.
AtV 1218

Lilie und Purpur
Pierre-Emmanuel de Siorac, Kammerherr und Dolmetsch des jungen Königs, erfahren im Umgang mit schönen Frauen wie mit englischen Lords, ist nun zweiunddreißig Jahre alt. Doch zum Lieben kommt er derzeit nicht viel. Intrigen und Verschwörungen erschüttern das Land, und vor la Rochelle erscheinen die ersten englischen Schiffe.
Roman. Aus dem Französischen von Christel Gersch. 463 Seiten.
AtV 1219

Ein Kardinal vor La Rochelle
Wie gern wäre Pierre-Emmanuel mal wieder auf sein Gut Orbieu geritten, um ein heißes Bad und die zärtlichen Arme seiner Louison zu genießen – aber Urlaub gewährt Ludwig nicht. Denn nun haben sogar die Hugenotten von La Rochelle, der letzten protestantischen Hochburg, dem König den Krieg erklärt.
Roman. Aus dem Französischen von Christel Gersch. 358 Seiten.
AtV 1225

Mehr Informationen über Robert Merle erhalten Sie unter www.aufbau-verlag.de oder bei Ihrem Buchhändler

Starke Geschichten.
Historische Romane bei AtV

DONNA W. CROSS
Die Päpstin
Donna Woolfolk Cross entwirft mit großer erzählerischer Kraft die faszinierende Geschichte einer der außergewöhnlichsten Frauengestalten der abendländischen Geschichte: das Leben der Johanna von Ingelheim, deren Existenz bis ins 17. Jahrhundert allgemein bekannt war und erst dann aus den Manuskripten des Vatikans entfernt wurde.
Roman. Aus dem Amerikanischen von Wolfgang Neuhaus. 566 Seiten. AtV 1400. Audiobuch: Hörspiel mit Angelica Domröse, Hilmar Thate u. a. DAV 069

FREDERIK BERGER
Die Geliebte des Papstes
Italien im ausgehenden 15. Jahrhundert. Der römische Adlige Alessandro Farnese, dem seine Familie eine kirchliche Laufbahn zugedacht hat, befreit in einem blutigen Kampf die junge Silvia Ruffini aus der Hand von Wegelagerern. Doch die Liebe, die zwischen beiden aufkeimt, wird jäh unterbrochen. Alessandro wird vom Papst in den Kerker geworfen.
Roman. 568 Seiten. AtV 1690

PHILIPPA GREGORY
Die Farben der Liebe
Frances, mittellose Lady und ungeliebte Ehefrau eines Bristoler Kaufmanns, soll für ihren Gatten Sklaven von der Westküste Afrikas zu Hausmädchen und Butlern ausbilden, die er später verkaufen will. Unter Frances' ersten Schülern ist ein Schwarzer vornehmer Herkunft, viel gebildeter und sensibler als ihr rauhbeiniger Ehemann. In seinen Armen findet sie Zärtlichkeit und Leidenschaft.
Roman. Aus dem Englischen von Justine Hubert. 544 Seiten. AtV 1699

HANJO LEHMANN
Die Truhen des Arcimboldo
Nach den Tagebüchern des Heinrich Wilhelm Lehmann
In den Kellergewölben des Vatikans stößt im Jahre 1848 ein junger Schlosser auf eine mysteriöse Truhe mit uralten Pergamenten, die den Machtanspruch des Papstes untergraben. Als er zwanzig Jahre später seine Aufzeichnungen darüber einem Eisenbahningenieur übergibt, bringt er ihn damit in Lebensgefahr und löst eine Kette unerklärlicher Ereignisse aus. »Spannender Thriller, vorzüglich recherchiert.« BILD
Roman. 699 Seiten. AtV 1542

Weitere Informationen erhalten Sie unter www.aufbau-verlag.de oder in Ihrer Buchhandlung

Eine Zeitreise in die Vergangenheit. Historische Romane bei AtV

TITUS MÜLLER
Die Priestertochter
Titus Müller läßt die magische Welt des 9. Jahrhunderts wiederaufleben – die Welt der Waldgeister, Märtyrer und Götzen. Das Pferdeorakel von Rethra fordert ein Menschenopfer, doch Alena, die bildschöne und kluge Tochter des Hochpriesters, verliebt sich in den stattlichen Feind. Während sich Franken und Slawen zur Schlacht rüsten, kämpft Alena in den Wäldern östlich der Elbe um ihre verbotene Liebe.
Historischer Roman. 458 Seiten. AtV 1990

SUSANN COKAL
Mirabilis
Bonne Mirabilis eilt der Ruf des Wunderbaren voraus. Als sie ein Kind aus einer Bärengrube rettet, wird Radegonde, die geheimnisvollste und reichste Frau der Stadt, auf Bonne aufmerksam.
»Keine Frauengestalt hat mich in den letzten Jahren mehr beeindruckt als Bonne Mirabilis. Ein magisches, wunderbares, überraschendes Buch.« DONNA W. CROSS, AUTORIN DER »PÄPSTIN«
Historischer Roman. Aus dem Amerikanischen von Andrea Voss
489 Seiten. AtV 1930

MARIA HELLEBERG
Die Kurtisane des Kaisers
Sie ist eine leidenschaftliche, bildschöne und geistreiche Frau. Sie tröstet die Männer mit ihrem Gesang und ihrem Körper. Sie heißt Thaïs und ist eine der berühmtesten Frauen der Antike. Im Gefolge Alexanders des Großen bereist sie Weltreiche, erlebt blutige Schlachten und das zügellose Treiben bei Hofe. Ein bewegendes Frauenporträt von der Autorin des internationalen Bestsellers »Die Winterkönigin«.
Historischer Roman. Aus dem Dänischen von Kerstin Schöps.
329 Seiten. AtV 1944

ALEXANDER LOHNER
Die Jüdin von Trient
Als in der Karwoche des Jahres 1475 der kleine Simon tot aufgefunden wird, verdächtigt man die jüdischen Bürger Trients des Ritualmordes. Brunetta, die junge Frau des Kaufmanns Samuel, streitet tapfer, aber schließlich vergeblich um das Leben der Angeklagten. Ein beispielloser Machtkampf und ein infames Intrigenspiel entflammen zwischen Franziskanern, Fürstbischof und Papst.
Historischer Roman. 469 Seiten. AtV 2025

Mehr Informationen erhalten Sie unter www.aufbau-verlag.de oder bei Ihrem Buchhändler